APRILYNNE PIKE

Wings 2

Traduit de l'anglais (États-Unis)
par Julie Lafon

POCKET JEUNESSE

Directeur de collection :
Xavier d'Almeida

Titre original :
Spells
Publié pour la première fois en 2010
par HarperTeen, an imprint of HarperCollins, New York.

L'auteur

Aprilynne Pike invente des histoires de fées depuis son plus jeune âge. À vingt ans, elle décroche un diplôme universitaire en création littéraire. Lorsqu'elle n'écrit pas, Aprilynne Pike fait de la gymnastique. Elle aime aussi chanter, jouer la comédie et lire. Elle s'est récemment installée en Arizona avec son mari et ses trois enfants.

À paraître :

Wings 3 (2013)

Wings 4 (2014)

Loi n° 49 956 du 16 juillet 1949 sur les publications destinées à la jeunesse : juin 2012.

ISBN : 978-2-266-20135-3

Wings 2

À Kenny, pour les petits riens, les choses importantes
et tout l'entre-deux. Merci.

UN

Postée devant la maison, Laurel scrutait la limite des arbres, la gorge nouée par le stress. Il était là, quelque part dans la forêt, à l'épier.

Non qu'elle n'ait pas envie de le voir. Parfois, elle trouvait même qu'elle pensait trop à lui. Côtoyer Tamani, c'était comme jouer dans les rapides d'un torrent. Un pas de trop, et le courant ne vous laissait plus jamais repartir. Elle avait choisi de rester avec David, et elle continuait de penser qu'elle avait pris la bonne décision. Mais cela ne facilitait pas pour autant ces retrouvailles.

Ses mains tremblaient.

Elle avait promis à Tamani de lui rendre visite dès qu'elle aurait obtenu son permis de conduire. Sans donner de date précise, elle avait évoqué le mois de mai. Or, on était à la fin de juin. Il avait dû en déduire qu'elle l'évitait. Il serait le premier à l'accueillir aujourd'hui, et elle oscillait entre la peur et l'excitation. Ce mélange d'émotions suscitait chez elle une ivresse qu'elle n'avait jamais ressentie jusque-là, et elle n'était pas sûre d'aimer cela.

Elle se surprit à serrer dans sa main le minuscule anneau qu'il lui avait offert l'année précédente et qu'elle portait autour du cou, suspendu à une chaîne. Elle avait essayé de ne pas penser à Tamani au cours des six derniers mois, mais dut se rendre à l'évidence : elle n'avait pas réussi. Elle détacha les doigts du petit anneau et s'avança vers le bois, s'efforçant d'avoir l'air naturelle, décontractée.

Alors qu'elle pénétrait dans l'ombre de la forêt, un éclair noir et vert jaillit d'un arbre et la souleva dans les airs. Son hurlement de terreur laissa bientôt place à un cri de joie.

— Je t'ai manqué ? demanda Tamani avec ce demi-sourire ensorcelant qui l'avait séduite dès leur première rencontre.

À l'instant même, ce fut comme si les six mois qui venaient de s'écouler n'avaient jamais existé. Le seul fait de le voir, sa présence toute proche, fit instantanément fondre toutes ses peurs, s'évanouir toutes ses pensées… toutes ses résolutions. Nouant les bras autour de son cou, Laurel le serra de toutes ses forces contre elle sans pouvoir se résoudre à le lâcher.

— Je vais prendre ça pour un oui, dit-il, ravi.

Au prix d'un effort, elle se détacha de lui et recula d'un pas. Ce qui lui était aussi peu naturel que tenter d'inverser le cours d'une rivière. Finalement, elle parvint à se maîtriser et, immobile, elle le dévora des yeux. Les mêmes cheveux noirs, le même sourire vif, ces prunelles d'un vert magnétique.

Soudain gênée, Laurel baissa la tête. L'accueil de

Tamani, un peu trop enthousiaste, l'embarrassait et elle ne savait quoi dire.

Tamani finit par rompre le silence.

— Je t'attendais plus tôt.

Maintenant qu'elle était avec lui, elle se sentait ridicule d'avoir eu peur. Elle se rappelait pourtant l'angoisse qui lui avait noué l'estomac chaque fois qu'elle avait envisagé de le revoir.

— Je suis désolée.

— Pourquoi tu n'es pas venue avant ?

Laurel opta pour la franchise.

— J'avais peur.

— Peur de moi ? demanda Tamani en souriant.

— Un peu.

— Pourquoi ?

Laurel poussa un gros soupir. Il méritait d'entendre la vérité.

— Ça paraît si simple d'être ici avec toi. Je ne me faisais pas confiance.

Tamani se rengorgea.

— J'imagine que je ne peux pas m'offusquer d'une telle réponse.

Laurel leva les yeux au ciel : sa longue absence n'avait manifestement pas tempéré l'arrogance de son ami.

— Comment ça va ?

— Bien. Tout va bien, bredouilla-t-elle.

Il hésita.

— Comment vont tes amis ?

— Mes amis ? répéta Laurel. Comme si je ne te voyais pas venir !

Instinctivement, elle toucha le bracelet d'argent qui

ornait son poignet. Son geste n'avait pas échappé à Tamani.

— Comment va David ?

— Il va très bien.

— Est-ce que vous deux... ?

Il laissa sa question en suspens.

— Est-ce qu'on est ensemble ?

— Je crois comprendre que c'est le cas.

Tamani observa de nouveau le bracelet. La colère altéra ses traits et son regard se durcit, mais il s'efforça de sourire.

Ce bracelet était un cadeau de David. Il l'avait offert à Laurel juste avant Noël dernier, lorsqu'ils étaient officiellement devenus un couple. C'était un bijou délicat, orné de minuscules fleurs dont les boutons étaient en cristal. Il n'en avait rien dit, mais Laurel soupçonnait David de le lui avoir offert pour contrebalancer l'anneau féerique qui ne quittait jamais son cou. Elle n'arrivait pas à s'en défaire et, fidèle à sa promesse, chaque fois qu'elle le touchait, elle pensait à Tamani. Elle avait encore des sentiments pour lui. Ils étaient mitigés et incertains, mais assez forts pour lui donner mauvaise conscience dès que son esprit vagabondait dans cette direction.

David possédait tout ce qu'elle pouvait souhaiter trouver chez un petit ami. Tout, excepté ce qu'il ne pourrait jamais être : Tamani – qui lui non plus n'était pas David.

— Oui, nous sommes ensemble, dit-elle enfin.

Tamani garda le silence.

— J'ai besoin de lui, Tam, reprit-elle d'une voix douce mais ferme.

Elle n'avait pas à s'excuser d'avoir choisi David.

— Je t'ai déjà donné mes raisons.

— C'est vrai, dit-il en lui caressant les bras, mais il n'est pas là en ce moment.

— Tu sais bien que je ne pourrais pas vivre avec ça, protesta-t-elle dans un souffle.

Tamani soupira.

— Il va falloir que je m'y fasse, autrement dit.

— À moins que tu tiennes vraiment à ce que je sois seule.

D'un geste amical cette fois, il la prit par les épaules.

— C'est la dernière chose que je souhaite pour toi.

Laurel le serra contre elle.

— Tiens... dis-moi pourquoi ? s'étonna-t-il.

— Pour te remercier d'être toi.

— Eh bien, je ne refuse jamais un câlin !

Le ton de Tamani se voulait badin et désinvolte, mais il la serra à son tour contre lui d'un geste brusque, presque désespéré. Avant qu'elle ait pu se dégager, ses bras retombèrent mollement le long de son corps, puis il montra le sentier.

— Viens, c'est par ici.

Laurel avait la bouche sèche. Il était temps.

Glissant la main dans sa poche, elle toucha pour la énième fois la carte imprimée en relief qu'elle avait trouvée sur son oreiller un matin, au début du mois de mai, dans une enveloppe scellée à la cire, autour de laquelle était noué un ruban argenté. Le message, pourtant bref, avait tout changé.

En raison du caractère terriblement inapproprié de votre éducation actuelle, vous êtes convoquée à l'Académie d'Avalon. Veuillez vous présenter devant la porte le premier jour de l'été, en milieu de matinée. Votre présence est obligatoire au cours des huit semaines qui suivront.

« Terriblement inapproprié » : la mère de Laurel n'avait pas très bien accueilli la nouvelle. N'empêche, ces derniers temps, elle voyait d'un mauvais œil tout ce qui touchait aux elfes. Curieusement, cependant, les jours suivant la révélation que Laurel était une fée, tout s'était bien passé. Ses parents avaient toujours su que leur fille adoptive était différente des autres enfants : aussi fou que cela puisse paraître, ils avaient accepté avec une facilité désarmante – du moins au début – que Laurel soit un « changeon », une enfant-fée confiée à leur garde afin qu'elle hérite d'une terre sacrée pour son peuple. Mais si l'attitude de son père à son égard n'avait pas changé, sa mère, au cours des derniers mois, s'était montrée de plus en plus angoissée à cette idée – qu'elle n'était peut-être pas un être humain. Elle avait cessé d'y faire allusion, puis avait tout bonnement refusé d'en entendre parler. La situation était devenue critique avec cette convocation. Laurel avait dû batailler et son père déployer des trésors de persuasion pour que Sarah accepte de la laisser partir. Comme si elle craignait que sa fille revienne encore moins humaine qu'à son départ !

Laurel se félicitait de ne pas leur avoir parlé des trolls ; elle soupçonnait qu'elle n'aurait pas été ici en ce moment même si elle l'avait fait.

— Tu es prête ? lança Tamani, qui la sentait hésitante.

« Prête ? » Laurel n'aurait pas pu l'être davantage.

Elle suivit Tamani en silence dans la forêt sombre. Le sentier n'en était pas vraiment un, mais Laurel savait où il menait. Bientôt, ils se trouveraient devant un arbre bas, au tronc noueux, une espèce unique dans ce bois et néanmoins tout à fait ordinaire en apparence. Bien qu'elle ait passé douze ans de sa vie à explorer cette terre, elle n'avait vu cet arbre qu'une seule fois, le jour où elle avait ramené Tamani blessé et à demi conscient, après leur face-à-face avec les trolls. La dernière fois, elle avait assisté à la transformation de l'arbre et entraperçu la contrée qui s'étendait au-delà. Tout à l'heure, elle franchirait la porte et verrait Avalon de ses propres yeux.

À mesure qu'ils s'enfonçaient dans la forêt, d'autres sentinelles leur emboîtaient le pas, et Laurel devait se retenir de ne pas tourner la tête. Elle n'était pas sûre de pouvoir s'habituer un jour à la vision de ces êtres beaux et silencieux qui ne lui adressaient jamais la parole et qui croisaient rarement son regard. Ils étaient toujours là, même quand elle ne pouvait pas les voir. Elle savait cela, désormais. Elle n'osait imaginer combien parmi eux la surveillaient depuis l'enfance ; cette pensée était trop angoissante. Passe encore que ses parents aient été témoins de ses caprices de petite fille… mais une armée de sentinelles anonymes dotées de pouvoirs magiques ? La gorge nouée, elle se concentra sur ses pas, s'efforçant de penser à autre chose.

Bientôt, ils émergèrent d'un bouquet de séquoias qui protégeaient l'arbre millénaire. Les sentinelles formèrent un demi-cercle autour, et, sur un geste un peu brusque de Shar – le chef du groupe –, Tamani détacha sa main de celle de Laurel pour les rejoindre. Debout au milieu de la douzaine de gardes, Laurel s'agrippa aux courroies de son sac à dos. Son souffle s'accéléra au moment où toutes les sentinelles posaient la main sur l'écorce de l'arbre, à l'endroit où le tronc robuste se séparait en deux grosses branches. L'arbre se mit à vibrer tandis que la lumière éclairant la clairière semblait se rassembler autour de son feuillage.

Cette fois, Laurel était déterminée à garder les yeux ouverts afin d'assister à la transformation complète de l'arbre. Mais elle eut beau plisser les yeux pour braver la clarté aveuglante, un éclair lumineux la contraignit à fermer les paupières un bref instant. Lorsqu'elle les rouvrit, l'arbre avait pris la forme d'une porte voûtée aux barreaux scintillants et où s'entrelaçait du lierre parsemé de fleurs violettes. Maintenue dans le sol par deux grosses colonnes, elle se détachait sur la clairière baignée de soleil. Laurel retint son souffle en voyant la grille s'ouvrir.

Un courant d'air chaud bien perceptible s'échappa de l'ouverture et, même à dix pas, Laurel perçut une odeur de terre et de végétation qui lui rappela les heures passées à jardiner avec sa mère, mais celle-ci était en réalité bien plus forte, une sorte de concentré de soleil d'été en bouteille. Laurel fit un pas puis un autre, comme si ses pieds étaient mus par une volonté propre, et elle avait presque atteint la porte quand quelqu'un la retint par la main. Tournant la tête à regret, elle s'aperçut avec stupeur que Tamani s'était détaché du groupe pour la rattraper. Elle sentit qu'on lui touchait l'autre main, et elle se tourna de nouveau vers la porte.

Jamison, le vieil elfe d'hiver qu'elle avait rencontré l'automne précédent, se tenait devant elle. Il posa sa main libre sur son bras, tel un gentleman dans un film romantique, et adressa à Tamani un sourire aimable mais insistant.

— Merci de nous avoir amené Laurel, Tam. Dorénavant, c'est moi qui me charge d'elle.

Tamani ne relâcha pas tout de suite la main de Laurel.

— Je viendrai te voir la semaine prochaine, lui dit-il à mi-voix.

Tous trois se tinrent immobiles pendant quelques secondes, comme figés dans le temps. Puis Jamison hocha la tête à l'intention de Tamani. Après lui avoir rendu son salut, celui-ci alla reprendre sa place dans le demi-cercle.

Laurel sentit son regard sur elle, mais elle avait déjà tourné le visage vers la clarté aveuglante qui se déversait par la porte. Le charme d'Avalon était trop puissant pour que dure le sentiment de regret qu'elle éprouvait à l'idée de quitter Tamani alors qu'ils venaient à peine de se retrouver. Il viendrait la voir bientôt.

Jamison franchit l'arche dorée et fit signe à Laurel de le suivre.

— Bon retour chez toi, Laurel, déclara-t-il aimablement.

Le souffle court, Laurel franchit à son tour la porte et foula le sol d'Avalon pour la première fois. « Enfin, pas vraiment, se souvint-elle. C'est d'ici que je viens, après tout. »

L'espace d'un instant, elle ne vit que les feuilles d'un énorme chêne au-dessus d'elle et la terre meuble à ses pieds, ourlée d'herbe vert émeraude. Jamison la guida sous la voûte de feuillage, et le soleil éclaira son visage en lui réchauffant instantanément les joues. Elle cligna les yeux.

Ils se trouvaient dans une sorte de parc muré. Des sillons de terre noire et grasse serpentaient parmi la verdure qui montait à l'assaut de la muraille de pierre. Laurel n'en avait jamais vu de si haute : pour construire un tel rempart sans recourir au béton, il avait dû falloir des décennies. L'immense jardin était planté d'arbres au tronc recouvert de lierre qui s'enroulait autour de leurs branches. Des fleurs émergeaient çà et là parmi les feuilles ; mais, pour lutter contre la chaleur ambiante, elles avaient replié leurs pétales.

Laurel se retourna pour lancer un dernier regard à la porte qui s'était maintenant refermée ; au-delà des barreaux scintillants, on ne distinguait que des ténèbres. Posée au milieu du parc sans rien autour, la porte était cernée par une vingtaine de sentinelles, toutes de sexe féminin. Laurel tendit le cou pour mieux voir. Elle fit un pas, et des lances terminées par une pointe qui semblait façonnée dans le cristal lui masquèrent la vue.

— Tout va bien, capitaine, fit la voix de Jamison derrière elle. Elle peut regarder.

Les lances s'écartèrent, et Laurel s'avança avec l'impression d'être victime d'une hallucination. Mais non, à la droite de la porte, il y en avait bel et bien une autre. Elle poursuivit sa route et longea au total quatre portes, reliées entre elles par des colonnes semblables à celles de l'arche qu'elle venait de franchir. Le tout formait un carré parfait dans les étranges ténèbres qui s'étendaient toujours derrière eux, alors qu'elle était censée voir, au travers des barreaux, les sentinelles postées de l'autre côté.

— Je ne comprends pas, dit-elle en rejoignant Jamison.

— Ta porte n'est pas unique, lança-t-il en souriant.

Laurel se rappelait vaguement avoir entendu Tamani évoquer quatre portes l'automne précédent, lorsqu'elle était venue le trouver, épuisée et couverte de bleus, après avoir été jetée dans le fleuve Chetco par des trolls. « Quatre portes », songea-t-elle tout haut en reléguant les détails désagréables de ce souvenir dans un recoin de sa mémoire.

— Réparties aux quatre coins du monde. Un seul pas, et tu peux rentrer chez toi, atterrir au beau milieu des montagnes japonaises, dans les Highlands d'Écosse ou à l'embouchure du Nil en Égypte.

— C'est incroyable ! Des milliers de kilomètres franchis en un seul pas.

— Et de tous ces endroits, le plus vulnérable est Avalon, déclara Jamison. C'est ingénieux, cependant, tu ne trouves pas ? Une sacrée prouesse ! Ces portes ont été bâties par le roi Obéron au prix de sa vie, mais c'est la reine Isis qui les a dissimulées au monde extérieur. Cela ne remonte qu'à quelques centaines d'années.

— La déesse égyptienne ? demanda Laurel aussitôt.

— Elle a seulement hérité de son nom, expliqua Jamison en souriant. Nous aimerions croire le contraire, mais les grandes figures de l'histoire humaine ne sont pas toutes des fées. Viens, mes *am fear-faire* vont s'inquiéter si nous tardons trop.

— Vos quoi ?

Il la dévisagea d'un air d'abord interrogateur puis étrangement triste.

— *Am fear-faire*. Mes protecteurs, si tu préfères. J'en ai au moins deux avec moi en permanence.

— Pourquoi ?

— Parce que je suis un elfe d'hiver.

Jamison s'engagea tranquillement sur un chemin de terre, et poursuivit en pesant ses mots :

— Nos dons sont plus rares que ceux des autres fées, nous avons donc droit à quelques honneurs. Et comme nous sommes les seuls à pouvoir ouvrir les portes, nous bénéficions d'une protection. Avalon est vulnérable face à notre pouvoir, donc nous ne devons jamais courir le risque d'être confrontés à un ennemi. Un grand pouvoir s'accompagne toujours…

— … de grandes responsabilités ? acheva Laurel.

Jamison se tourna vers elle, agréablement surpris.

— Qui t'a appris cela ?

Elle se tut, troublée, avant de répondre d'un ton penaud :

— Euh… Spiderman ?

— Il faut croire que certaines vérités sont universelles, observa Jamison en riant.

Son rire se répercuta sur les hautes murailles de pierre, puis, retrouvant son sérieux, il poursuivit :

— C'est une phrase qui revient souvent chez nous, les fées d'hiver. Le roi Arthur l'aurait prononcée après avoir été témoin de la défaite terrible qu'ont infligée les trolls à Camelot. Il a toujours cru que ce désastre était sa faute et qu'il aurait pu l'éviter.

— Il avait raison ? Il aurait pu l'éviter ? s'enquit Laurel.

Jamison adressa un signe de tête à deux sentinelles qui se tenaient de chaque côté d'une imposante porte en bois percée dans la muraille.

— Je pense que non, répondit Jamison. Mais c'est bien de s'en souvenir.

Les portes s'ouvrirent sans bruit, et toutes les réflexions de Laurel s'envolèrent au moment où le vieil homme et elle quittaient le parc pour gravir une colline, au pied de laquelle s'étendait, à perte de vue, un magnifique paysage verdoyant. Des sentiers de terre noire serpentaient parmi des bouquets d'arbres, de vastes prairies parsemées de fleurs et des grappes multicolores que Laurel ne parvenait pas à identifier. On aurait dit de gigantesques ballons posés sur le sol, de toutes les couleurs imaginables, qui chatoyaient comme des bulles de savon. Plus loin, formant un cercle qui semblait s'étendre tout autour de la colline, s'agglutinaient des toits de maisonnettes. Laurel se dit que les points brillants et colorés qui s'affairaient là devaient être d'autres fées.

— Il y en a… des milliers, fit-elle sans s'apercevoir qu'elle avait formulé sa pensée tout haut.

— Bien sûr, déclara Jamison d'un ton jovial. Presque toute notre espèce vit ici. Nous sommes plus de quatre-vingt mille à présent. (Il observa un silence.) Cela doit te sembler bien peu.

— Non, dit Laurel avec empressement. Enfin, je sais qu'il y a plus d'humains que ça, mais… je n'aurais jamais pu m'imaginer autant de fées dans un même endroit.

Comme c'était étrange ! Soudain, elle se sentait à la fois normale et insignifiante. Bien sûr, elle avait déjà rencontré d'autres fées : Jamison, Tamani, Shar, les sentinelles qu'elle avait brièvement aperçues, mais l'idée de ces milliers de fées rassemblées avait de quoi donner le tournis.

Elle sentit la main de Jamison sur son dos.

— Tu pourras admirer le paysage un autre jour, dit-il avec douceur. Nous devons t'emmener à l'Académie.

Laurel suivit Jamison le long de la muraille. Arrivée au coin de l'enceinte, elle leva les yeux vers le sommet de la colline et en eut, une fois de plus, le souffle coupé. À quelques centaines de mètres au-dessus des maisons s'élevait une immense tour émergeant d'un bâtiment massif tout droit sorti de *Jane Eyre*. Il ressemblait moins à un château qu'à une vaste bibliothèque de forme carrée, avec des murs de pierre grise et des toits pentus. De hautes fenêtres étaient percées dans la façade, et des lucarnes étincelaient tels des joyaux sur l'ardoise des toits. Chaque surface était veinée de végétation grimpante, constellée de fleurs, voire d'innombrables variétés de plantes.

Jamison devança la question que Laurel était trop émerveillée pour formuler. Montrant d'un geste le vaste complexe, il déclara :

— Voici l'Académie d'Avalon.

DEUX

Tandis qu'ils se dirigeaient vers l'Académie, Laurel aperçut un autre bâtiment entre les arbres. Au sommet de la haute colline, juste au-dessus de l'Académie, s'élevaient les ruines d'un château. Laurel plissa les yeux ; peut-être que « ruines » n'était pas le terme adéquat. Ce château semblait effectivement à l'abandon, mais des lianes s'infiltraient dans le marbre blanc comme pour maintenir les murs, et la voûte d'un arbre gigantesque ombrageait de ses feuilles la moitié de l'édifice.

— Qu'est-ce que c'est que ce bâtiment ?

— C'est le Palais d'Hiver, répondit Jamison. C'est là que j'habite.

— C'est un abri sûr ? s'enquit Laurel d'un ton dubitatif.

— Bien sûr que non ! C'est l'un des endroits les plus dangereux d'Avalon. Mais je m'y sens en sécurité, et ses autres occupants aussi.

— Ça ne risque pas de s'écrouler ? demanda-t-elle en voyant un angle de l'édifice ficelé comme par un corset de dentelle verte.

— Non. Nous autres, fées d'hiver, nous entretenons ce palais depuis plus de trois mille ans. Les racines de ce chêne ont poussé en dessous et font partie intégrante de sa structure au même titre que le marbre d'origine, et il ne le laisserait jamais s'écrouler.

— Pourquoi vous n'en construisez pas un nouveau ?

Jamison se tut pendant quelques instants, et Laurel craignit que sa question l'ait offensé. Mais quand il répondit, il ne paraissait pas contrarié.

— Ce palais n'est pas qu'un toit, Laurel. Il protège aussi beaucoup de choses que nous ne pouvons pas risquer de déplacer par simple souci de confort ou pour satisfaire notre orgueil avec une nouvelle construction plus luxueuse.

Jamison désigna en souriant leur destination :

— Pour cela, nous avons l'Académie.

Laurel posa un regard neuf sur le palais. Plutôt que des lianes poussant au hasard, elle décelait à présent de l'ordre et de la méthode dans le treillis. Des attaches étaient fixées avec soin aux angles, un entrelacs de racines soutenaient de larges pans de mur : l'arbre était devenu un élément à part entière du palais. À moins que ce ne soit le palais lui-même qui était devenu un élément de l'arbre. L'édifice semblait confortablement niché entre ses grosses racines accueillantes.

Au détour du chemin, ils se retrouvèrent devant ce que Laurel prit d'abord pour une grille en fer forgé. En y regardant de plus près, elle s'aperçut qu'il s'agissait en réalité d'un mur vivant. Des branches s'entortillaient les unes aux autres jusqu'à former des motifs tarabiscotés, tel un bonsaï. Deux gardes, un homme et une femme, tous deux vêtus d'une armure bleu vif complétée d'un casque rehaussé de plumes, étaient postés devant la grille. Ils s'inclinèrent très bas en voyant arriver Jamison et s'effacèrent pour les laisser passer.

— Viens, dit-il en faisant signe à Laurel qui hésitait. Ils t'attendent.

La cour de l'Académie bourdonnait d'activité. Des dizaines de fées étaient au travail. Certaines, vêtues de robes aériennes ou de pantalons de soie, déambulaient avec des livres sous le bras. D'autres, habillées plus simplement, étaient occupées à creuser la terre et à tailler les arbustes, ou cueillaient des fleurs en fouillant parmi les nombreux massifs pour dénicher des spécimens parfaits. Au passage de Jamison et de Laurel, la plupart s'interrompirent dans leur tâche pour faire la révérence ou adresser un signe de tête respectueux.

Laurel se sentit bête de demander :

— C'est... c'est moi qu'ils saluent ?

— Peut-être, répondit Jamison. Mais je pencherais plutôt pour moi.

Son ton désinvolte surprit Laurel. Manifestement, c'était la routine pour lui, d'être salué de la sorte ; il ne prenait même pas la peine de ralentir.

— Est-ce que j'aurais dû faire la révérence quand vous êtes venu me chercher à la porte ? s'enquit-elle d'une voix qui tremblait un peu.

— Oh non ! fit-il d'un ton jovial. Tu es une fée d'automne. Tu n'es censée t'incliner que devant la

Reine. Pour toi, un signe de tête discret suffira amplement.

Mal à l'aise, Laurel garda le silence tandis qu'ils passaient devant d'autres fées. Croisant quelques regards, elle ne sut pas déchiffrer leur expression. Certains trahissaient la curiosité, d'autres étaient franchement hostiles ; la plupart restaient impénétrables. Baissant timidement la tête, elle pressa le pas pour rejoindre Jamison.

Au moment où ils arrivaient devant l'imposante porte, deux valets se précipitèrent pour leur ouvrir, et Jamison précéda Laurel dans un vaste vestibule surmonté d'un dôme de verre qui laissait entrer des flots de lumière nourrissant les centaines de plantes en pot qui ornaient les lieux. Ce vestibule était moins fréquenté que la cour ; quelques fées étaient assises dans des fauteuils ou installées devant de petites tables chargées de livres.

Une fée d'âge respectable – « pas aussi vieille que Jamison », pensa Laurel, bien qu'il soit toujours difficile de se prononcer avec les fées – vint à leur rencontre et inclina la tête.

— Jamison, quel plaisir !

Elle sourit à Laurel.

— Je suppose que tu es Laurel. Ma parole, comme tu as changé !

Laurel fut d'abord étonnée, puis se souvint qu'elle avait passé sept ans à Avalon avant d'aller vivre avec ses parents. Le fait qu'elle ne se rappelait aucun visage ne signifiait pas qu'on ne se souvenait pas d'elle. Elle se sentit mal à l'aise à cette idée, la plupart des fées qu'elle avait croisées se remémoraient un passé dont elle n'aurait jamais aucun souvenir.

— Je m'appelle Aurora, reprit la fée. J'enseigne aux *initiés*, qui sont à la fois devant et derrière toi. (Elle rit, visiblement amusée par quelque plaisanterie comprise d'elle seule.) Viens, je vais te montrer ta chambre. Nous l'avons rafraîchie en remplaçant les vieilleries par du neuf, mais à part cela, nous l'avons laissée telle quelle en attendant ton retour.

— J'ai une chambre à l'Académie ?

— Bien sûr, répondit Aurora sans se retourner. Tu es chez toi ici.

« Chez moi ? » Laurel balaya du regard le vestibule austère, la rampe ouvragée de l'escalier, les fenêtres et la verrière. Avait-elle vraiment vécu dans cet endroit ? Tout lui semblait si étranger ! Jetant un coup d'œil dans son dos, elle vit Jamison lui emboîter le pas ; il ne semblait pas le moins du monde impressionné. Le Palais d'Hiver était sans doute encore plus grandiose.

Arrivés au troisième étage, ils suivirent un couloir jalonné de portes en bois sombre de cerisier. Des noms étaient inscrits sur chacune d'elles en lettres rondes et scintillantes. *Mara*, *Katya*, *Fawn*, *Sierra*, *Sari*. Aurora s'arrêta devant une porte sur laquelle figurait : *Laurel*.

Laurel sentit sa poitrine se serrer et le temps sembla se suspendre tandis qu'Aurora tournait la poignée. La porte s'ouvrit sans bruit sur une vaste pièce. Le sol était tapissé de moquette moelleuse couleur crème, une baie vitrée occupait toute une paroi. Quant aux autres murs, ils étaient tendus de satin vert pâle. Une verrière dominant la moitié de la chambre inondait de soleil un lit immense recouvert d'un tissu soyeux et protégé par des rideaux si légers qu'ils s'agitaient au moindre courant d'air. Des meubles simples mais visiblement bien conçus – un bureau, une commode et une armoire – complétaient l'ensemble. Laurel entra et regarda lentement autour d'elle, cherchant du regard un objet familier qui lui donnerait l'impression d'être chez elle.

Bien que ce fût l'une des plus belles chambres qu'elle ait jamais vues, elle n'en gardait aucun souvenir. Une immense déception l'envahit, mais elle s'efforça de faire bonne figure devant Jamison et Aurora.

— Merci, dit-elle en espérant que son sourire n'était pas trop crispé.

Était-ce si grave qu'elle ne se souvienne de rien ? Elle était là maintenant, et c'était tout ce qui comptait.

— Je vais te laisser te rafraîchir et défaire tes bagages, lança Aurora.

Son regard se posa sur le débardeur et le short en jean de Laurel.

— Tu es libre de t'habiller comme bon te semble ici ; cependant, tu te sentiras peut-être plus à l'aise dans les vêtements qui sont rangés dans l'armoire. Nous avons essayé de deviner ta taille, mais on peut te confectionner de nouveaux vêtements dès demain si tu le souhaites. La... culotte que tu portes... Son tissu doit démanger terriblement, non ?

Jamison laissa échapper un gloussement, et Aurora se raidit un peu.

— Tu n'as qu'à sonner si tu as besoin de quelque chose, poursuivit-elle. Nous avons tout un personnel à ta disposition. Tu peux faire ce que tu veux pendant une heure, puis je t'enverrai un de nos professeurs chargés des matières principales pour commencer tes leçons.

— Aujourd'hui ? fit Laurel d'une voix un peu plus stridente qu'elle ne l'aurait voulu.

Les yeux d'Aurora se posèrent sur Jamison.

— Jamison et la Reine nous ont expressément demandé d'exploiter au mieux le temps que tu passeras parmi nous. Ton séjour est déjà assez bref comme cela.

Laurel opina, partagée entre l'angoisse et l'excitation.

— D'accord. Je serai prête à l'heure.

— Dans ce cas, je te laisse.

Aurora se détourna pour lancer un coup d'œil à Jamison, mais il la congédia d'un geste.

— Je vais rester un peu avant de retourner au palais.

— Bien sûr, fit-elle avec un hochement de tête avant de les laisser seuls.

Debout sur le seuil, Jamison examina la chambre. Il attendit de ne plus entendre les pas d'Aurora qui s'éloignait dans le couloir pour prendre la parole.

— Je n'avais pas mis les pieds ici depuis le jour où je t'ai emmenée vivre auprès de tes parents, voilà treize ans. J'espère que cela ne t'ennuie pas de te mettre tout de suite au travail. Nous avons si peu de temps !

Laurel protesta.

— Non. C'est juste que... J'ai tellement de questions à vous poser !

— Et elles devront attendre, déclara Jamison en souriant pour nuancer ses paroles. Le temps que tu passes ici est trop précieux pour qu'on le perde à t'enseigner les mœurs et les manières d'Avalon. Tu as d'innombrables années devant toi pour apprendre cela.

Laurel acquiesça, bien qu'elle ne soit pas sûre d'être d'accord.

— En outre, ajouta Jamison avec une étincelle de malice dans les yeux, je suis certain que ton ami Tamani se fera une joie de répondre à toutes tes questions.

À ces mots, il se détourna pour partir.

— Quand vous reverrai-je ? s'enquit Laurel.

— Je viendrai te chercher au terme de tes huit semaines. Et je ferai en sorte que nous ayons le temps de discuter.

Après avoir esquissé un geste d'adieu, il sortit de la pièce et referma la porte derrière lui, laissant Laurel seule.

Debout au milieu de la pièce, elle pivota sur elle-même pour en embrasser du regard tous les détails. Dans l'ensemble, ses goûts n'avaient pas changé. Le vert avait toujours été sa couleur favorite, et elle préférait la simplicité aux décorations surchargées. Le baldaquin avait un côté petite fille, mais il avait été choisi à une autre période de sa vie.

Elle s'assit au bureau et nota que la chaise était un peu trop petite. Elle trouva dans les tiroirs des feuilles de papier épais, des bouteilles d'encre, des plumes et un cahier sur lequel était inscrit son nom. Il lui fallut quelques secondes pour s'apercevoir que l'écriture enfantine qui composait celui-ci et qui lui était si familière était la sienne. D'une main tremblante, elle ouvrit le cahier à la première page. Y figurait une liste de mots latins, sans aucun doute des noms de plantes. En feuilletant le reste du cahier, elle en trouva d'autres et dut admettre que même leurs appellations dans sa propre langue ne lui évoquaient pas grand-chose non plus. Comme c'était décourageant de constater qu'elle en savait plus à sept ans qu'à seize ! « Vingt, se reprit-elle, ou quel que soit mon âge véritable. » En temps normal, elle s'efforçait de ne pas trop y penser ; cela lui rappelait les sept années de sa vie de fée désormais égarées par sa mémoire. Elle avait l'impression d'avoir seize ans ; en ce qui la concernait, elle *avait* cet âge-là ! Elle reposa le cahier et se leva pour aller examiner le contenu de l'armoire.

À l'intérieur, elle trouva plusieurs robes bain de soleil et quelques jupes longues en coton léger. Une succession de tiroirs contenaient des blouses de style champêtre et des hauts ajustés à manches courtes. Laurel frotta sa joue sur les différents tissus pour en apprécier la douceur. Elle essaya plusieurs vêtements avant d'opter pour une robe rose, puis reprit son exploration de la pièce.

Elle s'avança vers la fenêtre et retint son souffle. Sa chambre donnait sur le plus vaste jardin fleuri qu'elle ait jamais vu. Des rangées de fleurs de toutes les nuances imaginables s'étendaient à ses pieds en une cascade de couleurs qui lui rappelèrent celles qu'elle avait vues devant l'Académie. Collant ses doigts à la vitre, elle s'efforça d'embrasser toute la scène d'un seul regard, et songea qu'il était dommage qu'une chambre dotée d'une vue aussi grandiose soit restée inoccupée pendant treize ans.

Un coup frappé à la porte la fit sursauter et elle alla ouvrir, non sans avoir ajusté sa robe et pris le temps de lisser sa chevelure.

Un elfe de haute stature au visage sévère, aux cheveux bruns et grisonnants sur les tempes se tenait devant un autre elfe, plus jeune et plus modestement vêtu, qui tenait à bout de bras une grosse pile de livres. Quant à son compagnon, il portait une espèce de pantalon de yoga en lin et une chemise en soie verte ouverte sur son torse, ce qui n'avait cependant rien de sensuel. Laurel songea à son propre penchant pour les débardeurs et en conclut que c'était la même démarche. L'air distingué, voire compassé, du nouveau venu jurait avec ses pieds nus.

— Laurel, je suppose ? lança-t-il d'une voix grave et douce.

Il l'étudia pendant quelques instants avant de poursuivre :

— Eh bien, tu n'as pas tant changé que ça.

Stupéfaite, Laurel ne sut que répondre. Elle avait vu des photos d'elle enfant ; elle avait beaucoup changé depuis !

— Je m'appelle Yeardley, et je suis ton professeur de matières principales. Puis-je ? ajouta-t-il en inclinant la tête.

— Oh, bien sûr, répondit Laurel avec empressement en ouvrant grand la porte.

Yeardley entra et l'autre elfe lui emboîta le pas.

— Là, dit Yeardley en montrant le bureau de Laurel.

Le jeune elfe déposa la pile de livres sur la table, s'inclina très bas devant Laurel et Yeardley, puis marcha à reculons jusqu'à la porte avant de s'éloigner dans le couloir.

Laurel se tourna de nouveau vers le professeur, qui avait toujours les yeux fixés sur elle.

— Je sais que Jamison est pressé que tu commences les cours, lui dit-il, mais, pour être tout à fait honnête, je ne peux rien t'enseigner, pas même les rudiments, sans t'avoir donné des bases sur lesquelles t'appuyer.

Laurel ouvrit la bouche pour parler, constata qu'elle était complètement perdue, et décida de garder le silence.

— Je t'ai apporté ce qui est, à mon sens, le savoir le plus élémentaire pour te mettre à tes véritables études. Je te suggère de t'y mettre immédiatement.

Les yeux de Laurel se posèrent sur la pile de livres.

— Il y a tout ça ?

— Non. Ce n'est que la première moitié. J'ai une autre pile pour toi quand tu auras fini celle-ci. Crois-moi, c'est justifié et c'est le minimum.

Il baissa les yeux vers une feuille de papier qu'il avait sortie de son sac.

— Une de nos *acolytes* – c'est le niveau qui aurait dû être le tien dans des circonstances plus favorables, à propos – s'est portée volontaire pour être ta tutrice. Elle se tiendra disponible pour toi à toute heure de la journée ; et t'expliquer des concepts aussi simples ne devrait pas se révéler très difficile, donc n'hésite pas à la solliciter. Nous espérons qu'il ne te faudra pas plus de deux semaines pour réapprendre tout ce que tu as oublié depuis ton départ.

Laurel, qui avait envie de rentrer sous terre, serra les poings.

— Son nom est Katya, poursuivit Yeardley sans prêter attention à son geste. Je suppose qu'elle viendra se présenter d'elle-même d'ici peu. Ne laisse pas son tempérament sociable te distraire de tes études.

Laurel hocha la tête avec raideur, les yeux obstinément fixés sur la pile de livres.

— Je te laisse à tes lectures, ajouta Yeardley en tournant les talons. Quand tu auras terminé tous les livres, nous pourrons commencer les leçons à proprement parler.

Une fois sur le seuil, il s'arrêta.

— Fais-moi prévenir par le personnel quand tu auras fini, mais tu n'as aucune raison de faire appel à moi avant d'avoir lu chaque livre de bout en bout.

Sans même la saluer, il sortit, et le claquement de la porte résonna dans le silence de la pièce.

Avec un gros soupir, Laurel se dirigea vers son bureau pour examiner le dos de quelques-uns des vieux volumes : *Principes d'herbologie*, *Origines des élixirs*, *L'Encyclopédie complète des herbes de protection*, *Anatomie du troll*. Ce dernier titre la fit grimacer.

Elle avait toujours aimé lire, mais ces ouvrages n'étaient pas exactement des romans de gare. Levant les yeux de l'impressionnante pile, elle regarda par la baie vitrée qui se trouvait à l'autre bout de la chambre, et s'aperçut que le soleil amorçait déjà sa descente à l'ouest.

Elle soupira. Cette journée ne ressemblait guère à ce qu'elle avait escompté.

TROIS

Assise en tailleur sur son lit, une paire de ciseaux à la main, Laurel découpait des fiches de fortune dans des feuilles de papier. Il lui avait fallu moins d'une heure de lecture pour comprendre que la situation l'exigeait. Une année passée à étudier la biologie avec David avait apparemment transformé Laurel en méthodique obsessionnelle. Mais le lendemain matin, elle avait découvert avec consternation que le « personnel », comme l'appelait tout le monde, cette armée de domestiques modestement vêtus qui parlaient toujours à voix basse, n'avait aucune idée de ce qu'était une fiche. En revanche, ils savaient ce qu'était une paire de ciseaux ; aussi Laurel s'était-elle décidée à fabriquer elle-même ses fiches avec un stock de beau papier cartonné.

Des coups discrets retentirent à la porte.

— Entrez, cria-t-elle, un peu inquiète à l'idée d'éparpiller des bouts de papier partout si elle tentait de se lever pour aller ouvrir.

La porte s'entrouvrit et une petite tête blonde apparut dans l'embrasure.

— Laurel ?

Ayant renoncé à essayer de reconnaître tous ces visages, Laurel se contenta de hocher la tête et attendit que l'étrangère se présente. La tête aux cheveux courts lui adressa un grand sourire qu'elle se surprit à rendre sans réfléchir. Quel soulagement d'avoir enfin droit à une marque de gentillesse ! Le dîner de la veille avait été un vrai désastre. Vers sept heures, Laurel avait été priée de descendre pour prendre son repas du soir. Vêtue de sa robe légère et d'une paire de sandales, les cheveux ramassés en queue-de-cheval, elle s'était précipitée dans l'escalier derrière une fée qui lui avait indiqué la salle à manger. Le terme « salle à manger », au lieu de « cafétéria », aurait dû lui mettre la puce à l'oreille. À la seconde où elle était entrée dans la pièce, elle avait compris qu'elle venait de commettre une erreur. Tout le monde portait des chemises boutonnées jusqu'au col et des pantalons de soie ou des robes longues jusqu'aux pieds. Hormis l'absence de chaussures, l'habit de soirée semblait de rigueur. Pour couronner le tout, Aurora avait traîné Laurel au milieu de la salle pour lui souhaiter la bienvenue et la présenter aux fées d'automne. Des centaines de visages s'étaient tournés vers elle.

« Note personnelle : s'habiller pour le dîner. »

Mais tout cela n'était déjà qu'un souvenir, et en ce moment même un visage lui souriait chaleureusement.

— Entre, dit-elle.

Elle ne se souciait pas vraiment de l'identité de cette fée ni de la raison de sa présence, seul comptait le fait qu'elle avait l'air amical. En outre, elle offrait un bon prétexte à Laurel pour faire une pause.

— Je m'appelle Katya, dit l'étrangère.

— Laurel, répondit Laurel sans réfléchir.

— Tu penses bien que je suis au courant ! s'exclama Katya en riant. Tout le monde sait qui tu es.

Laurel baissa les yeux, mal à l'aise.

— J'espère que tu trouves l'Académie à ton goût, poursuivit Katya en prenant le ton de l'hôtesse idéale. Je sais que je suis toujours un peu perturbée quand je dois voyager. Je ne dors pas bien, ajouta-t-elle en s'asseyant sur le lit à côté de Laurel.

Laurel évita de la regarder et acquiesça sans dire quoi que ce soit en fait, car elle se demandait comment Katya avait pu voyager si loin sans dépasser les frontières d'Avalon.

À vrai dire, Laurel n'avait pas bien dormi. Elle espérait que son nouvel environnement en était la cause, comme Katya le suggérait. Cependant, à plusieurs reprises elle avait été réveillée en sursaut par des cauchemars. Elle n'avait pas rêvé, comme à son habitude, de trolls, de Tamani, d'un revolver pointé sur lui ou sur Barnes, ou encore de vagues glacées fondant sur elle. La veille, ce n'était pas Laurel qui essayait d'échapper à Barnes en courant au ralenti mais ses parents, David, Chelsea, Shar et Tamani.

Elle s'était levée de son lit pour aller à la fenêtre et, le front appuyé contre la vitre froide, elle avait contemplé les lumières vacillantes éparpillées dans les ténèbres en contrebas. Elle trouvait que cela n'avait pas de sens d'être venue à Avalon pour apprendre à se défendre et à défendre ses proches puisque, pour ce faire, elle avait dû les laisser sans protection. En même temps, si les trolls étaient à sa poursuite, sa famille était peut-être plus en sécurité quand elle n'était pas dans les parages. La situation lui échappait complètement. Or, elle détestait se sentir impuissante et inutile.

— Qu'est-ce que tu fais ? demanda Katya, arrachant Laurel à ses idées noires.

— Je fabrique des fiches.

— Des fiches ?

— Euh... des outils de révision que je pourrai réutiliser chez m... dans le monde des humains.

Katya ramassa un des rectangles de papier découpés aux ciseaux.

— Est-ce qu'il s'agit juste de bouts de papier cartonné ou j'ai manqué quelque chose ?

— Non, c'est bien ça. C'est tout bête.

— Alors pourquoi les fabriques-tu toi-même ?

— Hein ? (Laurel leva un sourcil.) Parce que j'ai besoin de fiches !

Katya ouvrit de grands yeux et demanda innocemment :

— Tu n'es pas censée étudier à fond pendant tout ton séjour ? C'est ce que m'a dit Yeardley.

— Oui, mais ces fiches m'aideront à mieux retenir, expliqua Laurel. Ça vaut la peine d'y consacrer du temps.

— Ce n'est pas ce que je voulais dire.

Katya rit puis sonna la cloche en argent qu'Aurora avait montrée à Laurel la veille. Son tintement cristallin vibra dans la pièce pendant quelques secondes.

— Waouh, fit Laurel, ce qui lui valut un regard étonné de Katya.

Quelques instants plus tard, une fée entre deux âges se présenta sur le seuil. Katya arracha les ciseaux des mains de Laurel et rassembla les feuilles de papier cartonné.

— Il faudrait découper tout ça en rectangles de cette taille, dit-elle en tendant à la domestique une des fiches déjà découpées par Laurel. Cette tâche est de la plus haute importance, donc il faut lui donner la priorité sur le reste.

— Bien sûr, répondit la femme en esquissant une révérence, comme si elle s'adressait à un monarque et non à une jeune fille ayant la moitié de son âge. Souhaitez-vous que je les fasse ici afin que vous puissez en disposer au fur et à mesure, ou dois-je les emporter ailleurs et vous les rapporter quand j'aurai fini ?

Katya jeta un coup d'œil à Laurel et haussa les épaules.

— Moi, ça ne me dérange pas qu'elle reste ; ce n'est pas bête d'avoir à portée de main celles qui sont déjà découpées.

— D'accord, marmonna Laurel, gênée de demander à une femme d'âge mûr de s'acquitter d'une tâche aussi peu gratifiante.

— Vous pouvez vous asseoir ici, reprit Katya en désignant la place près de la fenêtre. Vous y verrez bien.

Avec un simple hochement de tête, la femme porta la pile de papier cartonné jusqu'à la fenêtre et se mit immédiatement à découper des rectangles bien nets.

Katya se rassit sur le lit à côté de Laurel.

— Maintenant, montre-moi ce que tu fais de ces fiches et je verrai en quoi je peux t'être utile.

— Je peux les découper moi-même, chuchota Laurel.

— Sans aucun doute, mais tu as mieux à faire.

— Elle aussi, j'imagine, répliqua Laurel en désignant du menton la domestique.

Katya leva les yeux et observa la femme sans la moindre gêne.

— Qui, elle ? Non, je ne crois pas. Ce n'est qu'une fée de printemps.

Laurel sentit monter en elle l'indignation.

— Ça n'en reste pas moins une personne. Elle a des sentiments, elle aussi.

Katya parut décontenancée.

— Je n'ai jamais prétendu le contraire. Mais c'est son travail.

— De découper mes fiches ?

— De répondre à tous les besoins des fées d'automne. Vois le bon côté des choses, poursuivit-elle du même ton désinvolte et jovial. Nous lui avons peut-être évité de rester assise les bras croisés à attendre que quelqu'un ait besoin d'elle. Maintenant, au travail, ou nous allons perdre le temps qu'elle nous fait gagner. Montre-moi le livre que tu lis.

Allongée sur le ventre, Laurel fixa d'un œil vide le manuel ouvert devant elle. Elle était lasse de lire après y avoir consacré la plus grande partie de sa matinée, et les mots commençaient à se mélanger sous ses yeux.

Un coup discret retentit à la porte, qu'elle avait laissée ouverte. Levant les yeux, Laurel aperçut un elfe d'un certain âge avec un regard affable et ces rides parfaitement symétriques auxquelles elle ne s'habituait toujours pas.

— Il y a un visiteur pour vous dans l'atrium, annonça-t-il dans un souffle.

Le personnel avait reçu l'ordre de faire preuve de la plus grande discrétion à l'égard de Laurel et d'éviter le plus possible de la déranger. Les autres étudiants aussi, apparemment. Laurel ne voyait jamais personne hormis Katya, excepté au dîner où, en général, on se contentait de la dévisager. Mais comme elle était presque venue à bout du dernier livre, elle pourrait bientôt intégrer une classe. Si elle n'était pas sûre que ce soit une bonne nouvelle, au moins ce serait différent.

— Un visiteur ?

Il fallut quelques secondes à son cerveau éreinté par l'effort intellectuel pour comprendre. Elle réprima un cri de joie. Tamani !

Laurel dévala une volée de marches puis emprunta un chemin un peu plus long pour traverser un passage vitré bordé de fleurs magnifiques de toutes les couleurs de l'arc-en-ciel. Au début, c'était ce qu'elle remarquait chez elles, ces nuances sublimes qui formaient des tapis chatoyants dans les jardins de l'Académie. Pourtant, ces fleurs étaient plus qu'un ornement ; elles étaient l'objet d'étude des fées d'automne. Après moins d'une semaine de bachotage, elle était capable de les nommer sans réfléchir. Les dauphinelles bleues et les renoncules rouges, les freesias jaunes et les callas blanches, les anthuriums mouchetés et sa nouvelle espèce favorite, les cymbidiums, ces orchidées au cœur rose cerné de pétales blancs et soyeux. En passant, elle caressa les orchidées tropicales tout en récapitulant mentalement leurs usages communs. « Servent d'antidote au poison des fleurs jaunes, bloquent temporairement la photosynthèse, deviennent phosphorescentes si on les mixe consciencieusement avec de l'oseille. »

Si elle disposait de très peu de contexte pour cette liste, grâce à ses fiches – que la fée de printemps avait découpées mieux qu'elle, il fallait bien l'admettre –, au moins elle l'avait mémorisée.

Laissant derrière elle le passage fleuri, Laurel se dirigea en hâte vers l'escalier et faillit glisser sur les marches. Elle repéra Tamani adossé à un mur près de l'entrée et, au prix d'un effort, parvint à ne pas se jeter sur lui en criant son nom.

Il avait troqué chemise et pantalon ample pour une tunique moirée et un pantalon noir. Ses cheveux étaient peignés en arrière et son visage semblait différent sans les mèches folles qui l'encadraient d'ordinaire. Comme elle s'apprêtait à le serrer dans ses bras, il l'arrêta d'un geste de la main. Désarçonnée, elle se figea ; alors, il sourit et s'inclina en montrant la même déférence à son égard que le personnel.

— Je suis content de te voir, Laurel. (Il indiqua la porte.) Après toi.

Elle l'observa d'un air étonné pendant quelques instants puis, comme il montrait de nouveau la sortie d'un signe de tête, elle s'exécuta en serrant les dents. Ils s'engagèrent dans l'allée qui, au lieu de former une ligne droite comme celles du voisinage de ses parents, serpentait entre les buissons, les massifs de fleurs et, malheureusement, d'autres étudiants. Si la plupart d'entre eux s'efforçaient de se cacher derrière leurs livres, elle sentait leur regard posé sur elle, certains allant même jusqu'à la dévisager bouche bée.

Ce fut une longue marche silencieuse. Laurel jetait sans cesse des coups d'œil vers Tamani, qui s'obstinait à marcher deux pas derrière elle. Un sourire malicieux flottait au coin de ses lèvres, mais il ne disait mot. Une fois qu'ils eurent franchi les grilles, il l'arrêta d'un geste et montra d'un signe de tête une haute rangée de buissons. Elle s'avança dans leur direction et, dès l'instant où leurs tiges vert sombre eurent masqué l'Académie, elle sentit les bras robustes de Tamani la soulever.

— Tu m'as tellement manqué ! s'exclama-t-il.

Il avait retrouvé le sourire qu'elle aimait tant. Elle noua ses bras autour de sa nuque et le tint longtemps enlacé. Il était un souvenir de sa vie hors des murs de l'Académie, un lien avec son monde, cet endroit où elle se sentait encore chez elle. Comme c'était bizarre de constater qu'en quelques jours son lien le plus direct avec Avalon était devenu sa seule attache avec sa vie humaine.

— Désolé pour tout ce cirque, reprit-il. L'Académie est très pointilleuse sur le protocole qui régit les rapports entre fées d'automne et fées de printemps, et je n'ai aucune envie de t'attirer des ennuis. Enfin, j'imagine que c'est probablement moi qui me mettrais dans le pétrin, mais quand bien même… Tenons-nous à l'écart des problèmes.

— S'il le faut.

Laurel sourit et ébouriffa les cheveux de Tamani pour leur rendre leur apparence initiale. Puis, tout à son bonheur de retrouver une compagnie familière et amicale, elle lui prit les mains.

— Je suis si heureuse que tu sois venu ! Je pense que je serais devenue folle si j'avais dû passer une autre nuit à étudier.

Tamani redevint sérieux.

— C'est un travail difficile, j'en suis sûr, mais de la plus haute importance.

Laurel baissa les yeux vers ses pieds nus mouchetés de terre.

— N'exagérons rien.

— Mais si, c'est très important. Tu n'imagines pas à quel point les préparations des fées d'automne nous sont utiles.

— Mais je ne peux toucher à rien ! Je n'ai même pas commencé les cours ! (Elle haussa les épaules.) J'ignore ce que je peux apprendre en moins de deux mois.

— Tu ne pourrais pas revenir… de temps en temps ?

Laurel releva la tête.

— Peut-être. Si on m'invite.

— Oh, tu seras… invitée ! répliqua Tamani en souriant comme si le terme employé par Laurel l'amusait beaucoup en soi. Fais-moi confiance.

Leurs regards se croisèrent, et Laurel se sentit hypnotisée. Après un silence nerveux, elle se détourna et se mit en marche.

— Alors, cette balade ? demanda-t-elle en s'efforçant de masquer sa gêne.

— Quelle balade ?

— Jamison m'a dit que tu m'emmènerais admirer la vue. Je n'ai que quelques heures devant moi.

Apparemment, la conversation prenait Tamani de court.

— Je ne suis pas sûr que c'est ce qu'il voulait dire...

— Je n'ai rien fait d'autre que mémoriser des noms de plantes pendant six jours entiers, protesta Laurel en martelant les dernières syllabes. Je veux visiter Avalon !

Un sourire espiègle éclaira le visage de Tamani.

— Très bien. Que voudrais-tu voir ?

— Je... je n'en ai aucune idée. (Et se tournant vers lui :) Quel est le plus bel endroit d'Avalon ?

Il hésita avant de répondre :

— La compagnie d'autres fées t'intéresse ou tu tiens à ce qu'on reste tous les deux ?

Laurel reporta le regard vers le bas de la colline. Tout ce qui comptait pour elle, c'était d'être avec Tamani, mais d'un autre côté, elle ne se faisait pas confiance à l'idée de passer tout ce temps en tête à tête avec lui.

— On ne peut pas faire un peu des deux ?

Tamani sourit.

— Si, bien sûr. Pourquoi ne pas... ?

Laurel posa un doigt sur ses lèvres.

— Non, ne me dis rien, allons-y.

En guise de réponse, Tamani montra le bas de la colline et lança :

— À toi l'honneur !

Un petit frisson d'excitation parcourut le dos de Laurel tandis que l'Académie disparaissait à l'horizon. Ils franchirent la grille et bientôt la route se sépara en plusieurs rues qui contournaient de temps à autre une habitation. Ces rues non pavées étaient faites de la même terre riche et noire que l'allée qui menait à l'Académie. Le contact de cette terre rafraîchissait les pieds nus de Laurel et lui donnait de l'allant.

Plus ils s'éloignaient de l'Académie, plus les rues se peuplaient. Ils se trouvèrent bientôt dans un genre de foire en plein air. Des centaines de fées s'étaient rassemblées sur les pas des portes, devant les vitrines des boutiques ou autour des stands qui proposaient toutes sortes de marchandises chatoyantes. Dans cet arc-en-ciel de couleurs, il fallut quelques secondes à Laurel pour comprendre que les taches bigarrées qu'elle voyait se faufiler parmi la foule étaient les fleurs des fées d'été. L'une d'elles passa juste devant elle avec un instrument à cordes dans les mains, arborant dans son dos une fleur magnifique vraisemblablement d'espèce tropicale. D'un rouge éclatant, elle était striée de jaune soleil et possédait une dizaine de larges pétales pointus comme ceux de l'échinacée pourpre que Laurel avait étudiée la veille. Celle-ci, en revanche, était énorme ! Les pétales du bas flottaient à quelques centimètres seulement du sol, tandis que ceux du haut s'inclinaient au-dessus de la tête de la fée comme une grosse couronne.

« Heureusement que je ne suis pas une fée d'été ! » songea Laurel au souvenir des efforts qu'elle avait dû déployer pour dissimuler sa propre fleur moins d'une année plus tôt. « Ce machin n'aurait jamais tenu sous un tee-shirt. »

Partout où son regard se posait, elle apercevait d'autres fleurs tropicales aux couleurs vives dans une multitude de variétés. Les fées d'été cultivaient la différence dans leur habillement aussi. Elles portaient des vêtements coupés dans le même tissu léger et chatoyant que ceux de Laurel et de ses camarades de classe. Cependant, les leurs étaient plus longs et plus amples, avec des fanfreluches, des pompons et autres ornements agités par la brise, ou encore des traînes qui balayaient le sol derrière elles. « Aussi tape-à-l'œil que leurs fleurs », décréta Laurel en son for intérieur.

Elle se retourna pour vérifier qu'elle n'avait pas perdu Tamani : il était toujours là, à deux pas derrière elle.

— Je préférerais que tu marches devant, dit-elle, lassée de devoir se tordre le cou pour le voir.

— Ce n'est pas ma place.

Laurel s'arrêta net.

— Comment ça ?

— Je t'en prie, pas de scandale, chuchota Tamani en la poussant du bout des doigts pour la faire avancer. C'est comme ça, voilà tout.

— C'est une manie des fées de printemps ? répliqua Laurel en élevant un peu la voix.

— Laurel, je t'en prie, l'implora Tamani en jetant des coups d'œil de part et d'autre. On en discutera plus tard.

Elle le fusilla du regard mais, comme il détournait la tête, elle capitula provisoirement et se remit en marche. Elle erra pendant quelque temps parmi les stands en s'émerveillant à la vue des carillons scintillants et des étoffes soyeuses disposées sur les étalages par les commerçants qui, pour certains, portaient des tenues encore plus extravagantes que les badauds.

— Qu'est-ce que c'est ? demanda-t-elle en prenant sur un présentoir un rang de diamants étincelants, probablement des vrais, assortis de minuscules perles et des fleurs en verre délicates.

— C'est pour tes cheveux, répondit d'un ton affable un elfe aux cheveux écarlates.

De ses mains gantées de blanc, il manipula l'extrémité du bijou, révélant un peigne astucieusement caché derrière un bouquet de fleurs en verre. Naturellement, étant de sexe masculin, il n'avait pas de fleur, mais ses vêtements suggéraient qu'il était lui aussi un elfe d'été.

— Puis-je ?

Laurel regarda Tamani qui hocha la tête en souriant. Elle se tourna vers l'elfe, qui ajusta le bijou dans ses cheveux avant de la conduire vers un grand miroir qui se trouvait de l'autre côté du stand. Laurel sourit à son reflet. Les diamants, fixés juste à l'endroit où sa chevelure était séparée par une raie, étincelaient au soleil, faisant ressortir les reflets naturels de ses mèches blondes.

— C'est magnifique, dit-elle dans un souffle.

— Tu veux le garder ou je te l'emballe dans une boîte ?

— Oh, je ne peux pas...

— Tu devrais, intervint Tamani d'un ton tranquille. C'est très joli.

— Mais je...

Laurel s'écarta du commerçant pour glisser à l'oreille de son ami :

— Je n'ai pas de quoi payer, et il est hors de question que tu me l'offres.

Tamani rit doucement.

— Ici, rien ne se monnaie. C'est un concept très... humain. Prends-le. Il sera flatté que tu apprécies ses talents d'orfèvre.

Laurel jeta un coup d'œil vers l'elfe qui se tenait hors de portée de voix.

— Tu es sérieux ?

— Oui. Dis-lui que ce peigne te plaît et que tu le porteras à l'Académie. C'est la seule rémunération qu'il espère.

Tout cela semblait si incroyable ! Laurel se sentit soudain nerveuse et momentanément incapable de surmonter sa crainte qu'à tout instant un garde ne survienne pour l'arrêter. Et cependant Tamani n'irait jamais lui jouer un si mauvais tour... si ?

Après avoir lancé un dernier regard au miroir, elle sourit à l'elfe en espérant qu'elle n'avait pas l'air trop crispée.

— C'est vraiment, vraiment très joli. J'aimerais le porter à l'Académie si vous le permettez.

L'elfe lui adressa un grand sourire et s'inclina imperceptiblement. Laurel s'éloigna d'un pas hésitant... et personne ne fit mine de l'arrêter.

Il lui fallut quelques minutes pour chasser l'impression d'être une voleuse. Elle commença à observer les badauds ; un grand nombre d'entre eux se servaient bien sur les étalages des stands sans rien offrir en retour hormis des compliments et autres marques de gratitude. Comprenant enfin la pratique de ces autres « acheteurs », elle réussit à se calmer.

— On devrait te dénicher un petit quelque chose, lança-t-elle en se tournant vers Tamani.

— Oh non. Pas à moi. Je ne fais pas mes achats ici. Mon marché à moi se trouve un peu plus bas sur la colline.

— Et celui-ci, alors ?

— C'est le marché d'été.

— Oh, fit Laurel, qui s'était remise à paniquer. Mais moi, je suis une fée d'automne. Je n'aurais pas dû prendre ce bijou.

Tamani éclata de rire.

— Non, non, les fées d'automne et d'hiver font leurs achats où bon leur semble. Elles sont trop peu nombreuses pour avoir leur propre marché.

— Oh. (Laurel réfléchit une minute.) Alors je peux aussi faire des emplettes dans ton marché ?

— Je suppose que c'est possible, mais je ne vois pas ce qui t'y inciterait.

— Pourquoi ?

Tamani haussa les épaules.

— Ce n'est pas joli comme ici. Enfin, la place est belle, comme tout ce qui se trouve à Avalon. Mais nous autres, nous n'avons pas besoin de babioles ni de décor. Il nous faut juste des vêtements, de la nourriture et les outils nécessaires à nos nombreuses activités. C'est là-bas que je trouve mes armes ainsi que les élixirs et les potions dont j'ai besoin pour ma fonction de sentinelle : tout cela nous vient de l'Académie. Quant aux fées d'été, elles ont besoin de tape-à-l'œil ; c'est leur fonds de commerce. Surtout celles qui font du théâtre. Mais en y regardant de plus près, et en particulier dans certaines échoppes, tu trouveras des objets plus pratiques. De la peinture et du matériel pour les décors, des instruments de musique, des outils d'orfèvrerie, ce genre de choses. (Il sourit.) Si les stands sont aussi tape-à-l'œil, c'est pour accrocher la lumière et attirer plus d'« acheteurs ».

Ils rirent de concert et Laurel porta la main à ses cheveux pour toucher le peigne-bijou. Elle se demanda quelle pouvait être sa valeur en Californie, puis chassa cette pensée. Comme elle n'avait aucune intention de le vendre, ça n'avait pas d'importance.

À mesure qu'ils s'éloignaient de la place du marché, la foule se raréfiait. La large route de terre était maintenant bordée d'habitations ; émerveillée, Laurel jetait des regards de part et d'autre. Les maisons étaient entièrement conçues avec le même verre que la baie vitrée de sa chambre. Les sphères plus vastes et transparentes qui donnaient sur la rue étaient manifestement des salons ; quant aux autres, plus petites, dans des nuances pastel, qui s'agglutinaient sur les côtés et sur l'arrière des constructions, Laurel supposa qu'il s'agissait des chambres. D'immenses rideaux de soie pastel étaient fixés derrière chaque logis afin de laisser entrer le soleil à l'intérieur ; la nuit venue, les habitants les rabattaient sur les parois de verre pour préserver leur intimité. Chacune de ces maisons étincelait au soleil ; beaucoup d'entre elles étaient ornées de guirlandes de cristal et de prismes qui accrochaient la lumière en la faisant danser, comme ceux que Laurel avait suspendus dans sa chambre, chez ses parents. L'ensemble dispensait une lumière presque aveuglante, et Laurel comprit qu'il s'agissait des « ballons » qu'elle avait vus du haut de la colline, le jour de son arrivée avec Jamison.

— C'est magnifique, songea-t-elle tout haut.

— N'est-ce pas ? J'adore me promener dans les quartiers des fées d'été.

Les demeures scintillantes commencèrent à s'espacer, et bientôt Laurel et Tamani se retrouvèrent en rase campagne. La route traversait un champ de trèfle parsemé de fleurs par endroits ; Laurel n'en avait jamais vu de pareil, excepté dans les films. Et bien qu'elle se soit accoutumée à l'air d'Avalon, toujours saturé d'odeurs de fleurs et de terre fraîchement retournée, les effluves transportés par la brise qui lui caressait le visage étaient particulièrement présents ici. Laurel inspira profondément pour s'en imprégner.

Elle s'arrêta en s'apercevant que Tamani n'était plus à ses côtés, et jeta un regard en arrière. Accroupi au bord de la route, il s'essuyait les mains sur l'épais tapis de trèfle.

— Qu'est-ce que tu fabriques ?

Il se releva d'un bond, l'air penaud.

— J'ai… euh, oublié mes gants.

Laurel resta sans voix pendant quelques secondes puis remarqua qu'à l'endroit où il s'était essuyé les mains le trèfle était couvert de poussière scintillante.

— Tu portes des gants pour éviter de semer ton pollen ?

— C'est une question de savoir-vivre, répondit-il après s'être éclairci la voix.

En y réfléchissant, Laurel se souvint que tous les hommes sur la place du marché d'été portaient des gants. Dès lors, elle comprenait pourquoi. Pour dissiper la gêne manifeste de Tamani, elle s'empressa de changer de sujet.

— Bon, et maintenant ? demanda-t-elle en scrutant la route, la main en visière pour se protéger du soleil.

— Je t'emmène visiter l'endroit que je préfère à Avalon.

— Ah bon ? fit-elle, tellement excitée à cette idée qu'elle oublia momentanément avoir demandé à Tamani de la surprendre. C'est où ?

Il sourit.

— Chez moi. Je tiens à te présenter ma mère.

QUATRE

Un frisson parcourut le dos de Laurel, qui hésitait entre la peur et la stupéfaction.

— Ta mère ?

— … Ça te pose problème ?

— Je croyais que les fées n'avaient pas de mère.

Tamani ouvrit la bouche pour répondre, puis se ravisa et fronça les sourcils, comme chaque fois qu'il était pris en flagrant délit de mensonge.

— Je n'ai jamais rien prétendu de tel, protesta-t-il. J'ai seulement dit que les choses étaient différentes ici. Et c'est le cas.

— Mais tu… Je… je croyais… Comme les fées naissent dans les fleurs… Tu m'as raconté que vous deviez vous prendre en charge tout seuls ! s'exclama-t-elle, un peu agacée.

— Je t'ai dit la vérité, répondit Tamani d'un ton qui se voulait apaisant. Enfin, en partie. Ici, la relation entre parents et enfants diffère un peu de celle des humains.

— Mais tu as une mère ?

Il acquiesça, et Laurel comprit à son regard qu'il avait deviné la question suivante.

— Et moi, est-ce que j'ai une mère ? Chez les fées, je veux dire ?

Il resta silencieux pendant un moment, et elle vit qu'il répugnait à répondre. Pour finir, il haussa imperceptiblement les épaules et fit non de la tête.

Elle en fut déçue et choquée, sans compter qu'en dépit de la tension qui régnait chez elle, sa mère lui manquait cruellement et qu'elle avait le mal du pays. Refoulant ses larmes, elle tourna les talons et se remit en marche, soulagée qu'il n'y ait personne dans les parages.

— Pourquoi ? reprit-elle d'un ton maussade.

— Tu n'en as pas, c'est tout.

— Mais toi, si. Pourquoi toi, tu en as une ?

Elle avait conscience de se montrer puérile et colérique, mais elle s'en moquait.

— Parce que je ne suis pas un elfe d'automne ou d'hiver.

Laurel s'arrêta et se tourna vers Tamani.

— Et alors ? On n'est pas nés de la même façon ?

— Si.

— Il a fallu un elfe et une fée pour concevoir la graine dont je proviens, non ?

Tamani hésita avant de répondre :

— Si.

— Alors, où sont-ils ? Je pourrais peut-être…

— Je n'en sais rien. Personne ne le sait. Les traces écrites ont été détruites.

— Pourquoi ?

— Les fées d'automne et d'hiver ne restent pas avec leurs parents. Ce sont les enfants d'Avalon, les rejetons de la Couronne. Ici ce n'est pas comme dans le monde des humains. Les relations sont différentes.

— Alors chez toi, avec ta mère, ce n'est pas comme chez moi avec la mienne ?

Laurel savait que le fait de ne pas considérer Avalon comme sa terre contrariait Tamani, mais elle était trop furieuse pour en éprouver du remords.

— Ce n'est pas ce que j'ai voulu dire. Une graine reste une graine. C'est un bien très précieux, évidemment, puisque c'est une nouvelle vie potentielle, mais on ne construit pas une relation avec une graine. Elle débute quand l'enfant sort de sa fleur et part vivre chez ses parents. En revanche, ça ne vaut que pour les fées de printemps et d'été. Tes... géniteurs...

— Mes parents, corrigea Laurel.

— Si tu veux. Tes parents ont peut-être été déçus en découvrant que tu n'irais jamais vivre avec eux, mais ils se sont probablement réjouis de leur contribution à la société. De leur point de vue, tu n'étais pas encore une personne. Tu ne pouvais pas leur manquer, puisqu'ils ne te connaissaient pas.

— Est-ce que c'est censé me remonter le moral ?

— Oui.

Tamani retint Laurel par l'épaule.

— Car je sais que tu es le contraire d'une égoïste, reprit-il. Qu'est-ce que tu aurais préféré ? Des retrouvailles avec des géniteurs ayant souffert de ton absence pendant des années ou la consolation de les savoir épargnés par le chagrin alors que tu étais sous la garde de parents humains qui t'adorent ?

Laurel sentit une boule se former dans sa gorge.

— Je n'y avais pas réfléchi sous cet angle, admit-elle.

Tamani sourit gentiment et tendit la main vers son visage pour glisser une mèche de cheveux derrière son oreille. Son pouce s'attarda sur sa joue.

— Crois-moi, ce n'est pas drôle de vivre sans toi. Je ne le souhaite à personne.

Malgré elle, Laurel appuya la joue contre la main de Tamani. Collant son front au sien, il la prit par la nuque. Ce n'est que lorsque son nez frôla le sien qu'elle comprit qu'il s'apprêtait à l'embrasser. Et qu'elle n'était pas tout à fait sûre de vouloir l'en empêcher.

— Tam, chuchota-t-elle.

Les doigts de Tamani se resserrèrent imperceptiblement autour de son cou.

— Pardon.

Il effleura son front de ses lèvres avant de la lâcher, puis désigna la large route qui traversait la prairie.

— En route ! Je vais sans doute devoir te ramener à l'Académie d'ici une heure ou deux.

Laurel acquiesça, tiraillée entre le soulagement, la déception, la solitude et le regret. Difficile de dire laquelle de ces émotions l'emportait.

— Comment... comment ont-ils su que j'étais une fée d'automne ? demanda-t-elle pour changer de sujet.

— Tu as émergé de ta fleur à l'automne, répondit simplement Tamani.

— Oh.

Laurel n'avait pas d'autre question à l'esprit hormis

celles qui concernaient ses origines, aussi décida-t-elle de garder le silence. Elle se remit en marche, Tamani sur les talons. Au bout d'un certain temps, ils aperçurent d'autres habitations, différentes de celles qui s'élevaient autour de la place d'Été. À l'instar de l'Académie, leurs façades étaient recouvertes de plantes grimpantes, de celles dont les fleurs ne s'ouvraient qu'à la nuit tombée. Mais, au lieu des parois de verre qu'elle avait observées jusqu'alors, leurs murs étaient faits de bois et d'écorce, qu'il s'agisse d'appentis, de maisonnettes ou de demeures plus vastes surmontées d'un toit de chaume. Ces maisons pittoresques et charmantes semblaient tout droit sorties d'un conte de fées, mais se distinguaient nettement de tout ce qu'elle avait vu auparavant.

— Pourquoi ces maisons ne sont-elles pas transparentes ? s'enquit Laurel.

— C'est ici que vivent les fées de printemps, répondit Tamani, qui marchait toujours à deux pas derrière elle.

— Et… ?

— Et quoi ?

— Quel est le rapport ?

— Les fées d'été ont besoin d'énormes quantités de lumière pour créer leurs illusions et leurs feux d'artifice. Il leur faut passer le plus grand nombre d'heures possible au soleil. En outre, ajouta-t-il après un bref silence, nos maisons sont plus faciles à construire et à entretenir. Nous sommes nombreux, après tout.

— Combien de fées de printemps y a-t-il ?

Tamani haussa les épaules.

— Je ne sais pas exactement. Elles constituent environ quatre-vingt pour cent de la population.

— Sans blague ? Et les fées d'été ?

— Oh, je dirais quinze pour cent. Peut-être un peu plus.

— Oh.

Laurel se garda de le questionner au sujet des fées d'automne. Elle pouvait faire le calcul toute seule. Tamani lui avait expliqué que les fées d'hiver étaient les plus rares de toutes, et qu'il en naissait une – sinon aucune – à chaque génération, mais apparemment les fées d'automne étaient à peine plus nombreuses. Laurel songea qu'inconsciemment elle aussi s'était aperçue de ce fait, mais qu'elle n'avait pas mesuré à quel point leur nombre était limité. Pas étonnant qu'elles ne possèdent pas leur propre place de marché.

Les habitations se resserraient, et une foule se pressait maintenant autour d'eux. Certains des passants étaient gantés et transportaient des outils de jardinage, la plupart inconnus de Laurel malgré la passion de sa mère pour les plantes. D'autres étaient occupés à laver devant leur maison des vêtements trop raffinés pour être les leurs. Laurel remarqua plusieurs chariots chargés de nourriture – qui pouvait être aussi bien des fruits et des légumes crus que des mets préparés, enveloppés dans des feuilles de vigne ou dans les pétales d'une énorme fleur dont le parfum rappelait celui d'un gardénia.

Un elfe de printemps passa en trombe près d'eux : il tenait à la main un bâton semblable à une houlette de berger, un petit pot suspendu à son extrémité incurvée.

Une douzaine de fioles remplies de liquide étaient sanglées autour de son torse. Laurel jeta un regard interrogateur par-dessus son épaule, mais Tamani se contenta de pointer le doigt devant lui en souriant.

Laurel se retourna et s'aperçut que le brouhaha de la foule s'amplifiait tout autour. Ce n'est que lorsqu'un nuage d'insectes bourdonnants se matérialisa comme par magie devant elle qu'elle comprit pourquoi. Elle réprima un cri de frayeur en se retrouvant cernée par un essaim d'abeilles particulièrement vivaces.

Mais elles disparurent aussi vite qu'elles étaient arrivées. Laurel se retourna pour regarder l'essaim se fondre parmi la foule, sur les pas de l'elfe à la houlette. Elle se rappela avoir lu à plusieurs reprises que les insectes, « ainsi que d'autres formes de vie inférieures », pouvaient être influencés, voire contrôlés par les odeurs. Elle songea à l'aubaine que pouvaient représenter des abeilles apprivoisées pour une société de plantes, mais ses réflexions furent interrompues par le rire de Tamani.

— Pardon, lança-t-il avec un sourire en coin, mais tu aurais dû voir ta tête !

La première réaction de Laurel fut de se mettre en colère, mais elle soupçonna qu'il avait raison.

— Est-ce que je marche dans la bonne direction ? demanda-t-elle comme si de rien n'était.

— Oui, je te préviendrai quand il faudra tourner.

— Eh bien, nous sommes chez les fées de printemps maintenant, non ? Il est inutile que tu marches encore derrière moi. Je me sens un peu perdue.

— Désolé, déclara Tamani d'une voix irritée, mais

c'est comme ça que ça se passe ici. Il faut marcher derrière les fées de rang supérieur.

Laurel s'arrêta net et Tamani faillit la bousculer.

— C'est la règle la plus stupide que j'aie jamais entendue, répliqua-t-elle en se tournant vers lui. Et je refuse de m'y plier.

Il soupira.

— Écoute, tu as la chance de ne pas avoir été élevée dans ces principes-là. Ce n'est pas mon cas.

Il jeta un coup d'œil à la foule qui se pressait autour d'eux avant d'ajouter tranquillement :

— Si je désobéis, ce n'est pas toi qui auras des ennuis. C'est moi.

Si Laurel ne voulait pas lâcher le morceau, elle n'avait pas non plus envie que Tamani soit puni par sa faute. Comme il baissait les yeux, elle se détourna et se remit en route. Elle avait de plus en plus conscience de détonner ; beaucoup plus que sur la place du marché d'été. Exception faite de leurs divers outils, toutes les personnes présentes ressemblaient... eh bien... à Tamani. Elles portaient des tenues simples en toile de coton, composées pour la plupart de pantalons amples ou de jupes longues jusqu'au mollet. Mais, à l'instar de ceux des autres fées, leurs vêtements étaient propres et élégants. Loin des stéréotypes de la classe ouvrière, avec ses visages fatigués et ses habits miteux, tous ces gens évoquaient des acteurs se faisant passer pour des ouvriers.

Ce qui la charmait nettement moins en revanche, c'était que tous ceux qui croisaient son regard s'interrompaient dans leur discussion pour lui sourire et lui faire la même courbette dont l'avait gratifiée Tamani à l'Académie. Une fois qu'elle s'était éloignée, ils reprenaient leurs bavardages. Plusieurs d'entre eux saluèrent Tamani et s'efforcèrent d'entamer la conversation. Chaque fois, il les chassa d'un geste. Cependant, un mot revenait sans cesse aux oreilles de Laurel.

— C'est quoi, une combineuse ? demanda-t-elle, une fois à l'écart de la foule.

Tamani hésita.

— C'est un peu bizarre de t'expliquer ça.

— Oh, dans ce cas, laisse tomber. Comme si m'expliquer des choses bizarres n'était pas dans tes habitudes.

Le sarcasme de Laurel amena un sourire penaud sur le visage de Tamani.

— C'est du langage de fée de printemps, dit-il d'un ton vague.

— Oh, allez ! s'exclama-t-elle avant d'ajouter d'une voix taquine : Explique ou je marche à côté de toi.

Comme il ne répondait pas, elle ralentit le pas, se déroba à sa main puis se posta à sa droite.

— D'accord, chuchota-t-il en la poussant doucement devant lui. Une combineuse, c'est une fée d'automne. Ce n'est pas un terme insultant, poursuivit-il précipitamment. C'est ainsi qu'on vous surnomme, voilà tout. D'un autre côté, on ne prononcerait jamais ce mot-là devant une fée d'automne.

— Combineuse ? répéta Laurel en détachant chaque syllabe. C'est parce qu'on combine des ingrédients pour fabriquer des potions ? reprit-elle en riant. Ça fonctionne bien.

Tamani haussa les épaules.

— Et les fées d'été, vous les appelez comment ?

Il fit la grimace.

— Les précieuses.

Laurel se remit à rire, et quelques fées de printemps lorgnèrent dans sa direction avant de retourner à leur tâche avec un peu trop d'empressement.

— Et les fées d'hiver ?

Tamani secoua la tête.

— Oh, elles, jamais on n'oserait les traiter à la légère. Jamais, répéta-t-il d'un ton catégorique.

— Et vous, comment on vous appelle ?

— Les ensorceleuses. Tout le monde sait ça.

— Tout le monde ici, peut-être, mais pas moi, répliqua Laurel.

— Eh bien, maintenant tu sais.

— Pourquoi ce surnom ?

— Parce que ensorceler, c'est notre spécialité. La plupart du temps, seules les sentinelles ont recours à ce pouvoir.

— Pourquoi ?

— Hum, tu te souviens, l'année dernière, quand j'ai essayé de m'en servir sur toi ?

— Oh, c'est vrai ! J'avais oublié.

Laurel se tourna vers Tamani en feignant la colère.

— J'étais furieuse contre toi !

Il haussa les épaules en riant.

— Le hic, c'est que ça n'a pas très bien marché parce que tu es une fée. Par conséquent, seules les sentinelles, et en particulier celles qui travaillent à l'extérieur d'Avalon, ont l'opportunité d'utiliser ce pouvoir sur des créatures non féeriques.

— Oui, ça se tient.

Une fois sa curiosité assouvie, Laurel se remit en marche. Du bout des doigts, Tamani lui toucha la taille, et la guida à travers la foule de nouveau compacte.

— Tourne à droite ici, dit-il. On y est presque.

À son soulagement, Laurel bifurqua dans une ruelle plus tranquille. Elle avait l'impression d'être le centre de l'attention et cela la mettait mal à l'aise ; elle regrettait de ne pas avoir demandé à l'elfe du stand de mettre le peigne dans une boîte. Ici, personne ne portait de bijou du même genre.

— On est arrivés ?

— C'est la maison là-bas, répondit Tamani en levant le bras. Celle avec les gros pots de fleurs devant.

Ils s'avancèrent vers une habitation petite mais coquette, bâtie dans le tronc d'un arbre. Laurel n'en avait jamais vu de semblable : il avait une base très large et une forme arrondie, telle une énorme citrouille en bois. Son tronc s'étrécissait vers le sommet avant de se séparer en branches feuillues qui ombrageaient la maison.

— Comment ça peut pousser, un truc pareil ?

— Grâce à la magie. Cette maison est un présent de la Reine à ma mère. Les fées d'hiver peuvent demander aux arbres de pousser comme bon leur semble.

— Pourquoi la Reine a-t-elle offert un cadeau à ta mère ?

— Pour la remercier de ses années de bons et loyaux services en tant que *jardinière*.

— Mais il y en a des tas ici !

— Oh non. C'est un domaine très particulier. L'un

des postes les plus prestigieux auxquels peut prétendre une fée de printemps.

— Vraiment ? fit Laurel d'un ton dubitatif.

Elle avait pu observer des dizaines de jardiniers dans la seule périphérie de l'Académie.

Tamani la dévisagea d'un air étrange pendant quelques instants, avant que la lumière ne se fasse dans son esprit.

— Ça n'a rien à voir avec les jardiniers humains ! Ceux-là, ce sont de simples ouvriers ici et, oui, ils sont très nombreux. Je suppose que le métier de ma mère correspond plutôt à celui d'une... sage-femme.

— Une sage-femme ?

Si Tamani entendit la question de Laurel, il n'en montra rien. Il frappa doucement à la porte de l'arbre-maison. Puis, sans attendre de réponse, il l'ouvrit.

— Je suis rentré.

Un cri de joie leur parvint de l'intérieur et un tourbillon de jupons multicolores enveloppa les jambes de Tamani.

— Mais qu'est-ce que c'est ? s'écria-t-il en s'arrachant à l'étreinte de l'enfant pour la soulever dans ses bras. Je crois que c'est une fleur prénommée Rowen !

La petite fille glousssa de plaisir tandis que Tamani la serrait contre lui. Bien qu'âgée d'un an environ, elle marchait d'un pas sûr et son regard pétillait d'intelligence. Laurel y décela même de l'espièglerie.

— Tu as été sage aujourd'hui ? lança Tamani.

— Bien sûr, répondit l'intéressée en articulant à la perfection, ce que Laurel n'aurait jamais cru possible chez une enfant aussi jeune. Je suis toujours sage.

— Parfait.

Il scruta l'intérieur de la maison et cria :

— Maman ?

— Tam ! Quelle surprise ! J'ignorais que tu venais aujourd'hui.

Lorsque Laurel leva les yeux, une femme d'un certain âge entrait dans la pièce, et elle se sentit soudain très intimidée. L'étrangère était belle, son visage était à peine ridé et ses yeux vert clair, de la même couleur que les siens. Elle adressait un large sourire à Tamani – apparemment, elle n'avait pas encore remarqué la présence de Laurel, qui se tenait sur le seuil derrière lui.

— Je l'ignorais moi-même jusqu'à ce matin.

— Aucune importance, déclara la femme en prenant le visage de Tamani à deux mains pour l'embrasser sur les joues.

— J'ai amené de la compagnie, annonça-t-il avec un calme soudain.

La femme se tourna vers Laurel et, l'espace d'un instant, l'inquiétude s'imprima sur ses traits. Puis elle parut la reconnaître et sourit.

— Laurel ! Tu n'as presque pas changé !

Laurel lui rendit son sourire, mais se rembrunit en la voyant s'incliner. Tamani dut sentir son changement d'humeur car, saisissant la main de sa mère, il dit :

— Laurel a eu assez de politesses pour aujourd'hui. Dans cette maison, elle a le droit d'être elle-même.

— À la bonne heure ! s'exclama la mère de Tamani en souriant.

Puis elle s'avança vers Laurel et, lui prenant le visage à deux mains comme elle l'avait fait précédemment avec son fils, elle l'embrassa sur les deux joues.

— Sois la bienvenue.

Laurel sentit les larmes lui monter aux yeux. Cet accueil, le plus chaleureux qu'elle avait reçu depuis son arrivée à Avalon, lui rappela à quel point sa propre mère lui manquait.

— Merci, dit-elle tout bas.

— Entrez, entrez ! Ne restez pas plantés sur le seuil, nous avons assez de fenêtres ! s'écria la mère de Tamani en les poussant à l'intérieur. Et puisque nous en avons fini avec les formalités, tu peux m'appeler Rhoslyn.

CINQ

L'intérieur de la maison ressemblait à la chambre de Laurel, hormis que tout y était plus modeste. Des boutons-d'or traités pour briller dans le noir – « avec de la cendre d'écorce et de l'essence de lavande », récita mentalement Laurel – étaient suspendus aux chevrons ; ils se balançaient doucement dans la brise qui entrait par les six fenêtres de la pièce. Les rideaux étaient coupés dans un tissu plus proche du coton que de la soie, et le même revêtement recouvrait tous les fauteuils. Un plancher lustré avait remplacé la moquette moelleuse, mais Laurel n'oublia pas pour autant de s'essuyer les pieds sur le paillasson avant de pénétrer dans la maison. Plusieurs aquarelles encadrées ornaient les murs.

— Elles sont magnifiques ! s'extasia Laurel en se penchant pour observer le détail d'un massif composé de tiges très hautes surmontées d'un unique bouton prêt à éclore.

— Merci. Je me suis mise à la peinture depuis ma retraite. J'adore ça.

Laurel se tourna vers un autre tableau représentant

Tamani. Elle sourit en constatant que Rhoslyn avait parfaitement rendu ses traits songeurs. Le regard, sérieux, était tourné vers un objet quelconque au-delà du cadre.

— Vous êtes très douée, déclara Laurel.

— Penses-tu ! Je ne fais que m'amuser avec de vieux pinceaux cédés par les fées d'été. Et puis, on ne peut pas échouer avec un modèle aussi beau que notre Tamani, ajouta Rhoslyn en passant le bras autour de la taille de son fils.

Laurel les observa : Rhoslyn, encore plus menue qu'elle, contemplait fièrement Tamani tandis qu'il berçait sur sa hanche la petite Rowen pelotonnée contre lui. Elle éprouva un bref pincement au cœur à l'idée qu'il avait une vie loin d'elle, puis se maudit intérieurement. Il existait tant d'aspects de sa vie dont il était exclu qu'il aurait été égoïste d'exiger plus de lui que ce qu'elle-même pouvait lui donner. Elle sourit à Tamani et chassa ses idées noires.

— C'est ta sœur ? demanda-t-elle en désignant l'enfant.

— Non, répondit-il, et Rhoslyn éclata de rire.

— À mon âge ? lança-t-elle en souriant. Grands dieux non ! Tam est mon plus jeune fils et j'étais déjà un peu trop vieille pour l'avoir.

— Voici Rowen, annonça Tamani en chatouillant les côtes de la petite fille. Sa mère est ma sœur.

— Oh, c'est ta nièce, dit Laurel.

Il haussa les épaules.

— Ici, nous n'avons pas d'autres mots que mère,

père, frère et sœur. En outre, nous sommes très solidaires et nous nous occupons des enfants d'autrui.

Il chatouilla la petite fille, qui poussa des cris de joie.

— Rowen bénéficie peut-être d'une attention particulière parce qu'elle nous est plus proche que les autres enfants, mais nous ne revendiquons pas particulièrement cette filiation. Nous sommes tous de la même famille.

— Oh.

Ce concept plaisait à Laurel autant qu'il la rebutait. Ce devait être drôle d'avoir une société entière pour famille. Cependant, les liens qu'elle entretenait avec sa propre famille – certes bien plus réduite – lui auraient manqué.

Laurel écarquilla les yeux d'étonnement en apercevant une petite créature perchée sur l'épaule de Rowen, qui ressemblait à un écureuil violet avec des ailes de papillon roses. Elle était pourtant certaine que l'animal n'était pas là quelques instants auparavant. Elle vit Rowen murmurer quelque chose à son oreille puis rire sous cape comme si elle venait d'échanger avec lui quelque bonne plaisanterie.

— Tamani ? murmura Laurel sans détacher les yeux de l'étrange créature.

— Quoi ? fit-il en suivant son regard.

— Qu'est-ce que c'est que ce truc ?

— C'est son compagnon, répondit-il en réprimant un sourire. Du moins pour le moment. Elle en change régulièrement.

— Inutile de préciser que je suis complètement perdue !

Tamani trouva un tabouret, s'assit en reposant Rowen par terre puis allongea les jambes devant lui.

— Imagine-toi un ami imaginaire pas si imaginaire que ça.

— Un ami imaginaire ?

— Une illusion, plus précisément.

Il sourit devant l'air stupéfait de Laurel et expliqua d'un ton affectueux :

— Rowen est une fée d'été.

L'enfant esquissa un sourire timide et Rhoslyn se gonfla d'orgueil.

— Nous sommes très fiers d'elle.

— La création d'un camarade de jeu imaginaire est l'une des premières manifestations magiques chez les fées d'été. Rowen a commencé à en faire apparaître deux semaines après son éclosion. C'est comme un doudou ou un animal de compagnie mais en beaucoup plus amusant. En ce qui me concerne, mes jouets favoris n'ont jamais pu se mouvoir comme les siens.

Laurel examina l'écureuil violet d'un air circonspect.

— Alors il n'est pas réel ?

— À peine plus que n'importe quel ami imaginaire.

— C'est incroyable !

Tamani leva les yeux au ciel.

— Tu parles ! Tu devrais voir les personnages héroïques qu'elle appelle à la rescousse pour la sauver du monstre qui campe sous son lit. (Il fit une pause.) Qui fait lui aussi partie de ses créations.

— Où sont ses parents ?

— En visite chez les fées d'été pour l'après-midi, répondit Rhoslyn. Rowen étant presque en âge de commencer son apprentissage, ils prennent les dispositions nécessaires avec son directeur d'études.

— Si jeune ?

— Elle va sur ses trois ans, déclara Tamani.

— Ah bon ? fit Laurel en considérant la petite fille qui jouait par terre. Elle paraît beaucoup plus jeune.

Après un silence, elle ajouta :

— Et elle se comporte comme quelqu'un de plus âgé. J'allais vous questionner à ce sujet.

Rowen leva les yeux vers Laurel.

— Je suis comme toutes les autres fées de mon âge. N'est-ce pas ? poursuivit-elle en se tournant vers Tamani.

— Tu es parfaite, Rowen, dit-il en la hissant sur ses genoux tandis que la petite bête rose et violet se posait au sommet de son crâne.

Laurel s'imposa de détourner les yeux, même si elle n'était pas certaine qu'il soit impoli d'examiner une créature qui n'existait pas vraiment.

— Je vais te faire une confidence au sujet de Laurel, reprit Tamani. C'est quelqu'un de très spécial. Elle vit dans le monde des humains.

— Comme toi, objecta Rowen d'un ton détaché.

— Non, pas tout à fait, dit-il en riant. Laurel vit parmi les humains.

Rowen ouvrit de grands yeux.

— C'est vrai ?

— Oui. En fait, elle ignorait qu'elle était une fée jusqu'à sa floraison l'année dernière.

— Et tu croyais que tu étais quoi ? s'enquit Rowen.

— Je me prenais pour une humaine, comme mes parents.

— C'est idiot, rétorqua Rowen avec dédain. Comment une fée peut-elle se prendre pour un être humain ? Les humains sont des créatures bizarres. Et terrifiantes, ajouta-t-elle après un bref silence.

Puis elle chuchota d'un air conspirateur :

— Ce sont des animaux.

— Ils ne sont pas si terrifiants que ça, intervint Tamani. Et ils ont la même apparence que nous. Si tu ignorais tout des fées, tu croirais peut-être que tu es une humaine, toi aussi.

— Oh, moi, je ne pourrais jamais être une des leurs, répliqua Rowen avec le plus grand sérieux.

— Eh bien, ça n'arrivera pas. Tu deviendras la plus jolie fée d'été d'Avalon.

Rowen sourit en baissant les yeux d'un air faussement modeste, et Laurel ne douta pas un instant que Tamani disait vrai. Avec ses boucles brunes soyeuses et ses longs cils, Rowen était la plus belle enfant qu'elle ait jamais vue. La petite fille ouvrit sa bouche délicate comme un bouton de rose et bâilla à se décrocher la mâchoire.

— C'est l'heure de la sieste, Rowen, lança Rhoslyn.

Rowen se rembrunit et protesta d'un ton boudeur :

— Mais je veux jouer avec Laurel !

— Elle reviendra une autre fois, déclara Rhoslyn en se tournant vers Laurel comme pour tester la validité de cette promesse.

Laurel s'empressa d'acquiescer sans être pour autant certaine de pouvoir la tenir.

— Tu peux dormir dans le lit de Tam, ajouta Rhoslyn comme Rowen traînait les pieds. J'espère que ça ne t'ennuie pas, dit-elle à Tamani, qui secoua la tête.

Le visage de la petite fille s'éclaira, et Rhoslyn disparut avec elle dans le couloir étroit, laissant Tamani et Laurel seuls.

— Elle n'a vraiment que trois ans ? demanda celle-ci.

— Oui. Et elle est tout à fait normale pour son âge, répondit Tamani en prenant ses aises dans le vaste fauteuil.

Laurel l'observa, fascinée. Elle ne l'avait jamais vu aussi détendu.

— Tu m'avais pourtant dit que les fées ne vieillissaient pas comme les humains, mais…

Elle s'interrompit.

— Tu ne me croyais pas ? lança-t-il en souriant.

— Si. Seulement, c'est autre chose de voir ça de ses propres yeux. (Elle le dévisagea longuement.) Il n'y a pas de bébés chez les fées ?

— Non, pas au sens où tu l'entends.

— J'étais plus âgée que Rowen lorsque je suis allée vivre chez mes parents ?

Tamani hocha la tête, un sourire au coin des lèvres.

— Tu venais d'avoir sept ans.

— Toi et moi… on est allés à l'école ensemble ?

Il pouffa.

— À quoi m'auraient servi les cours dispensés aux fées d'automne ?

— Alors comment je t'ai connu ?

— Je passais beaucoup de temps à l'Académie avec ma mère.

Comme si elle avait deviné qu'on parlait d'elle, Rhoslyn revint dans la pièce avec des tasses fumantes de nectar d'*Heliconia*. Laurel avait goûté à ce breuvage sucré à l'Académie, où on lui avait expliqué que c'était une spécialité d'Avalon très difficile à se procurer. Elle se sentit donc flattée qu'on lui en propose.

— En quoi consistait votre métier de *jardinière* ? dit-elle en se tournant vers Rhoslyn. Tamani m'a expliqué que vous étiez une sorte de sage-femme.

Rhoslyn émit un claquement de langue désapprobateur.

— Tamani et son vocabulaire d'humain ! J'ignore au juste ce qu'est une sage-femme, mais chez nous, un *jardinier*, c'est quelqu'un qui nourrit les jeunes pousses.

— Oh, fit Laurel, qui n'était guère avancée. Ce ne sont pas les parents qui s'en occupent ?

Rhoslyn secoua la tête.

— Ils n'ont pas le temps. Les pousses ont besoin de soins constants et très spécifiques. Nous avons tous des corvées quotidiennes à accomplir, et si chaque mère devait prendre une année voire plus pour s'occuper de son rejeton, il y aurait trop de tâches délaissées. En outre, un couple pourrait décider de semer une graine dans le seul but d'échapper à un an de travail, et une vie nouvelle est un bien trop précieux pour servir des fins aussi frivoles.

Laurel se demanda ce que Rhoslyn aurait pensé des innombrables raisons frivoles qu'invoquaient les humains pour avoir des bébés, mais elle préféra garder ses pensées pour elle.

— À l'Académie, comme pour les autres plantes et

fleurs de grande importance, un jardin est réservé aux jeunes pousses, poursuivit Rhoslyn. Les fées de printemps et d'été apprennent à travailler en observant les autres, souvent leurs propres parents. Tamani a donc passé beaucoup de temps à l'Académie avec moi.

— Moi aussi, j'étais là-bas ?

— Bien sûr. Dès ton éclosion, comme toutes les autres fées d'automne.

Laurel leva les yeux vers Tamani qui approuva.

— Dès le premier jour, comme je te l'ai dit. Ils ne te connaissent pas.

Laurel acquiesça tristement.

— Laurel a quelques difficultés à accepter l'idée qu'elle n'a pas de parents-fées, expliqua Tamani.

— Oh, ne te tracasse pas, lança Rhoslyn. La séparation est un élément essentiel de ton éducation. Un père et une mère constitueraient un obstacle.

— Hein ? Comment ça ? fit Laurel, un peu décontenancée par la manière dont Rhoslyn, qui elle-même était mère, balayait d'un revers de main ses parents inconnus.

— Il y a de grandes chances pour que tes parents soient des fées de printemps ; ils n'avaient sans doute aucune idée de la façon dont il fallait élever une jeune fée d'automne, laquelle doit se libérer de ces liens hasardeux avec des fées de basse extraction, poursuivit-elle d'un ton tranquille, comme si elle ne s'incluait pas dans cette catégorie. Elle doit se cultiver afin d'accomplir les tâches qui lui seront imparties. Les fées d'automne sont d'une importance capitale dans notre société. Même si tu as passé peu de temps à l'Académie, tu dois t'en rendre compte.

L'esprit de Laurel était resté fixé sur deux mots : « liens hasardeux ». Les parents étaient censés représenter bien plus que cela. Malgré l'atmosphère douillette de la maison de Tamani, elle avait envie de fuir cette conversation.

— Tamani, dit-elle tout à coup, nous avons beaucoup marché pour venir jusqu'ici. Il ne faudrait pas que nous nous mettions en retard pour rentrer à l'Académie.

— Oh, ne t'inquiète pas, dit-il. Nous avons décrit un cercle en longeant les zones habitées. Nous ne sommes pas très loin des bois de la Reine, qui jouxtent l'Académie. Mais nous devrions peut-être nous mettre en route, poursuivit-il en se tournant vers sa mère. J'ai promis au personnel de l'Académie que nous ne serions pas longs.

Tamani observa Laurel avec inquiétude, mais elle détourna les yeux.

— Bien sûr, dit Rhoslyn d'un ton jovial, à des lieues d'imaginer la tension qu'elle avait suscitée. Reviens quand tu veux, Laurel. C'était un plaisir de te revoir.

Laurel sourit d'un air absent. Elle sentit les doigts de Tamani se nouer autour des siens tandis qu'il l'entraînait vers la porte.

— Tu reviens, Tam ? demanda Rhoslyn juste avant qu'ils franchissent le seuil.

— Oui. Je dois regagner la porte au lever du soleil, mais je resterai pour la nuit.

— Bien. Rowen sera partie quand tu reviendras. Je préparerai ton lit.

— Merci.

Après avoir fait leurs adieux, ils reprirent la direction de la route qu'ils avaient suivie à peine une heure plus tôt. Quand Tamani lâcha la main de Laurel et reprit sa place à quelques pas derrière elle, elle marmonna quelques mots incompréhensibles et croisa les bras sur la poitrine.

— Pas de ça, s'il te plaît, dit-il calmement.

— C'est plus fort que moi. Après ce qu'elle a dit...

— Je sais que ce n'est pas dans tes habitudes, Laurel, mais ici, c'est comme ça. Je suis sûr que tes camarades de classe ne trouvent rien à y redire.

— Ils n'ont jamais rien connu d'autre. Toi si.

— Pourquoi ? Parce que je connais les coutumes des humains ? Tu sous-entends que c'est mieux.

— Mais *c'est* mieux ! s'écria Laurel en faisant volte-face.

— Pour les humains, peut-être, répliqua Tamani d'une voix forte. Mais les fées ont des besoins différents.

— Qu'est-ce que tu insinues ? Que c'est bien d'enlever les enfants à leurs parents ?

— Je ne dis pas que j'approuve l'une ou l'autre de ces méthodes. Je n'ai pas assez vécu parmi les humains pour être à même de juger. Mais réfléchis, ajouta-t-il en posant la main sur l'épaule de Laurel comme pour amortir l'impact de ses mots. Que se passerait-il si à Avalon nous vivions comme les humains ? Chaque fois que des fées de printemps donneraient naissance à une fée d'automne, celle-ci aspirerait à vivre avec eux. Ils aspireraient à l'élever. Sauf qu'elle serait obligée de les quitter pour aller étudier douze heures par jour à l'Académie. Ils ne la verraient jamais. Ils ne comprendraient rien à ses activités. Pour couronner le tout, ils n'auraient pas de jardin chez eux. Or elle en aurait besoin pour faire ses devoirs. Bientôt, elle passerait à quatorze, seize heures par jour. Ses parents lui manqueraient et elle leur manquerait. Bientôt, ils ne se verraient plus. Ils finiraient par devenir des étrangers les uns pour les autres, sauf que, contrairement à la situation actuelle, les parents sauraient ce qui leur manque. Et ils en souffriraient. Alors, Laurel, dis-moi ce qui est mieux là-dedans.

Hébétée, Laurel ne répondit rien. Se pouvait-il qu'il ait raison ? Elle détestait cette idée. Et cependant, elle ne pouvait pas nier que la démonstration de Tamani, aussi brutale fût-elle, tenait debout.

— Je ne dis pas que c'est préférable, reprit-il doucement. Je ne te demande même pas de comprendre, mais ce n'est pas parce que nous établissons des distinctions entre les fées que nous sommes des êtres insensibles. Nous avons nos raisons.

Laurel acquiesça à contrecœur.

— Et les pères, dans tout ça ? demanda-t-elle, plus calme. Tu as un père, toi ?

Tamani garda les yeux obstinément fixés sur le sol.

— Oui, j'en avais un, répondit-il d'une voix étranglée.

Un sentiment de culpabilité étreignit Laurel.

— Je regrette. Je ne voulais pas... Je suis désolée.

À court de mots, elle toucha l'épaule de Tamani. Les dents serrées, il parvint à esquisser un sourire.

— Ce n'est rien. Il me manque, voilà tout. Ça ne fait qu'un mois.

Un mois. C'était justement à cette époque qu'il lui avait demandé de lui rendre visite à la propriété. « Et je ne suis pas venue. » Le cœur de Laurel se serra.

— Je… je ne savais pas.

Il sourit.

— Ce n'est rien, je t'assure. Nous savions tous que ça arriverait.

— Ah bon ? De quoi est-il mort ?

— Il n'est pas mort. C'est même le contraire.

— Comment ça ?

Tamani inspira profondément. Quand il releva le front, il était de nouveau lui-même, sa peine semblait s'être envolée.

— Je te montrerai un jour. C'est quelque chose qu'il faut voir pour comprendre.

— Mais…

— Nous n'avons pas le temps aujourd'hui, l'interrompit-il d'un ton légèrement tendu. Viens. On ferait mieux de ne pas traîner, sans quoi ils ne me laisseront pas t'emmener la prochaine fois.

— On se voit la semaine prochaine ? suggéra Laurel pleine d'espoir.

Tamani secoua la tête.

— Même si j'avais droit à autant de congés à Avalon, ils n'accepteraient pas que tu délaisses tes études. Dans quelques semaines, d'accord ?

Laurel trouva le concept de « congés à Avalon »

déconcertant mais pas autant que la perspective d'être cloîtrée à l'Académie pendant une période indéfinie. Quelques semaines ? Il eût aussi bien pu dire jamais. Elle n'avait plus qu'à espérer qu'à la prochaine étape de son instruction le temps filerait plus vite que lors de ces quelques jours passés dans sa chambre, assise devant une pile de livres.

SIX

Le lendemain matin, Laurel scruta son reflet dans le miroir en se demandant à quoi devait ressembler un *acolyte*, un étudiant de son niveau. Après le fiasco de son premier dîner à Avalon, elle s'était donné beaucoup de mal pour se vêtir convenablement, mais chaque fois qu'elle demandait conseil pour s'habiller, elle ne récoltait que des sourires. Ou juste des encouragements à porter ce qui lui semblait « le plus confortable ». Elle examina ses cheveux ramassés en queue-de-cheval et défit le ruban qui les retenait pour les laisser retomber sur ses épaules. Elle décidait finalement de les rattacher, quand un coup retentit à la porte. Elle alla ouvrir et trouva une Katya avenante sur le seuil.

— J'ai pensé qu'il valait mieux que je t'accompagne jusqu'à ta salle pour ta rentrée officielle, lança-t-elle gaiement.

— C'est une très bonne idée, dit Laurel avec une mimique de soulagement.

Elle jeta un coup d'œil à la tenue de Katya : une longue jupe bouffante et un haut sans manches à col rond. Laurel, quant à elle, portait une robe longue jusqu'à mi-mollet, coupée dans un tissu léger qui s'envolait au moindre coup de vent et bruissait à chacun de ses pas. Elle estima que son choix était au fond assez proche de celui de Katya, il ne pouvait donc pas être complètement déplacé.

— Tu es prête ? demanda celle-ci.

— Oui, répondit Laurel. Laisse-moi juste prendre mon sac.

Elle jeta son sac à dos en Nylon sur son épaule, ce qui lui valut un regard en coin de Katya : avec ses grosses fermetures Éclair noires et les patchs Transformers que David avait fixés au fer quelques mois plus tôt pour lui faire une blague, il était tout sauf discret, comparé à la besace en toile de Katya. Mais Laurel n'avait rien d'autre pour transporter ses cahiers ; en outre, ce vieil objet familier la rassurait.

Elles sortirent de la chambre et, après quelques tours et détours, s'engagèrent dans un long couloir vitré dont le verre étincelait au soleil et projetait leurs reflets sur les fenêtres opposées. Laurel les observa tandis qu'elles marchaient et, durant un instant, ne parvint pas à identifier son propre reflet. Katya était à peu près de sa taille et elle aussi avait les cheveux blonds, bien que les siens soient courts et joliment ondulés. La plupart des autres fées de l'Académie coloraient leurs cheveux et leurs yeux en trafiquant leur alimentation, si bien que les chevelures rouges, vertes ou bleues surpassaient en nombre les blondes et les brunes. C'était une façon intéressante d'aborder la mode et, dans d'autres circonstances, Laurel aurait pu l'apprécier. Mais, en l'occurrence, elle avait déjà assez à faire avec les couleurs du code vestimentaire officieux de l'Académie.

Elles s'arrêtèrent devant une porte à deux battants d'où s'échappait une forte odeur de terre humide.

— Nous passerons la journée ici, annonça Katya. Nous nous réunissons dans divers endroits en fonction de nos projets. Mais les cours ont lieu ici la plupart du temps.

Katya poussa la porte, et une rumeur leur parvint de l'intérieur. Laurel pénétra dans une grande pièce qui n'avait rien d'une salle de classe ordinaire. On aurait plutôt dit une serre : des plantes en pot s'alignaient le long des parois, sous une vaste verrière qui s'étendait du sol au plafond. Il régnait dans cet endroit une chaleur et une humidité tropicales. Laurel se félicita d'avoir opté pour une robe légère, et comprit pourquoi son armoire contenait autant de tenues du même genre.

Une longue table chargée de matériel de laboratoire trônait au centre de la salle. Laurel s'imagina David manipulant fioles et vases à bec, compte-gouttes et lames en verre, ainsi que ces instruments qui ressemblaient à des microscopes, posés parmi des rangées de bouteilles contenant des liquides colorés.

En revanche, pas un pupitre à l'horizon. Laurel s'étonna de s'en trouver soulagée. Cela lui rappelait le temps des cours à domicile.

Les autres fées la rendaient nerveuse. Le brouhaha des conversations, légèrement étouffé par la végétation abondante, emplissait la salle ; une centaine d'élèves s'affairaient, agglutinées devant les jardinières, ou bavardaient, debout en cercle. D'après Aurora, l'âge des *acolytes* avec lesquelles Laurel était censée étudier pouvait aller de quinze à quarante ans, selon leur talent et leur abnégation, si bien qu'il était difficile de savoir ce qu'elle pouvait avoir en commun avec elles. Elle ne reconnaissait personne hormis, ici et là, un visage aperçu au cours du dîner ; ce qui la mettait dans une position de faiblesse, car la plupart de ses camarades de classe l'avaient fréquentée à une époque dont elle ne gardait aucun souvenir.

Tandis qu'elle observait la scène, clouée sur place, Katya salua un groupe de fées postées autour de ce qui ressemblait à un gros grenadier.

— Il nous reste quelques minutes avant l'arrivée des professeurs, déclara-t-elle. J'aimerais en profiter pour vérifier l'évolution de mon poirier. Ça ne te dérange pas ?

Laurel secoua la tête. « Pour ce que ça change... » Katya s'avança vers une jardinière contenant un petit arbuste chargé de feuilles, et sortit de sa besace un carnet de notes.

« Poirier, récapitula Laurel mentalement. Neutralise la plupart des poisons. Le suc extrait de ses fleurs prévient la déshydratation. »

— Qu'est-ce que tu fais ? demanda-t-elle.

— J'essaie de le faire pousser plus vite, répondit Katya en examinant les multiples encoches pratiquées sur le tronc de l'arbuste. C'est une potion assez rudimentaire, mais je n'ai toujours pas saisi le truc. (Elle prit une fiole remplie d'un liquide vert sombre et l'examina à la lumière du soleil.) S'il faut fabriquer une potion capable de guérir tous les maux, je suis la combineuse rêvée.

Le fait que Katya emploie ce terme avec autant de désinvolture fit tiquer Laurel. Tamani avait suggéré que seules les fées de printemps l'utilisaient, et même sous-entendu que ce n'était pas très poli. Apparemment, Katya n'était pas de cet avis.

— Mais dès lors qu'il s'agit d'améliorer ce qui fonctionne déjà, j'ai la cervelle qui fume, poursuivit-elle sans remarquer la réaction de Laurel.

Le regard de Laurel erra dans la pièce. Quelques fées levèrent les yeux vers elle, d'autres détournèrent la tête, d'autres encore lui sourirent. Elles ne furent qu'une poignée à soutenir son regard. Mais lorsqu'il s'arrêta sur une grande fée aux yeux violets et aux longs cheveux bruns et lisses, elle décela avec étonnement de l'animosité chez l'inconnue : celle-ci avait rejeté en arrière sa longue chevelure et, plutôt que de détourner les yeux, avait choisi de lui tourner carrément le dos.

— Hé, Katya ? chuchota Laurel. Qui est-ce ?

— Qui ? fit distraitement Katya.

— De l'autre côté de la pièce. Longs cheveux bruns. Racines et yeux violets.

Katya jeta un bref coup d'œil par-dessus son épaule.

— Oh, elle ? C'est Mara. Elle t'a regardée de travers ? Ignore-la. Elle a un problème avec toi.

Laurel réprima un glapissement.

— Avec moi ? Je ne la connais même pas !

Katya se mordit la lèvre, l'air hésitant.

— Écoute, dit-elle à voix basse, personne ici n'aime évoquer tes souvenirs enfouis. Nous sommes tous amenés à fabriquer des élixirs d'oubli, ajouta-t-elle avant que Laurel ait pu l'interrompre. Cela fait partie de notre initiation. J'avais dix ans quand j'y suis parvenue pour la première fois. Mais normalement, ces élixirs sont destinés aux humains ou aux trolls. Bref, aux animaux. Ils n'ont pas le même effet sur nous.

— Nous sommes immunisés, comme avec les charmes ?

— Non, pas tout à fait. Si les fées étaient immunisées contre la magie d'automne, nous ne pourrions pas utiliser sur nous les potions aux vertus bénéfiques. Mais les potions destinées aux animaux n'agissent pas de la même façon sur les plantes, et aucune personne saine d'esprit n'irait expressément fabriquer un élixir censé priver une autre fée de ses souvenirs. D'accord, il est vrai que par le passé, bien avant ma naissance, les fées d'automne étudiaient la fabrication des poisons pour fées, mais un jour, l'une d'elles est allée trop loin, expliqua Katya d'une voix réduite à un murmure. C'est donc vivement déconseillé de nos jours. Il faut même obtenir une permission spéciale pour être autorisé à consulter les ouvrages relatifs à ce genre de potion. Tu es un cas particulier, parce qu'ils ne voulaient pas que tu puisses révéler quoi que ce soit aux humains, même par accident. Et cependant, la présence d'une fée amnésique parmi nous – c'est-à-dire, pour être honnête, la victime d'une magie que nous n'avons même plus le droit d'étudier –, eh bien, c'est un tabou ambulant. Surtout, ne le prends pas mal. C'est Mara la plus remontée, ajouta-t-elle en désignant d'un signe de tête l'intéressée. Il y a quelques années, elle a demandé l'autorisation d'étudier les poisons pour fées. On la lui a refusée, alors que c'est la meilleure de la classe et qu'elle est déjà experte en poisons pour animaux.

— Et elle me déteste à cause de ça ? demanda Laurel, désarçonnée.

— À ses yeux, tu incarnes une potion qu'elle ne sait pas fabriquer. Et, pour couronner le tout, elle t'a connue autrefois. Comme nous tous ou presque ici, d'une manière ou d'une autre.

— Oh, fit Laurel tout bas.

— Avant que tu poses la question, je t'ai peu connue, et toujours de loin. Mais Mara, ajouta Katya en désignant d'un mouvement de tête la grande fée sculpturale, comptait parmi tes amis proches.

— Vraiment ?

Laurel se sentit stupide d'apprendre de la bouche de quelqu'un d'autre le nom de ses amis et s'étonna que le fait d'avoir été amie avec quelqu'un par le passé puisse justifier un tel regard de haine.

— Oui, mais Mara était elle aussi en lice pour obtenir la place de scion, et elle s'est fâchée tout rouge quand c'est toi qui a été choisie. Au lieu d'accepter une réalité simple, à savoir que tu correspondais plus aux critères qu'elle, elle a vécu cette décision comme un échec personnel. Apparemment, c'est la couleur de tes cheveux qui a fait pencher la balance en ta faveur. Il paraît que les humains préfèrent les bébés blonds.

Laurel manqua s'étrangler en entendant cela et toussa pour s'éclaircir la voix, ce qui attira l'attention des autres fées. Même Mara tourna la tête pour lui décocher une autre œillade assassine.

— Depuis, j'ai l'impression qu'elle essaie de faire ses preuves par tous les moyens, reprit Katya. Elle a beaucoup de talent ; elle est devenue *acolyte* bien plus tôt que la majorité d'entre nous. Elle sera bientôt *journeyman* et, en ce qui me concerne, le plus tôt sera le mieux.

Katya reporta son attention sur son arbuste.

— Elle peut bien aller étudier avec eux ! marmonna-t-elle.

Laurel se pencha elle aussi vers le poirier, mais elle ne pouvait s'empêcher d'observer Mara du coin de l'œil. La fée appuya sa silhouette frêle et languide à la table avec la grâce d'une ballerine, puis embrassa la salle du regard comme pour la jauger et sembla trouver qu'elle n'était pas à la hauteur. Avaient-elles vraiment été amies ?

Un groupe de fées d'un certain âge fit son entrée ; celle qui marchait en tête frappa dans ses mains pour attirer l'attention générale.

— Rassemblez-vous, je vous prie, lança-t-elle d'un ton étonnamment calme, et cependant sa voix se répercuta aux quatre coins de la salle, dans un silence absolu.

Tous les étudiants s'étaient tus. « Eh bien, songea Laurel, c'est très différent du lycée. »

Ils accoururent des quatre coins de la salle pour former un grand cercle autour des professeurs, au nombre d'une vingtaine. La fée qui avait donné la consigne reprit la parole.

— Quelqu'un commence un nouveau projet aujourd'hui ?

Quelques mains se levèrent. Aussitôt, les autres fées s'écartèrent pour laisser s'avancer ceux qui s'étaient désignés. Chacun d'eux, seul ou en petit groupe, entreprit de décrire son projet, ses objectifs, le moyen d'y parvenir et le temps que cela prendrait en répondant au pied levé aux différentes questions des professeurs, voire des autres élèves.

Les projets semblaient tous plus complexes les uns que les autres, et les étudiants ne cessaient d'avoir recours à des termes inconnus, tels que *« récepteurs* monastuolo », *« matrices de résistance des eucaryotes »* ou *« vecteurs capryliques* hleocræft ». Au bout de quelques minutes, l'esprit de Laurel se mit à vagabonder. Elle parcourut du regard les personnes rassemblées tandis que les étudiants poursuivaient leur présentation. Tout le monde écoutait religieusement. Personne ne chahutait : c'était tout juste si les jeunes gens respiraient, ils ne semblaient vivre que pour entendre la description de tel ou tel projet. Il fallut presque une demi-heure pour venir à bout de ces explications, et ce, toujours dans le même silence. De quoi donner la chair de poule.

— Est-ce que quelqu'un a achevé un projet hier ? s'enquit l'enseignante.

D'autres mains se levèrent, et de nouveau la foule s'écarta pour laisser passer d'autres élèves.

Tandis que les fées exposaient leurs projets finis, Laurel balaya la salle d'un regard neuf. Les plantes qui poussaient là étaient aussi variées que celles qu'on trouvait dehors, même si elles semblaient moins ordonnées dans leur diversité. La plupart étaient cernées par du matériel scientifique et protégées par des bouts de tissu drapés tout autour pour filtrer la lumière. C'était moins une serre qu'un laboratoire.

— Lorsque j'ai examiné ton projet la semaine dernière, cela ne semblait pas très bien fonctionner.

L'un des professeurs, un elfe avec une voix de basse, interrogeait une petite brune d'apparence très juvénile.

— C'est vrai, admit-elle simplement, sans la moindre gêne. Au final, ce projet est un échec total.

Laurel eut un mouvement de recul et attendit les murmures et les ricanements de mise. Mais ils ne vinrent pas. Elle regarda autour d'elle. Les autres étudiants semblaient très attentifs. Certains hochaient la tête tandis que la fée décrivait en détail l'étendue de son échec. Cependant, personne ne paraissait le moins du monde découragé. Encore un contraste énorme – et agréable – avec le lycée.

— Et qu'est-ce qui est au programme maintenant ? demanda le professeur.

Sans hésiter, la jeune fée répondit :

— Je dois poursuivre mes recherches afin de comprendre pourquoi le sérum n'a pas marché mais, quand ce sera fait, j'aimerais recommencer. Je suis déterminée à trouver un moyen de rétablir l'utilisation de la potion *viridefaeco* à Avalon.

Le professeur réfléchit quelques instants.

— C'est d'accord, déclara-t-il enfin. Va pour un autre essai. Ensuite, il faudra que tu reprennes le cours de tes études.

La petite brune acquiesça et le remercia avant de regagner le cercle.

— Quelqu'un d'autre ?

Les fées regardèrent autour d'elles, mais personne ne leva la main.

— Avant que vous vous dispersiez, reprit la femme à la tête du groupe des enseignants, vous savez tous, je suppose, que Laurel est revenue parmi nous, même si c'est pour une courte période.

Tous les regards convergèrent vers Laurel. Elle eut droit à quelques sourires mais, dans la majorité, les visages trahissaient surtout la curiosité.

— Elle passe quelques semaines avec nous. Vous êtes donc priés de la laisser vous regarder travailler à sa guise. Répondez à ses questions. Il n'est pas nécessaire de la faire participer, surtout s'il s'agit d'une opération délicate mais, s'il vous plaît, prenez le temps de lui expliquer le pourquoi et le comment de votre démarche. Vous pouvez vous disperser.

Elle frappa encore une fois dans ses mains, et les fées s'exécutèrent.

— Et maintenant ? chuchota Laurel.

Le brouhaha des conversations avait repris, mais il lui semblait plus approprié de parler à voix basse après le silence de la dernière heure.

— Au travail, répondit simplement Katya. Je planche sur deux projets de longue haleine en ce moment, et ensuite il faudra réapprovisionner.

— Réapprovisionner ?

— Préparer des potions et des sérums élémentaires pour les autres fées d'Avalon. Nous apprenons à les fabriquer dès notre plus jeune âge, mais seuls les étudiants de niveau supérieur sont habilités à préparer les produits qui seront ensuite distribués au peuple. Nous avons des quotas mensuels à respecter et j'ai été tellement accaparée par mon poirier que je suis un peu en retard.

— Vous étudiez tous... le sujet de votre choix ?

— Eh bien, les projets poussés doivent être approuvés par la Faculté. Les professeurs viennent régulièrement surveiller leur évolution. Mais, oui, nous décidons nous-mêmes du projet sur lequel nous voulons travailler.

Ce procédé rappelait à Laurel les années passées à étudier chez elle, sous la houlette de sa mère ; elle élaborait un programme en fonction de ses centres d'intérêt personnels et avançait à son rythme. Ce souvenir la fit sourire, parce qu'elle avait depuis longtemps cessé de supplier sa mère de reprendre les cours à domicile – grâce, en grande partie, à David et à Chelsea.

Ici, en revanche, Laurel n'avait pas de projet personnel et, à priori, errer sans but dans la salle ne lui semblait d'aucune utilité pour acquérir des connaissances. Même après deux semaines consacrées à mémoriser l'usage des plantes, elle n'en savait pas assez pour poser des questions pertinentes aux autres étudiants. Aussi fut-elle soulagée en voyant une personne familière entrer dans la pièce, quoiqu'elle n'eût jamais imaginé éprouver semblable émotion devant le visage sévère de Yeardley, le professeur de matières principales.

— Elle est prête ? demanda-t-il en s'adressant directement à Katya.

Elle poussa Laurel devant elle en souriant.

— Elle est tout à vous.

Laurel suivit Yeardley jusqu'à un poste de travail chargé de matériel. Sans même la saluer, il entreprit de l'interroger sur la deuxième fournée de livres qu'elle avait lus la semaine précédente. Si elle ne fut pas entièrement convaincue par sa prestation, Yeardley, lui, parut satisfait de ses progrès. Il fourragea dans sa besace et en sortit... d'autres ouvrages.

Laurel ne put dissimuler sa déception.

— Je croyais que j'en avais fini avec les livres, dit-elle avant de pouvoir s'en empêcher.

— On n'en a jamais terminé, répliqua Yeardley en insistant sur le dernier mot comme s'il s'agissait d'une injure. Chacune de nos castes a sa propre nature. L'essence de la magie de printemps est sociale ; elle se fonde sur l'empathie. Les fées d'été doivent affûter leur sens de l'esthétique ; sans art, leur magie est faible, il faut bien l'admettre. L'essence de notre magie, c'est l'intellect ; les connaissances glanées au travers de lectures attentives sont le réservoir d'où notre intuition tire son pouvoir.

Tout cela n'avait rien de magique aux yeux de Laurel. Pour elle, c'était surtout synonyme de travail pénible.

— Cela dit, ce sont mes livres, pas les tiens.

Laurel réprima un soupir de soulagement.

— Laurel.

Elle leva les yeux. La voix de Yeardley avait perdu son inflexion sévère ; elle trahissait la nervosité – l'inquiétude, même – mais aussi une certaine douceur.

— Normalement, à ce stade, je devrais commencer à t'enseigner les potions rudimentaires : lotions, sérums nettoyants, fortifiants nutritifs. Bref, ce que nous apprenons aux débutants. Mais tu devras revenir à un moment moins crucial pour acquérir ces connaissances, voire les rattraper toute seule. Je vais t'enseigner l'herbologie défensive. Jamison insiste, et je suis tout à fait d'accord avec sa décision.

Laurel acquiesça et sentit son pouls s'accélérer. Non pas tant parce qu'elle allait enfin commencer les cours proprement dits ; l'excitation venait plutôt de la raison qui avait motivé ce passage à la vitesse supérieure : la menace des trolls. Voilà ce qu'elle attendait depuis le premier jour.

— Pour l'essentiel, ce que je vais t'apprendre, tes compétences ne te permettront pas de t'en servir, du moins pendant quelque temps, mais ce n'est qu'un début. J'attends de toi un travail acharné, pour ton bien plus que pour le mien.

— Bien sûr, dit Laurel avec empressement.

— Je t'ai demandé de te documenter sur une variété de plantes et leur utilisation. Ce que tu ne comprends peut-être pas encore, c'est que fabriquer des potions, sérums et autres élixirs ne consiste pas seulement à mélanger des essences en respectant le bon dosage. Il existe toujours une ligne directrice – une recette, si tu veux –, mais le procédé autant que le résultat varient d'une fée d'automne à l'autre. Ce que nous enseignons à l'Académie ne repose pas sur des recettes mais sur l'intuition : tu dois faire confiance à ton don qui est un droit de naissance et utiliser ta connaissance de la nature pour améliorer l'existence des habitants d'Avalon. L'ingrédient capital dans chaque préparation, c'est toi, la fée d'automne. Personne d'autre ne peut obtenir un résultat identique, même en suivant ton rituel avec une précision infaillible.

À ces mots, il sortit de son sac un petit pot contenant une plante minuscule aux boutons fermés.

— Tu dois apprendre à ressentir l'essence même de la nature quand tu travailles, poursuivit-il en caressant délicatement la plante, et à tisser un lien étroit, intime, avec elle, qui te permettra non seulement de la transformer dans ses composants à ta guise (il fouilla parmi une rangée de flacons, en prit un, l'ouvrit et versa une goutte de son contenu sur son doigt), mais aussi d'ouvrir son champ de possibilités et de l'aider mieux que quiconque à s'épanouir.

De son doigt humidifié, il effleura délicatement chacun des boutons fermés qui, au moment où il retira sa main, s'ouvrirent pour révéler des fleurs d'un mauve éclatant. Puis, regardant droit dans les yeux une Laurel ébahie, il demanda :

— On peut commencer ?

SEPT

Laurel s'agenouilla sur le banc devant sa fenêtre, le nez collé à la vitre, et scruta l'allée qui menait aux grilles de l'Académie. Tamani avait promis d'être là à onze heures, mais elle ne pouvait s'empêcher d'espérer qu'il arriverait plus tôt.

Déçue, elle retourna à sa tâche : aujourd'hui, un sérum *monastuolo* qu'elle avait complètement raté. Cependant, Yeardley affirmait que le fait d'aller au bout de ses échecs lui inculquerait, mieux que n'importe quelle méthode, ce qu'il ne fallait pas faire. Laurel considérait cela comme une perte de temps, mais elle avait appris à ne pas discuter les décisions de Yeardley. Malgré ses dehors bourrus, il s'était révélé sous un autre jour, durant le mois qui venait de s'écouler. Il était obsédé par l'herbologie, et rien ne le mettait plus en joie qu'un étudiant zélé. En outre, il avait toujours – toujours ! – raison. Et cependant, Laurel demeurait sceptique quant à cette règle particulière.

Elle était sur le point de se rasseoir et d'ajouter un autre ingrédient à sa potion lorsqu'on frappa à la porte. « Enfin ! » Après avoir pris le temps de vérifier sa tenue et ses cheveux dans le miroir, Laurel prit une profonde inspiration et ouvrit la porte à Celia, la fée de printemps qui avait découpé ses fiches et qui lui avait aussi rendu des dizaines d'autres petits services au cours de ces dernières semaines.

— Il y a quelqu'un qui vous attend dans l'atrium, annonça-t-elle en inclinant la tête.

Malgré les supplications répétées de Laurel, les fées de printemps la saluaient toujours ainsi. Après avoir remercié Celia de son message, elle se glissa dans le couloir. À chaque pas, elle se sentait plus légère. Non qu'elle n'aimât pas ses leçons ; au contraire, maintenant qu'elle arrivait à suivre, elle trouvait cela fascinant. Mais, dès le début, elle avait eu raison sur un point : c'était beaucoup de travail. Elle passait huit heures par jour à étudier avec Yeardley, regardait travailler les fées d'automne pendant plusieurs autres heures et, tous les soirs, elle avait encore des lectures à finir ainsi que des potions, des poudres et des sérums à préparer pour s'exercer. Elle s'affairait du lever au coucher du soleil avec pour seul répit une courte pause en fin de journée, à l'heure du dîner. Katya avait beau lui répéter qu'il n'en allait pas ainsi pour toutes les fées d'automne, et que la plupart d'entre elles ne consacraient qu'une « petite » douzaine d'heures à l'étude, c'était encore trop pour Laurel. Mais au moins, les autres, elles, avaient du temps libre.

— Je veux bien admettre que la quantité de travail qu'on attend de toi est excessive, lui avait dit Katya un jour.

C'était une concession énorme de la part d'une étudiante aussi studieuse et zélée. À cet égard, elle ressemblait à David. Mais quand Laurel avait voulu la complimenter en lui faisant part de sa réflexion, Katya s'était énormément vexée d'être comparée à un humain.

Aussi, lorsque, trois jours plus tôt, était arrivée une lettre de Tamani sollicitant la compagnie de Laurel pour un après-midi, elle avait été folle de joie. Cette pause, bien que brève, était l'occasion rêvée de prendre l'air et de se préparer à affronter une dernière semaine de travail éreintant avant ses retrouvailles avec ses parents.

Laurel était si perdue dans ses pensées qu'elle faillit ne pas voir Mara et Katya accoudées à la balustrade de l'étage qui dominait l'atrium.

— Il est encore là, lança Mara, sa bouche parfaite tordue en une moue dédaigneuse. Tu ne peux pas le faire attendre dehors ?

Laurel haussa un sourcil.

— Si ça ne tenait qu'à moi, je le ferais monter dans ma chambre.

Mara écarquilla les yeux puis dévisagea Laurel, qui était désormais habituée aux manières quelque peu menaçantes de cette beauté sculpturale. Les choses ne s'étaient pas améliorées depuis le premier jour au laboratoire. En général, Laurel évitait de croiser le regard assassin de Mara. La seule fois où elle l'avait questionnée au sujet de son projet, des travaux de recherche sur un cactus – un cactus ! quoi de plus approprié ? –, Mara lui avait tourné le dos en feignant de ne pas l'avoir entendue.

La tête haute, Laurel s'éloigna sans un mot de plus. Katya courut pour la rattraper.

— Ignore-la, dit-elle gentiment. Personnellement, je trouve que c'est assez courageux de ta part.

Laurel regarda Katya.

— Comment ça, courageux ?

— Je ne connais pas beaucoup de fées de printemps en dehors de notre équipe, déclara Katya en haussant les épaules. Et encore moins parmi les soldats.

— Sentinelles, corrigea automatiquement Laurel, sans trop savoir pourquoi.

— Quand bien même. Ils ont l'air si... rustres. Elle se tut et risqua un coup d'œil par-dessus la balustrade, vers l'endroit où devait attendre Tamani.

— Et puis, il y en a tellement.

Laurel leva les yeux au ciel.

— Évidemment, reprit Katya, vous deux, vous vous connaissez depuis longtemps, alors ça change tout, j'imagine.

Laurel acquiesça, bien que ce ne fût pas l'exacte vérité. À en croire ses souvenirs, elle connaissait Tamani depuis moins d'un an. Mais une année, c'était toujours beaucoup plus que ce qu'elle pouvait se rappeler des fées d'automne qu'elle côtoyait au quotidien.

— Bon, à plus tard, lança-t-elle gaiement, toute la fatigue des dernières semaines désormais réduite à un vague souvenir.

— À quelle heure tu rentres ? s'enquit Katya en ouvrant de grands yeux.

« Le plus tard possible », songea Laurel. Mais à Katya, elle répondit :

— Je ne sais pas. Si on ne se voit pas ce soir, on se verra demain.

Katya ne parut pas convaincue.

— Je pense sincèrement que tu ne devrais pas y aller seule. Caelin acceptera peut-être de t'accompagner.

Laurel réprima un soupir. Le hasard avait voulu que Caelin fût le seul elfe d'automne de l'âge de Laurel. Malgré sa corpulence chétive et sa voix de fausset, il insistait pour jouer les protecteurs auprès de ces « dames », pour reprendre le mot qu'il employait. La dernière chose dont Laurel avait besoin, c'était d'un Caelin pendu à ses basques qui aurait cherché à prouver sa supériorité sur tous les mâles qu'ils rencontreraient. Or, c'était exactement ce qu'il ferait. Elle n'osait pas imaginer la réaction de Tamani.

Un petit sourire étira ses lèvres. Et cependant, cela aurait pu être intéressant. À vue de nez, ce pauvre Caelin ne tiendrait pas dix secondes en présence de Tamani. Elle aurait bien aimé le voir remettre ce bêcheur à sa place. Mais, plus que tout, elle voulait passer du temps seule avec Tamani.

— Crois-moi, Katya, je n'ai pas besoin d'un chaperon.

— Si tu le dis, lança Katya en souriant. Amuse-toi bien, ajouta-t-elle, d'un ton à la fois envieux et dubitatif.

— Alors, où est-ce qu'on va ? demanda Laurel après qu'elle et Tamani eurent accompli leur simulacre de bienséance consistant à marcher en silence jusqu'aux grilles.

— Tu n'as pas deviné ? répondit-il, tout sourire, en indiquant le grand panier d'osier qu'il balançait à son bras gauche.

— Je t'ai demandé où, pas quoi, dit-elle sans agressivité néanmoins, trop heureuse de sortir de l'Académie et de sentir le vent frais sur son visage, la terre meuble sous ses pieds, tout en observant du coin de l'œil Tamani qui la suivait.

Elle mourait d'envie de se jeter dans ses bras en riant, mais elle parvint à se maîtriser.

— Tu verras bien, déclara-t-il.

Arrivé à une intersection, il la poussa du bout des doigts pour la guider le long d'un chemin s'écartant des maisons qu'ils avaient longées la fois précédente.

— Je veux te montrer quelque chose.

À mesure qu'ils progressaient, le sentier devenait de plus en plus étroit et escarpé. Au bout de quelques minutes, ils parvinrent au sommet d'une haute colline et, l'espace d'un instant, Laurel crut que ses yeux lui jouaient des tours. Un arbre énorme déployait ses larges branches, ombrageant toute la crête pourtant vaste. Il évoquait vaguement un chêne, avec ses feuilles dentelées, mais son tronc, au lieu d'être élancé, était incroyablement épais, noueux et déformé. Laurel le soupçonnait d'éclipser le plus imposant des séquoias du parc national qui bordait sa propriété aux abords d'Orick.

Mis à part ses proportions gigantesques, il n'était pas si différent des autres, mais quand Laurel se retrouva dans l'ombre de ses branches, elle éprouva une sensation indescriptible : l'air s'était comme épaissi ; il l'enveloppait de volutes d'eau, d'une eau vive qui s'insinuait dans l'air même qu'elle respirait et qui l'emplissait tout entière.

— Qu'est-ce que c'est ? souffla-t-elle une fois qu'elle eut retrouvé sa voix.

Elle ne s'était pas aperçue que Tamani s'était rapproché pour poser une main rassurante sur sa taille.

— On l'appelle l'Arbre du Monde. Il... il est fait à partir de nos corps.

— Comment... ? fit Laurel, interloquée.

Tamani fronça les sourcils.

— Je... eh bien, c'est une longue histoire.

Il l'entraîna vers le tronc de l'arbre.

— Il y a très longtemps, avant même qu'il y ait des humains sur terre, les fées naissaient dans les forêts d'Avalon. D'après la légende, nous ne parlions pas encore. Il existait cependant un elfe, le premier elfe d'hiver, qui détenait des pouvoirs plus puissants qu'aucun de ses semblables avant lui. Ces pouvoirs s'accompagnaient d'une grande sagesse. Quand il comprit que son heure était venue, il entreprit de transmettre la sagesse qu'il avait acquise au cours des années. Ainsi, au lieu d'attendre sa fin, il grimpa au sommet de cette colline et pria Gaïa, la Mère Nature, lui proposant de renoncer à sa vie si elle acceptait de préserver sa conscience sous la forme d'un arbre.

— Alors... cet arbre... c'est lui ? demanda Laurel en se rapprochant du tronc noueux.

Tamani hocha la tête.

— Il est l'arbre originel. Dès lors, les fées vinrent ici avec leurs questions et leurs problèmes. En écoutant très attentivement le vent souffler, elles pouvaient entendre bruire ses feuilles et il partageait sa sagesse avec elles. Au fil des ans, les oiseaux enseignèrent le langage aux fées et...

— Les oiseaux ?

— Oui. Ce sont les premières créatures que les fées ont entendues chanter. C'est ainsi que nous avons appris à nous servir de notre voix.

— Qu'est-ce qui s'est passé ensuite ?

— Malheureusement, quand les fées se mirent à parler et à chanter, elles oublièrent comment écouter le bruissement des feuilles. L'Arbre du Monde n'était depuis longtemps qu'un arbre parmi d'autres. C'est alors qu'Efreisone devint roi. Efreisone, qui était aussi un érudit : il avait découvert des légendes concernant l'Arbre du Monde dans les textes anciens. Depuis qu'il avait reconstitué toute l'histoire, il n'aspirait qu'à le faire renaître afin d'exploiter sa sagesse. Il passa des heures et des heures à l'ombre de l'arbre, s'employant à en prendre soin et à le réveiller de son long sommeil. Au cours de ces moments, il constata qu'il entendait les mots que l'arbre lui soufflait. Ainsi, il apprit les histoires des temps anciens, et chaque soir en rentrant chez lui, il les couchait sur le papier pour les partager avec ses sujets. Lorsqu'il sentit venir son heure, il décida de rejoindre l'arbre.

— Comment ça, rejoindre l'arbre ?

Tamani hésita.

— Il... il s'est greffé à l'arbre, si tu préfères. Il a fait corps avec lui.

Laurel essaya de visualiser le récit de Tamani. C'était à la fois fascinant et grotesque.

— Pourquoi a-t-il fait ça ?

— Les fées qui rejoignent l'Arbre du Monde lui confient leur âme. Cet arbre renferme la sagesse de milliers de nos semblables. (Il observa un silence.) On les appelle les *« silencieux »*.

Comprenant soudain où il voulait en venir, Laurel laissa échapper un hoquet de stupéfaction.

— Ton père a fait pareil. Il a rejoint l'arbre.

Tamani acquiesça.

Laurel s'écarta de l'arbre avec l'impression subite d'être une intruse. Mais, après quelques instants, elle tendit la main d'un geste hésitant pour toucher le tronc. Yeardley lui avait appris à percevoir l'essence de chaque plante en la manipulant délicatement ; c'était l'une des rares leçons qu'elle avait retenues rapidement et facilement. Elle ferma les yeux et, les mains posées sur l'écorce, fit le vide dans sa tête.

Jamais elle n'avait éprouvé pareille sensation. La vie ne vibrait pas doucement sous ses mains, elle rugissait comme un fleuve déchaîné. Elle retint son souffle : une vibration semblable à un chant remontait dans sa main puis le long de son bras, et bientôt, elle eut l'impression qu'elle l'habitait tout entière. Elle se tourna vers Tamani, les yeux écarquillés.

— Alors il vit pour l'éternité.

— Oui. Mais il reste hors de portée des vivants, alors c'est comme s'il était mort. Il… il me manque.

Laurel ôta sa main de l'arbre et la glissa dans celle de Tamani.

— Les fées font souvent ça ?

— Non. Cela exige du sacrifice. Il faut rejoindre l'arbre tant qu'on a encore la force d'endurer tout le processus. Mon père n'était âgé que de cent soixante ans, il avait donc encore trente ou quarante ans devant lui, mais il sentait qu'il commençait à s'affaiblir et savait qu'il devait agir vite. (Tamani eut un rire sinistre.) C'est bien la seule fois que j'ai vu mes parents se disputer.

Il observa un silence avant de poursuivre d'un ton morne :

— Si tu décides de rejoindre l'arbre, tu dois y aller seul ; je ne sais donc pas quelle partie de l'arbre il a choisie. Mais quelquefois, j'aurais pu jurer avoir vu les traits de son visage sur cette branche.

Il désigna la branche du doigt puis haussa les épaules.

— J'ai dû prendre mes désirs pour la réalité.

— Peut-être pas, dit Laurel dans l'espoir de le réconforter.

Après un silence pesant, elle demanda :

— Combien de temps faut-il ?

En son for intérieur, elle se représenta un elfe très âgé avalé par l'arbre gigantesque et progressivement étouffé par ses branches.

— Oh, c'est rapide, répondit Tamani, chassant ainsi la vision d'horreur de l'esprit de Laurel. N'oublie pas que le roi devenu arbre et le premier elfe à le rejoindre étaient tous deux des elfes d'hiver. L'arbre détient une partie de cet immense pouvoir. Mon père m'a expliqué qu'il faut choisir un endroit sur l'arbre et se présenter devant lui. Une fois ton esprit clair et tes intentions sincères, l'arbre t'enlève et tu es instantanément transformé.

Laurel s'aperçut que son regard errait de nouveau vers l'endroit où il avait cru distinguer les traits de son père. Elle se rapprocha un peu de lui.

— Tu prétends que cet arbre communique avec l'extérieur. Tu ne peux pas lui parler ?

Tamani secoua la tête.

— Non, pas à lui en particulier. Tu t'adresses à l'arbre en tant qu'entité, et il te répond d'une seule voix.

Laurel leva les yeux vers les branches de la cime.

— Et moi, je pourrais lui parler ?

— Non, pas aujourd'hui. Ça prend du temps. Il faudra revenir poser ta question à l'arbre ou lui exposer ton problème, puis rester assise en silence en dressant l'oreille jusqu'à ce que tes cellules ressaisissent la compréhension de son langage.

— Combien de temps ça prend ?

— Des heures, voire des jours. C'est difficile à prévoir. Ça dépend de ta capacité d'attention. Il faut aussi rester ouvert à la réponse.

Elle hésita un long moment avant de demander :

— Tu l'as déjà fait ?

Il se tourna vers elle et, sans chercher à masquer son émotion, il dit :

— Oui.

— Tu as obtenu ta réponse ?

Il acquiesça.

— Combien de temps as-tu attendu ?

— Quatre jours. Je suis têtu, ajouta-t-il en souriant.

Je n'étais pas prêt à entendre la bonne réponse. J'étais déterminé à obtenir celle que je voulais.

Laurel essaya de se figurer Tamani, assis sous l'arbre pendant quatre jours.

— Qu'a dit l'arbre ? murmura-t-elle.

— Je t'en parlerai peut-être un jour.

Laurel sentit qu'elle avait la bouche sèche au moment où il posa les yeux sur elle. Le souffle d'air tournoya autour d'elle. Puis Tamani sourit et montra une étendue d'herbe à l'écart de la voûte de feuillage.

— On ne peut pas pique-niquer ici ? s'enquit Laurel, qui répugnait à s'éloigner du tronc.

— Ça ne serait pas correct. Il faut laisser l'arbre à ceux qui cherchent une réponse. C'est quelque chose de très intime.

Si Laurel comprenait cet argument, elle éprouva un pincement au cœur en quittant l'ombre des branches. Tamani disposa par terre un pique-nique frugal – il n'était pas nécessaire de manger beaucoup sous le soleil d'Avalon, dont la lumière suffisait à les nourrir – et il s'assit dans l'herbe tandis que Laurel s'allongeait à plat ventre et goûtait pendant un bref moment le plaisir de ne rien faire.

— Alors, comment se passent tes études ? demanda Tamani.

Laurel considéra sa question.

— À merveille, répondit-elle enfin. J'ignorais qu'on pouvait faire autant de choses avec les plantes.

Elle roula sur le dos et s'appuya sur un coude.

— Pourtant, ma mère est naturopathe et, crois-moi, ce n'est pas rien.

— Tu as beaucoup appris ?

— Si on veut. (Elle fronça les sourcils.) Enfin, en théorie, oui, énormément. Je n'aurais jamais pensé être capable d'emmagasiner autant de connaissances en quelques semaines. Mais je ne peux toucher à rien, reprit-elle en soupirant. Mes potions ne marchent pas. Avec certaines j'approche du but, mais je n'en ai pas réussi une seule jusqu'à présent.

— Pas une ? répéta Tamani avec une pointe d'inquiétude.

— Yeardley prétend que c'est normal. D'après lui, il peut s'écouler des années avant que je sois capable de fabriquer ma première potion. Le hic, c'est que je n'ai pas le temps ; ni ici à Avalon ni avant d'avoir à protéger ma famille. Mais il affirme que je me débrouille bien. Même si je n'en ai aucun souvenir, il paraît que je rattrape très vite le temps perdu. J'espère qu'il a raison, marmonna-t-elle. Et toi ? Ta vie est sûrement beaucoup plus intéressante que la mienne en ce moment.

— À vrai dire, non. C'est très calme du côté de la porte. Trop calme.

Il ramena ses genoux contre sa poitrine et leva les yeux vers l'arbre.

— J'ai beaucoup joué les éclaireurs ces derniers temps.

— Qu'est-ce que tu veux dire par là ?

Il jeta un coup d'œil à Laurel avant de reporter son regard sur l'arbre.

— Je me suis aventuré loin de la porte pour explorer la terre. Nous n'avons pas vu un seul troll depuis des semaines. Et, à mon avis, ce n'est pas parce qu'ils ont subitement renoncé à Avalon, poursuivit-il avec un rire tendu. À part chercher les raisons de leur absence, je ne peux pas faire grand-chose. Je ne suis pas un humain ; je ne sais pas me fondre dans leur monde. Je ne peux donc pas obtenir toutes les informations qu'il me faudrait… Quelque chose m'échappe, conclut-il d'un ton déterminé. Je le sens. (Il soupira.) Mais j'ignore de quoi il s'agit et où le trouver.

Laurel se tourna vers l'arbre.

— Pourquoi tu ne le lui demandes pas ?

Il secoua la tête.

— Ça ne marche pas comme ça. L'arbre n'est pas omniscient, et il ne lit pas l'avenir. Il rassemble toute la sagesse accumulée pendant des milliers d'années, mais il ne sait rien de ce qui se trame au-delà d'Avalon. Même les *silencieux* ne me sont d'aucune aide en l'occurrence. Je dois me débrouiller seul.

Étendus sur le dos, ils goûtèrent en silence la chaleur du soleil pendant quelques minutes.

— Tam ? demanda soudain Laurel d'un ton hésitant.

— Mmm ?

Les paupières closes, Tamani semblait dormir.

— Tu… tu n'en as pas assez d'être un elfe de printemps ?

Il ouvrit les yeux une seconde.

— Comment ça ?

Laurel réfléchit à un moyen de reformuler sa question sans le froisser.

— Ici, tout le monde vous considère comme inférieurs. Tu dois faire la révérence, servir, et marcher derrière moi. Ce n'est pas juste.

Tamani se mordillait la lèvre inférieure tout en réfléchissant.

— Et toi, tu n'en as pas assez que les gens te prennent pour une humaine ? dit-il enfin.

— Pourquoi ? (Elle haussa les épaules.) J'ai l'air d'une humaine ; c'est logique.

— Non, là tu tiens le raisonnement de ceux qui te croient humaine. Je veux savoir pourquoi ça ne te gêne pas.

— Parce qu'on m'a toujours prise pour telle. J'ai l'habitude, répondit-elle sans réfléchir, avant de s'apercevoir qu'elle était tombée dans son piège.

Il sourit.

— Tu vois ? C'est pareil pour moi. J'ai toujours été un elfe de printemps ; je me suis toujours comporté comme tel. Tu peux aussi bien me demander si j'en ai assez de vivre. C'est la seule vie que j'ai.

— Mais, à certains égards, tu te rends bien compte que c'est injuste ?

— Pourquoi est-ce injuste ?

— Parce que tu es une personne au même titre que tous ceux qui vivent ici. Pourquoi ta nature devrait-elle déterminer ton statut social ?

— Je crois que, de ce point de vue, les hommes ne font pas mieux que nous. Ils sont même pires, peut-être.

— Comment ça ?

— Les médecins, les avocats… pourquoi sont-ils autant respectés ?

— Parce qu'ils ont suivi des études. Et puis, les médecins sauvent des vies.

— Alors on les paie plus, et ils grimpent les échelons de la société, c'est bien ça ?

Laurel acquiesça.

— En quoi est-ce différent ? Les fées d'automne sont plus instruites ; elles sauvent des vies, elles aussi. Les fées d'hiver font bien plus encore : elles protègent Avalon des intrus, elles nous évitent d'être découverts par les humains. Pourquoi ne devrait-on pas les admirer plus que les autres ?

— Mais tout ça, c'est juste le fruit du hasard. Personne ne choisit d'être une fée de printemps !

— Peut-être pas, mais en revanche, on peut choisir de travailler dur comme toi. Comme toutes les fées d'automne. Ce n'est pas comme si vous vous tourniez les pouces. Tu m'as dit toi-même que tu étudiais beaucoup. Comme toutes tes semblables. Même si elles n'ont pas décidé d'être des fées d'automne, elles ont choisi de travailler et de cultiver leurs dons pour m'aider. Si ça ne vaut pas mon respect, alors quoi ?

Son raisonnement se tenait, dans une certaine mesure. Mais Laurel ne décolérait pas.

— Si seulement il ne s'agissait que de vénérer les fées d'automne et d'hiver ! s'emporta-t-elle. Mais on regarde de haut les fées de printemps. Et pourtant, vous êtes si nombreux ! continua-t-elle non sans une pointe de mauvaise conscience à l'idée de répéter les mots qu'avait employés Katya un peu plus tôt, même si ce n'était pas dans le même but. Les fées d'hiver protègent peut-être Avalon, mais c'est vous qui faites marcher le pays. Vous vous coltinez presque toutes les tâches ! Bien sûr, les fées d'été s'occupent des divertissements, mais qui prépare la nourriture, qui construit les routes et les maisons, qui reprise et lave mes vêtements ? s'exclama-t-elle d'une voix de plus en plus stridente. Vous ! Vous n'êtes pas rien ; sans vous, comment feraiton ?

Quelque chose dans le regard de Tamani lui indiqua qu'elle avait touché un point sensible. La mâchoire serrée, il prit quelques instants pour réfléchir avant de répondre.

— Tu as peut-être raison, mais c'est comme ça depuis toujours. Les fées de printemps servent Avalon. Et elles le font avec joie, ajouta-t-il d'une voix où perçait la fierté. Moi, je suis heureux de servir. Et ça ne fait pas de moi un esclave. Je suis libre de mes actes. Une fois mon devoir accompli, je fais ce qui me chante.

— Vraiment ? Tu es libre ?

— Oui.

— Jusqu'à quel point ?

— Autant que je le souhaite, répliqua-t-il avec un peu trop de véhémence.

— Libre de marcher à côté de moi, par exemple ?

Tamani se tut.

— Libre d'être plus qu'un ami ? Si, poursuivit Laurel en appuyant lourdement sur le « si », si je décidais de m'installer à Avalon pour être avec toi, serais-tu assez libre pour l'accepter ?

Tamani détourna les yeux, et Laurel comprit qu'il préférait éviter ce genre de sujet.

— Eh bien ?

— Si c'est ton désir, répondit-il enfin.

— Mon désir ?

Il acquiesça.

— Je n'ai pas le droit de te le proposer. Ce serait à toi de le faire.

Il se tourna de nouveau vers elle.

— Pourquoi David m'inquiète autant, à ton avis ?

Laurel baissa les yeux.

— Je ne peux pas débarquer comme ça en proclamant mes intentions, reprit-il. Je ne peux pas t'enlever ! Je dois juste attendre et espérer qu'un jour tu me feras ta proposition.

— Et dans le cas contraire ? demanda Laurel dans un souffle.

— Alors je suppose que j'attendrai éternellement.

HUIT

Laurel contempla le désordre étalé sur son lit. Elle en était venue à aimer ses vêtements de fée autrement que pour leur beauté ; on ne trouvait pas leur équivalent chez les humains. Ils étaient, le plus souvent, cousus dans un tissu soyeux pareil à de la gaze qui, d'après ce qu'on lui avait dit, était tissé avec des fils d'araignée. Mais peut-être s'était-on moqué d'elle. Quoi qu'il en soit, ils permettaient la photosynthèse de tout le corps, si bien que Laurel n'avait plus besoin de porter en permanence des shorts et des débardeurs comme chez elle.

Et puis, il y avait la robe qu'elle avait dénichée sur l'un des stands du marché d'été au cours de la brève promenade qu'elle s'était offerte pour s'aérer après une journée particulièrement exténuante. Elle était ravissante et pile à sa taille, d'un bleu sombre, décolletée dans le dos pour laisser passer une fleur, et moulante jusqu'aux genoux puis évasée comme une queue de sirène. Un jupon froufrouteux s'attachait autour de la taille et flottait à la moindre brise. Elle s'était sentie un peu coupable de l'« acheter » : après tout, elle n'avait aucune occasion de la porter. Et cependant, elle était trop belle pour qu'elle y renonce.

Elle possédait aussi un grand nombre de jupes bouffantes, de tuniques champêtres qui lui rappelaient celles de Tamani, et quelques robes ainsi que des jupes courtes qui semblaient tout droit sorties d'un conte de fées. Mais seule une infime partie de sa garde-robe tiendrait dans son sac à dos. Et elle n'avait pas l'intention de partir sans son kit.

De tout ce qu'on lui avait donné, c'était sans doute le bien le plus précieux. De la taille d'une boîte à chaussures, ce kit, que lui avait remis Yeardley le matin même, contenait des dizaines d'essences. Plus précisément, il renfermait plusieurs potions anti-trolls fabriquées par des fées d'automne détenant bien plus de connaissances que Laurel, et un grand nombre d'extraits auxquels elle pourrait avoir recours pour protéger sa maison et sa famille. En admettant qu'elle ait amélioré sa pratique. C'était mieux que rien.

Mais le kit remplissait à lui seul la moitié de son sac à dos. Alors qu'elle observait d'un air méditatif le tas de vêtements, Katya s'arrêta sur le seuil et jeta quelque chose sur le lit.

— Tu m'as l'air d'en avoir besoin, dit-elle en riant.

Laurel prit le sac rose ; son tissu était fin comme du papier, mais elle était persuadée qu'il était beaucoup plus solide qu'il y paraissait.

— Merci. J'allais justement sonner Celia pour voir si elle pouvait me trouver quelque chose.

Katya considéra le tas de vêtements puis jeta un regard dubitatif au sac à dos de Laurel.

— Tu n'avais pas l'intention de faire rentrer tout ça là-dedans ?

— Non, répondit Laurel d'un ton amusé.

— Tant mieux, fit-elle avec un rire cristallin. À mon avis, cela requiert les pouvoirs d'une fée d'hiver.

La plaisanterie, que seule une autre fée pouvait comprendre, plut beaucoup à Laurel. Elle défit les cordons du sac et, avisant un K brodé en belles lettres sur le tissu, déclara :

— Je ne peux pas le prendre. Il est monogrammé.

Katya jeta un coup d'œil par-dessus son épaule.

— Oh ? Honnêtement, je n'avais pas remarqué. J'en ai tout un tas.

— C'est vrai ?

— Oui. Dans le temps, on m'en donnait chaque fois que j'envoyais mon linge à laver. Il faut croire qu'ils font appel à quelqu'un d'autre maintenant.

Laurel se mit à fourrer des vêtements dans le sac rose. Elle devrait quand même laisser des affaires ici, mais c'était mieux que rien.

Katya l'observa en silence pendant quelques instants, puis demanda presque timidement :

— Tu es vraiment obligée de t'en aller ?

Laurel leva vers elle un regard surpris. À part quelques exceptions notables, les fées s'étaient montrées gentilles – et très loquaces – avec elle, mais Laurel ne pouvait guère les considérer comme des amies. Manifestement, Katya ressentait les choses autrement.

— Je reviendrai.

— Je sais.

Katya s'efforça de sourire.

— Mais tu es vraiment obligée d'y retourner ? Je n'ai entendu que des bribes de conversation, mais ce que j'ai retenu est que ta mission est accomplie, et que tu as hérité de la terre qui abrite la porte. Tu ne peux pas t'installer ici, maintenant ?

Les yeux fixés sur les vêtements qu'elle était en train de plier, Laurel prit soin d'éviter le regard de Katya.

— C'est plus compliqué que ça. J'ai de la famille, des amis. Je ne peux pas les abandonner.

— Tu pourrais leur rendre visite, suggéra gaiement Katya, mais Laurel perçut de la solennité dans sa remarque.

— Il ne s'agit pas que de les voir. Je dois les protéger. Ils sont en danger à cause de moi et j'ai une dette envers eux.

— Une dette envers des humains ?

Laurel serra les dents. Ce n'était pas vraiment la faute de Katya. Elle n'y comprenait rien. Elle n'avait jamais vu un humain de sa vie. Une idée lui traversa l'esprit et, en guise de réponse, elle sortit une photo d'une petite poche de son sac à dos. C'était une photo d'elle avec David à un bal, qui datait du début du printemps. Lui se tenait derrière elle, les bras autour de sa taille. Le photographe avait capturé l'image de Laurel au moment où elle se retournait pour le regarder en riant tandis qu'il la couvait d'un regard ardent. C'était l'une de ses photos préférées. Elle la tendit à Katya.

Un sourire étira les lèvres de la jeune fée.

— Tu t'es déjà passé la corde au cou ? Tu ne me l'avais pas dit, s'écria-t-elle en ouvrant de grands yeux fascinés.

Elle jeta un regard autour d'elle avant d'ajouter à mi-voix :

— C'est un *unseelie*[1] ? J'en ai entendu parler. Ils vivent juste au-delà des portes et…

— Non, l'interrompit Laurel. C'est David. L'humain dont je t'ai parlé.

L'incrédulité se peignit sur le visage de Katya.

— Un humain ? s'exclama-t-elle, ébahie.

Elle examina de nouveau la photo, les sourcils froncés.

— Mais… il te touche.

— Oui, répliqua Laurel avec impatience en arrachant la photographie des mains de Katya. C'est mon petit ami. Il me touche, il m'embrasse et…

Elle réussit à se taire un instant avant de dire d'un ton calme :

— Il m'aime.

Katya la dévisagea pendant plusieurs secondes.

— C'est que je me fais du souci pour toi, dit-elle d'un ton radouci en reportant le regard sur la photographie choquante. Les humains n'ont jamais été tendres avec les fées.

— Qu'est-ce que tu veux dire ?

Une inquiétude sincère se lisait sur le visage de Katya. Elle haussa les épaules.

— Ça fait longtemps qu'Avalon ne se mêle plus de

1. Dans le folklore écossais, la Cour *Unseelie* (ou Cour des Ténèbres), par opposition à la Cour *Seelie* (ou Cour des Lumières), désigne des fées solitaires, généralement hideuses et malintentionnées envers les humains.

leurs affaires. Je sais que c'est parfois nécessaire. Mais apparemment, les relations entre fées et humains se terminent toujours mal.

Laurel sursauta.

— Ah bon ?

— Évidemment. Regarde Xuanzang, Schéhérazade, Guenièvre. Sans parler de cet incident scandaleux avec Ève.

Katya ne s'aperçut pas que la photo venait de glisser des mains de Laurel.

— Et j'en oublie. Chaque fois qu'Avalon s'aventure dans le monde des humains, quelque chose tourne mal. C'est tout ce que je dis.

— Ma famille m'aime, David aussi. Ils n'essaieraient jamais de me nuire.

— Sois prudente, tout de même.

Sans un mot, Laurel retourna à ses bagages et entreprit d'envelopper ses bijoux dans l'une de ses jupes longues. Après avoir inspecté la pièce pour s'assurer qu'elle n'avait rien oublié, elle se tourna vers Katya, un sourcil levé.

— Ève ? Tu es sérieuse ?

— Bien sûr. Pourquoi ? Qu'est-ce que les humains racontent à son sujet ?

Laurel attendait, installée dans une voiture à cheval toute tendue de brocart, quand les grilles de l'Académie s'ouvrirent sur Jamison, escorté de ses éternels gardes. Une bonne raison de ne pas envier les fées d'hiver. Laurel n'aurait certainement pas supporté d'être suivie partout où elle allait. Le fait d'être pistée la moitié du temps lui suffisait déjà amplement.

— Laurel, ma chère enfant, lança Jamison, les bras tendus.

Il serra ses mains dans les siennes et lui sourit comme un grand-père gâteau avant de se hisser à côté d'elle.

— Yeardley m'a confié que tu étais une excellente élève.

L'éloge, de la part d'un professeur aussi sévère, fit sourire Laurel.

— Il prétend que tu as beaucoup de talent, poursuivit Jamison. « Phénoménal » est, il me semble, le mot qu'il a employé. Bien que je n'aie pas été surpris le moins du monde, ajouta-t-il en lui adressant un sourire chaleureux. J'ai su que tu avais un potentiel exceptionnel dès notre première rencontre.

— Oh non, fit Laurel, surprise. Ce n'est pas le cas. Je suis tellement en retard que je n'arriverai jamais à...

— Je suis persuadé que si. Tu as encore plus de capacités que nous le pressentions alors que tu n'étais qu'une jeune enfant. Avec du temps et de la pratique, je suis sûr que tes dons s'épanouiront de façon spectaculaire. Tu pourrais même devenir aussi puissante que... Bien, aucune importance. Contente-toi d'améliorer tes formidables capacités. (Il tapota la main de Laurel.) Il se trouve que je suis très bon juge en la matière.

— Vous êtes sûr ? objecta calmement Laurel, un peu étonnée par sa propre audace.

Mais le fait d'être aussi loin derrière les autres fées

de son âge la décourageait au plus haut point ; elle avait besoin d'être rassurée.

Le sourire de Jamison laissa place à une expression grave.

— Sûr et certain. Tu auras besoin des connaissances que tu viens d'emmagasiner. Je soupçonne qu'elles te serviront plus tôt que tu ne le crois.

Il se tourna vers Laurel, l'air plus sérieux que jamais.

— Je suis content que tu sois venue. La tâche qui t'est impartie est bien plus grande que ce que nous avions prévu. Tes cours, cet été, ont été durs et éprouvants, mais tu dois persévérer. Mets en pratique les connaissances acquises, apprends à les maîtriser. Nous allons peut-être avoir encore besoin de toi dans le monde des humains.

Laurel leva les yeux vers lui.

— Vous aviez pourtant toujours eu l'intention de me faire rentrer à Avalon pour que je reprenne mes études, non ?

— À l'origine, oui, déclara Jamison. Mais les choses ont changé. Nous sommes obligés d'exiger davantage de toi. Dis-moi, Laurel, que sais-tu de l'érosion ?

Laurel ne voyait pas où il voulait en venir, mais répondit :

— Quand l'eau ou le vent abîment le relief ?

— C'est ça. Si on leur laisse le temps, le vent et la pluie sont capables de pousser les plus hautes montagnes vers la mer. Sauf que, poursuivit-il en levant l'index, une colline verdoyante est capable de résister à l'érosion et une berge peut être maintenue en place par des buissons et des arbres. En étendant leurs racines (il ouvrit les bras), les arbres tiennent bon. Et bien que le courant du fleuve pousse la terre, si ces racines sont assez solides, elles lui résisteront. Dans le cas contraire, elles seront emportées elles aussi.

» Pendant près de deux mille ans, nous avons protégé notre terre natale des tentatives d'exploitation menées par les trolls et les humains. Là où l'érosion menace nos défenses, nous plantons des graines. Comme toi, par exemple. Lorsque nous t'avons placée chez tes parents adoptifs, nous n'attendions pas plus de toi que des autres fées : il te fallait juste pousser là où nous t'avions plantée. Ta seule tâche consistait à vivre et à grandir afin d'hériter de la terre et, inévitablement, d'une identité humaine, ce qui nous permettait de dissimuler nos projets aux trolls. Nous n'avions pas l'intention de te ramener à l'Académie avant que tu aies atteint l'âge adulte dans le monde des hommes.

» Mais désormais, tu devras jouer un rôle moins passif dans cette histoire.

Il posa la main sur le bras de Laurel, qui sentit une vive agitation l'assaillir.

— Laurel, quelqu'un manœuvre contre nous, contre notre terre et notre peuple, et le temps ne joue pas en notre faveur. Il faut que tu étendes tes racines. Il faut que tu combattes le fleuve déchaîné, aussi puissant soit-il. Si tu échoues…

Brusquement, il détourna les yeux et considéra à travers la fenêtre le paysage qui s'étendait autour d'eux. Un long moment s'écoula avant qu'il reprenne la parole.

— Si tu échoues, je crains que tout cela ne soit entièrement détruit.

— Vous faites allusion aux trolls, déclara Laurel une fois qu'elle eut retrouvé sa voix. Vous voulez parler de Barnes.

Il y avait des mois qu'elle n'avait pas prononcé son nom ; il n'avait donné aucun signe de vie depuis décembre. Et pourtant, il n'était jamais loin de ses pensées. Depuis l'automne précédent, elle sursautait chaque fois qu'elle voyait une ombre et elle regardait sans arrêt derrière elle.

— Je ne suis pas assez bête pour penser qu'il a agi seul, dit Jamison.

Il posa de nouveau sur Laurel ses yeux bleu pâle assortis aux racines à peine visibles de sa chevelure blanche.

— Et toi non plus.

— Qui peuvent être ses complices ? Et qu'ont-ils à y gagner ?

— Nous l'ignorons. Ce que nous savons, en revanche, c'est que Barnes est en vie et qu'il se cache quelque part.

— Mais il ne peut plus se servir de moi ! Il ne peut pas m'obliger à vendre la terre, protesta Laurel.

Jamison sourit tristement.

— Si seulement c'était aussi simple ! Tu peux encore lui être utile à bien des égards. Même s'il sait où se trouve la terre, il ne connaît pas l'emplacement de la porte. Il pourrait tenter de le découvrir par ton intermédiaire.

— À quoi ça lui sert de savoir ça ? Il ne pourrait pas tout simplement débarquer avec sa horde et raser l'intégralité de la forêt ?

— Il peut toujours essayer, mais ne sous-estime pas les talents de nos sentinelles, ni la robustesse de la porte, ni la magie des fées d'hiver. Certes, la porte peut être détruite, mais cela exigerait un déploiement de forces considérable. S'il ne parvient pas à trouver son emplacement exact, il ne pourra pas l'anéantir.

— Je ne le lui dirai jamais, dit Laurel avec ferveur.

— Je le sais bien. Et tout au fond de lui, je le soupçonne de le savoir aussi. Mais cela ne l'empêchera pas de chercher à se venger. Il n'y a pas de créatures chez qui le désir de vengeance soit plus enraciné que chez les trolls. Pour cette raison, il reviendra s'en prendre à toi.

— Alors pourquoi il ne s'est pas pas encore manifesté ? Il a eu plein d'occasions. Ça fait plus de six mois. Peut-être qu'il est mort.

Jamison secoua la tête.

— As-tu déjà observé une vénus attrape-mouches ?

Laurel gloussa intérieurement au souvenir de la conversation qu'elle avait eue avec David à ce sujet l'année précédente.

— Oui. Ma mère en avait une quand j'étais petite.

— T'es-tu jamais demandé comment cette plante est capable de capturer des insectes ? La mouche est rapide, elle voit le danger arriver, elle peut s'enfuir sans la moindre difficulté. Logiquement, ces plantes devraient mourir de faim. Pourquoi ce n'est pas le cas ?

Laurel haussa les épaules.

— Parce qu'elles sont patientes, poursuivit Jamison. Elles sont inoffensives en apparence. Elles ne bougent pas tant que la mouche ne s'est pas aventurée de son propre chef au cœur de leur piège. C'est seulement lorsque la capture est inévitable que la plante passe à l'action. Les trolls savent être patients, eux aussi, Laurel. Barnes attendra que tu baisses ta garde et, alors seulement, il frappera.

Laurel sentit sa gorge se nouer.

— Qu'est-ce que je peux faire pour l'arrêter ?

— Mettre en pratique ce que t'a appris Yeardley. Ce sera ta meilleure protection. Sois particulièrement prudente au coucher du soleil...

Laurel interrompit le vieil elfe.

— Barnes peut sortir pendant la journée. Nous le savons déjà.

— Ce n'est pas une règle infaillible, reprit Jamison sans montrer le moindre signe d'agacement, mais le fait est que Barnes, comme tous les trolls, est plus vulnérable pendant la journée. En ce qui te concerne, c'est à la tombée de la nuit. Le fait de redoubler de prudence après le coucher du soleil ne les arrêtera pas, mais au moins cela les empêchera de prendre l'avantage – lequel, par conséquent, reviendra à tes protecteurs.

— Mes protecteurs ?

— Après l'incident de l'automne dernier, nous avons placé des sentinelles dans les bois qui bordent ton nouveau foyer. Shar ne voulait pas que tu en sois informée, il craignait que cela te pousse à l'imprudence, mais je crois que tu as le droit de savoir.

— On m'espionne encore ? s'exclama Laurel, qui sentit de nouveau monter sa vieille rancœur.

— Non, répondit Jamison avec fermeté. On te protège, c'est différent. Personne ne va surveiller tes fenêtres ou troubler ton intimité. Mais ta maison est gardée. Elle est également protégée contre les trolls ; tant que tu restes à l'intérieur, seul le plus fort d'entre eux peut t'atteindre. Mais n'oublie pas que, dans les bois derrière ta maison, on ne trouve pas que des arbres. Les sentinelles sont là pour éviter qu'il ne t'arrive malheur.

Laurel hocha la tête, les lèvres pincées. Elle n'avait pas encore digéré le fait que, pendant la majeure partie de sa vie chez les humains, elle avait été étroitement surveillée par des sentinelles et parfois contrainte à oublier certains événements. Le rétablissement – même plus discret – de sa garde personnelle lui donnait l'impression d'être en cage. Mais que pouvait-elle dire ? Elle avait été témoin de la violence de Barnes, elle l'avait vu de ses propres yeux tirer sur Tamani, puis se jeter d'une fenêtre et s'enfuir en courant après avoir reçu une balle dans l'épaule. Il fallait composer avec lui et, bien que Yeardley eût foi en ses talents de débutante, ce n'était pas son cas à elle. Laurel avait besoin d'aide, elle ne pouvait pas le nier.

Jamison avait raison, comme d'habitude. Il respirait la sagesse ; même le plus avisé des professeurs de l'Académie n'était qu'un pâle halo vacillant comparé au rayonnement solaire de ses idées. Laurel trouvait un peu absurde qu'il soit venu apaiser ses craintes et ses doutes alors qu'Avalon pouvait bénéficier plus directement de ses précieux conseils.

— Pourquoi…

Laurel s'interrompit. Elle s'était souvent demandé pourquoi, avec un si petit nombre de fées d'hiver parmi lesquelles choisir, Jamison n'avait pas été désigné à la tête d'Avalon. Mais cela ne la regardait pas.

— Continue, dit-il.

Elle secoua la tête.

— Ce n'est rien.

— Tu veux savoir…

Jamison étudia son visage puis sourit. Il paraissait un peu surpris mais pas le moins du monde courroucé.

— Tu veux savoir pourquoi je ne suis pas roi, c'est bien cela ?

Laurel en eut le souffle coupé.

— Comment avez-vous… ?

— Dans la vie, certains événements ne sont que le fruit du hasard, et c'est le cas de celui-ci. La défunte reine était plus âgée que moi de quelques années, mais encore assez jeune pour être couronnée quand il fallut trouver un successeur au trône. Et lorsqu'elle mourut… (Il rit.) Eh bien, je n'étais plus un jeune arbre capable de plier pour endosser ce rôle. S'il n'y avait pas eu d'autres fées d'hiver pour monter sur le trône, qui sait… Mais, heureusement, cela fait des générations que nous n'avons pas été désespérés à ce point.

— Oh.

Laurel ne sut que dire. « Je suis désolée » semblait inapproprié.

— Ça ne me contrarie pas, reprit Jamison comme si, une fois de plus, il avait lu dans ses pensées. Pendant plus d'un siècle, j'ai conseillé l'une des plus grandes souveraines qu'ait engendrées Avalon au cours de sa longue histoire. (Ses yeux étincelèrent.) Du moins, c'est mon impression. (Il poussa un gros soupir.) Quant à notre nouvelle reine... Eh bien, avec le temps et l'expérience, son jugement s'améliorera peut-être.

Cette critique à l'encontre de la Reine, bien que nuancée, choqua Laurel. D'après ce qu'elle avait pu observer, personne ne se plaignait jamais d'elle. Mais il était logique qu'un elfe d'hiver se sente libre de donner son avis. Elle ne put s'empêcher de se demander ce qu'il reprochait en particulier à sa souveraine.

En voyant l'air pensif de Jamison, Laurel songea au père de Tamani.

— Est-ce que vous deviendrez un... *silencieux*, Jamison ?

Il posa les yeux sur elle et rit doucement.

— Qui t'a parlé de ça ?

Un peu embarrassée, elle baissa les yeux et ne répondit pas. Lorsqu'elle releva la tête, Jamison s'était tourné vers la fenêtre et regardait l'endroit précis où, à condition de savoir où chercher, on distinguait, au-dessus de la végétation ordinaire, les branches noueuses et l'immense voûte de feuillage de l'Arbre du Monde.

— C'est Tamani, n'est-ce pas ?

Laurel hocha la tête.

— Il est très déprimé depuis que son père a rejoint l'arbre. J'espère que tu sauras l'aider à retrouver le bonheur.

De nouveau, Laurel se sentit coupable. Et si Jamison savait qu'elle avait longtemps repoussé sa venue alors que Tamani l'attendait ?

— J'aurais tellement aimé suivre les pas du père de

Tam, déclara-t-il. Mais il est trop tard pour moi. Je n'en aurais plus la force.

Il reporta le regard sur elle et sourit pour masquer la peine qui se lisait sur son visage.

— On a besoin de moi ici. Parfois il faut savoir mettre de côté ses propres désirs pour servir le bien de tous. J'ai bien peur qu'Avalon ne soit sur le fil du rasoir, comme si souvent par le passé. Je…

Il jeta un coup d'œil aux gardes, qui s'appliquaient à regarder ailleurs, puis reprit en baissant la voix :

— Je suis allé voir l'arbre, et j'ai écouté le vent.

Laurel retint son souffle, les yeux rivés sur Jamison.

— Il me reste une tâche à accomplir. Quelque chose que personne d'autre que moi n'est capable de faire. Alors je suis content de rester.

Avant qu'elle ait pu le questionner davantage, il se redressa et lui offrit le bras.

— On peut y aller ?

Ils empruntèrent l'itinéraire habituel jusqu'aux portes ; les sentinelles y formaient un rang serré. Laurel avait hâte de voir Jamison ouvrir la route magique menant chez elle. Il allait forcément l'éblouir par quelque prouesse, comme faire pleuvoir des étincelles et des éclairs lumineux ou tout au moins par quelque incantation, or il se contenta de pousser la porte, qui s'entrebâilla sans bruit. Après avoir jeté un regard aux fées derrière lui, il l'ouvrit en grand et un autre groupe de sentinelles se posta en demi-cercle de l'autre côté. Au centre du cercle se tenait Shar, magnifique et solennel ; à sa droite, Tamani. Tous étaient en armure ; un spectacle intimidant, auquel Laurel avait fini par s'accoutumer.

D'un geste, Jamison l'invita à franchir la porte. À la dernière seconde, il la rattrapa doucement par l'épaule et se pencha pour lui glisser à l'oreille :

— Reviens. Avalon a besoin de toi.

Mais au moment où elle regardait par-dessus son épaule, il referma la porte et, un instant plus tard, le paysage d'Avalon disparut.

— Je vais porter ça, proposa Tamani, la faisant sursauter.

Elle sourit et lui tendit son grand sac rose. Il y jeta un coup d'œil et s'esclaffa.

— Les femmes et leurs vêtements !

Laurel se retourna pour lancer un dernier regard à la porte. Mais elle avait déjà repris l'apparence d'un arbre ordinaire. Elle secoua la tête, encore émerveillée par tout ce qu'elle avait vu au cours de cet été.

— Ça ne m'amuse guère mais nous devons faire vite, annonça Tamani. Ta mère devrait bientôt être là et il vaut mieux que ce soit toi qui l'attendes.

Il posa la main sur la taille de Laurel, et elle vit les autres sentinelles se fondre parmi les arbres tandis qu'elle et Tamani se mettaient en route.

Elle se sentait empruntée, comme chaque fois qu'elle devait lui faire ses adieux. Ils marchèrent en silence et s'arrêtèrent aux abords de la maison.

— Il n'y a personne pour l'instant, déclara Tamani. Mais à mon avis, ce n'est qu'une question de minutes.

— Je...

Laurel s'interrompit, puis poursuivit d'une voix étranglée :

— Je regrette qu'on n'ait pas plus de temps devant nous.

Tamani esquissa un pâle sourire.

— Je suis content que ça te chagrine.

Il s'adossa à un arbre et, sans la regarder, se mit à se balancer, une jambe appuyée sur le tronc.

— Combien de temps tu dois t'absenter cette fois ?

Rongée par la culpabilité, Laurel repensa aux paroles de Jamison.

— Ce n'est pas ce que tu crois. Je suis obligée de...

— Je n'insinuais rien du tout. C'était une simple question.

— Pas aussi longtemps que la dernière fois, dit-elle sans réfléchir.

— Quand reviens-tu ? demanda-t-il.

Il la considérait, et leva, pour un bref instant seulement, son masque d'indifférence.

— Je ne sais pas, répondit Laurel en évitant son regard.

Elle n'avait pas le courage de le regarder dans les yeux alors qu'il semblait si vulnérable.

— Je pourrais passer un de ces jours, qu'en dis-tu ? poursuivit-elle.

— D'accord, dit Tamani après un silence. Je trouverai une solution. Mais viens, ajouta-t-il, la voix enfiévrée.

— C'est promis.

Ils tournèrent ensemble la tête en entendant le bruit d'un moteur se rapprocher.

— Ton chariot, lança-t-il avec un sourire forcé.

— Merci pour tout.

Il haussa les épaules et glissa les mains dans ses poches.

— Je n'ai rien fait de particulier.

— Tu...

Elle chercha les mots susceptibles de décrire ce qu'elle ressentait, mais aucun ne semblait convenir.

— Je...

Cette fois, elle fut interrompue par une série de brefs coups de klaxon.

— C'est ma mère, dit-elle à regret. Il faut que j'y aille.

Immobile, Tamani hocha la tête. La balle était désormais dans le camp de Laurel.

Elle hésita avant de s'avancer vers lui, alla finalement déposer un baiser sur sa joue, puis se sauva pour ne pas lui laisser le temps de parler. Elle se dirigea en hâte vers la voiture qui attendait, le moteur éteint. Elle s'arrêta net. Ce n'était pas celle de sa mère.

— David !

Elle prononça son nom une seconde avant qu'il ne la soulève dans ses bras comme Tamani ce jour-là, aux abords de l'Académie. Le contact de sa joue contre le cou de David raviva des souvenirs d'embrassades sur un canapé, dans l'herbe d'un parc, dans sa voiture, sur son lit. Elle se cramponna et s'aperçut, à sa grande honte, qu'elle avait à peine pensé à lui depuis son départ. Ces deux mois d'absence lui revinrent brusquement en mémoire et, les larmes aux yeux, elle noua les bras autour de sa nuque.

D'un geste tendre, il lui prit le menton et ses lèvres à la fois douces et insistantes trouvèrent les siennes. Elle ne put que lui rendre ses baisers tout en sachant que Tamani, caché quelque part, devait assister à leurs retrouvailles avec cette discrétion qui lui était propre.

NEUF

— Laurel ?

Laurel sursauta et le minuscule cylindre en verre de sucre se brisa entre ses doigts.

— Par ici, cria-t-elle d'un ton las.

David entra et, après avoir passé un bras autour de ses épaules, planta un baiser sur sa joue. Son regard tomba sur le matériel disposé devant elle.

— Qu'est-ce que tu fais ? demanda-t-il avec un enthousiasme non déguisé.

Laurel poussa un soupir en frottant ses mains constellées de minuscules éclats.

— J'essaie de fabriquer des fioles en verre de sucre.

— Elles sont vraiment faites de sucre ?

Elle fit la moue en se massant les tempes.

— Tu peux manger ces morceaux-là, si tu ne me crois pas.

David observa d'un air dubitatif les débris de verre et prit le plus gros d'entre eux. Il l'examina pendant quelques instants avant d'en lécher la partie lisse.

— Ça a le goût du sucre d'orge, déclara-t-il en reposant le morceau sur la table. Bizarre.

— Frustrant, tu veux dire !

— C'est pour quoi faire ?

Laurel se tourna vers son kit et prit une fiole en verre, une de celles qu'avait faites Yeardley. Jusqu'alors, elle n'avait pas réussi à en fabriquer une seule de satisfaisante. Elle la tendit à David.

— Certaines potions ne peuvent pas être conservées sous leur forme finale. Alors on les fabrique en deux temps. Dès qu'on les mélange, l'effet escompté se produit instantanément. Il faut donc conserver leurs différents composants dans des fioles en verre de sucre afin de les mélanger au bon moment ou de les détruire en les écrasant l'une contre l'autre dans sa main en cas d'urgence.

— Ça doit faire mal, observa David en rendant la fiole à Laurel avec mille précautions.

Elle secoua la tête.

— En général, le verre n'est pas assez épais pour couper. Et même si c'est le cas, le sucre se dissout ; il n'est donc pas nécessaire d'ôter les débris de verre de sa main. C'est pourquoi on n'utilise pas de verre normal. Dans l'idéal, on jette les fioles dans un mortier, mais il faut être préparé à tout.

« Je dois être préparée à tout », ajouta-t-elle en son for intérieur.

— Les potions ne dissolvent pas le sucre ?

— Apparemment non.

— Pourquoi ?

— Je n'en sais rien, David, répliqua Laurel avec impatience. C'est comme ça, voilà tout.

— Désolé, dit-il tout bas.

Il prit un tabouret rose et s'assit à côté d'elle à la table.

— Bon, comment tu t'y prends ?

Laurel inspira profondément, prête à retenter l'expérience.

— J'utilise du sucre de canne en poudre, expliqua-t-elle en désignant un sachet en tissu contenant une poudre verdâtre, que je mélange à de la résine de pin.

Elle joignit le geste à la parole en s'efforçant de se concentrer malgré le souffle de David qu'elle sentait près de son oreille, et ses yeux qui restaient fixés sur ses mains. Elle pouvait presque entendre grincer les rouages de son cerveau tandis qu'il essayait d'assimiler toutes ces informations.

— Ça épaissit et ça se met à coller comme un sirop, poursuivit-elle en remuant la mixture avec une cuillère, puis ça chauffe.

David approuva sans quitter des yeux les mains de Laurel.

— Puis je me sers d'une petite paille, annonça-t-elle en prenant ce qui ressemblait à un tube en verre ; elle ne précisa pas qu'il était taillé dans un diamant. Je la plonge dans le mélange à base de sucre et je souffle le tout comme si c'était du verre normal.

À priori, cela semblait facile, et la plupart des fées de son âge fabriquaient leurs propres fioles depuis des années. Mais Laurel n'avait pas encore acquis le tour de main.

Après avoir aspiré une infime partie de la mixture dans le tube, elle souffla très lentement tout en essayant de se représenter le résultat qu'elle cherchait à obtenir.

Ce faisant, elle fit tourner le tube entre ses doigts et, au mépris de toutes les lois de la physique, la petite bulle à son extrémité s'allongea et s'étira en un long cylindre. La matière opaque et visqueuse blanchit peu à peu jusqu'à devenir transparente.

Laurel souffla un peu plus d'air dans le tube et le retourna une dernière fois avant d'ôter la paille de sa bouche d'un mouvement hésitant. En général, elle s'en sortait bien jusqu'à cette étape.

— C'est...

— Chut ! ordonna-t-elle en prenant sur la table un petit couteau d'argent qui ressemblait à un scalpel.

Elle encocha le verre tout autour du bord du tube de diamant, puis tira délicatement sur le cylindre pour le séparer de la paille.

La première partie céda facilement et, avec des gestes laborieux, Laurel fit tourner le cylindre afin d'en détacher les bords restants. Retenant son souffle, elle s'attaqua au dernier point de contact. Le sucre encore flexible plia, s'étira en un long fil qui finit par se casser. À cet instant, le cylindre vola en éclats.

— Bon sang ! cria Laurel en jetant les débris sur la table.

— Prudence avec ce truc-là, intervint David.

Laurel balaya ses inquiétudes d'un revers impatient de la main.

— La table, je ne peux pas la casser, marmonna-t-elle.

Au cours du long silence qui suivit, elle examina le petit tas de débris en essayant de trouver ce qui avait cloché. Peut-être que si elle aspirait un peu plus de sirop de sucre, elle épaissirait les parois de la fiole.

— Je... je peux essayer ? demanda David d'une voix hésitante.

— Si tu y tiens vraiment, répondit Laurel, tout en sachant qu'il échouerait.

David prit sa place avec un grand sourire. Elle l'observa tandis qu'il essayait de reproduire ses gestes, aspirant une petite quantité de sirop gluant dans la paille avant de souffler délicatement. Pendant une seconde, elle crut qu'il allait réussir. Une minuscule bulle, plus ronde qu'oblongue, se forma, mais un instant plus tard, elle éclata avec un léger « blop » et le liquide s'échappa du tube en diamant.

— Qu'est-ce que j'ai fait de travers ? s'exclama David.

— Rien. Tu n'en es pas capable, voilà tout.

— Je ne vois pas pourquoi, protesta-t-il, les yeux fixés sur le magma verdâtre qui pendait de l'extrémité du tube. C'est fou qu'avec les mêmes gestes on obtienne des résultats aussi différents. Ils devraient être identiques.

— Ce n'est pas de la physique, David. Ce n'est pas de la science. Ça marche avec moi parce que je suis une fée d'automne, et l'explication s'arrête là. Enfin, se corrigea-t-elle en lui prenant le tube des mains, ça marche *presque*.

— Mais pourquoi ?

— Je ne sais pas ! s'exclama-t-elle, exaspérée.

— Tu souffles d'une façon particulière ? Tu utilises une technique que je ne peux pas voir ? reprit David, qui n'avait visiblement pas remarqué le ton de sa voix.

— Non. Tu m'as vue faire. Il n'y a pas de méthode secrète.

— Alors qu'est-ce que j'ai fait de travers ?

— Qu'est-ce que tu as fait de travers ?

Laurel partit d'un rire sinistre.

— David, je ne sais même pas ce que, moi, j'ai raté !

Elle se laissa choir sur son lit.

— À Avalon, au cours des trois dernières semaines, je passais une heure par jour à m'entraîner à souffler des fioles en verre. Et je n'ai pas réussi à en fabriquer une seule sans la casser ! Pas une seule !

David la rejoignit sur le lit.

— Une heure par jour ?

Laurel comprit qu'il se demandait si, avec de la pratique, il serait un jour capable de souffler du verre, lui aussi, mais il eut la délicatesse de ne pas formuler sa pensée.

— Mes professeurs me répètent sans arrêt que si j'étudie bien les ingrédients et les procédés, mon intuition fera le reste, mais jusqu'à présent, ça ne s'est pas vérifié.

— Alors tu es simplement censée savoir quoi faire ?

— C'est ce qu'ils se tuent à me dire.

— C'est comme de… l'instinct ?

En entendant ce mot, Laurel roula sur le dos en poussant un soupir de frustration.

— Oh, l'instinct, c'est presque un gros mot à Avalon. Yeardley n'arrête pas de me répéter : « Tu te reposes sur ton instinct, alors que c'est ton intuition qu'il faut écouter. » Mais j'ai cherché ces deux mots dans le dictionnaire et ils signifient exactement la même chose.

David s'allongea à côté d'elle et elle se nicha au creux de son bras, la main posée sur son torse. Comment avait-elle réussi à se passer de tout cela pendant huit semaines ?

— C'est tellement frustrant ! Là-bas, tous ceux de mon âge ont énormément d'avance sur moi. Et ils continuent de progresser ! En ce moment même ! (Elle soupira.) Je n'arriverai jamais à les rattraper.

— Bien sûr que si, objecta David à mi-voix en frôlant son cou de ses lèvres. Tu finiras par choper le truc.

— Non, je n'y arriverai jamais, répliqua Laurel d'un ton morose.

— Mais si, répéta-t-il en collant son nez au sien.

Il resserra son étreinte autour de sa taille et elle ne put s'empêcher de sourire.

— Merci.

Elle ferma les yeux dans l'attente de son baiser, mais un coup frappé à la porte lui fit lever la tête.

— Pourriez-vous au moins éviter de vous peloter sur ton lit quand je suis à la maison ? lança sèchement la mère de Laurel. Bref, faire semblant de respecter les règles.

David s'était déjà levé d'un bond et écarté du lit. Laurel se redressa lentement.

— J'ai laissé la porte ouverte.

— Oh, c'est parfait, rétorqua sa mère. J'ai hâte de voir où vous en serez la prochaine fois que je passerai dans le couloir. Je vais à la boutique… (Laurel allait répliquer.) Je vous veux tous les deux en bas, s'il vous plaît.

Laurel regarda sa mère s'éloigner, elle portait une jupe et un joli chemisier, et son sac, jeté sur l'épaule, était digne d'une femme d'affaires. C'était l'un des nombreux changements qu'avait trouvés Laurel à son retour d'Avalon.

Le premier d'entre eux avait été spectaculaire. La veille, en ramenant Laurel de la propriété, David s'était garé dans l'allée à côté d'une Nissan Sentra noire au capot peint en rouge.

— J'ai pensé, puisque nous te devons notre situation financière actuelle, que tu avais le droit d'en retirer quelques avantages, avait déclaré son père en riant quand elle s'était jetée dans ses bras en poussant un cri de joie.

Le diamant que Jamison lui avait donné l'année précédente pour que ses parents ne soient pas obligés de vendre la terre avait couvert bien plus que les soins médicaux de son père. Cependant, Laurel ne s'attendait pas à un tel cadeau.

Pour le deuxième grand changement, elle était au courant. Ses parents avaient décidé de rénover leur toute petite maison en y ajoutant une pièce de détente – avec plein de grandes fenêtres pour Laurel – et en agrandissant la cuisine. L'absence de leur fille pendant l'été leur avait fourni une occasion idéale. Les travaux étaient censés être finis pour son retour mais, la veille, Laurel avait à peine franchi la porte qu'elle trébuchait déjà sur une caisse à outils. Les ouvriers avaient bien promis de débarrasser le plancher à la fin de la semaine, mais elle avait eu quelques doutes à ce sujet.

Le changement le plus radical, en revanche, l'avait

surprise encore plus que l'acquisition de sa voiture. Au printemps, le père de Laurel avait acheté un local attenant à sa librairie afin de développer son commerce. Mais peu après le départ de Laurel pour Avalon, ses parents avaient finalement décidé d'ouvrir une boutique de naturopathie pour sa mère. « Les bienfaits de la nature », qui avait ouvert juste avant son retour, proposait des remèdes maison et un vaste éventail de vitamines, d'herbes et d'aliments bio, ainsi qu'une belle collection de livres de médecine et de bien-être fournis par la charmante librairie voisine. Grâce à tout le temps qu'ils passaient dans leurs commerces respectifs, ses parents ne s'étaient jamais autant vus depuis qu'ils étaient mariés.

« Et c'est super ! » se disait Laurel. Après tout, sa mère avait besoin d'un projet à elle. Mais, en l'absence de Laurel, elle était devenue… distante. Son père semblait vouloir tout savoir d'Avalon mais, pendant ces discussions, sa mère se rappelait soudain qu'elle avait autre chose à faire et quittait la pièce. Laurel soupçonnait la nouvelle boutique d'offrir une échappatoire supplémentaire ; au cours des vingt-quatre heures qui avait suivi son retour, elle n'avait croisé sa mère qu'en coup de vent au dîner et une ou deux fois lors de ses allées et venues.

Elle se leva du lit en soupirant.

— Viens, descendons.

— Mais…

David désigna le matériel sur le bureau.

— J'ai mon compte pour aujourd'hui. Allons nous

détendre. Il ne nous reste que quelques jours avant la rentrée.

Laurel le poussa vers la porte.

— Ma mère a préparé des roulés à la cannelle ce matin, ajouta-t-elle en guise d'encouragement.

Il se laissa traîner dans le couloir, non sans avoir jeté un dernier regard au bureau.

Une fois dans la cuisine, David prit un biscuit et le tartina de crème. Au moment de mordre dedans, il se tourna vers la grande fenêtre qui venait d'être rénovée et que Laurel appréciait beaucoup.

— Je n'ai pas encore vu Chelsea, dit-elle. On l'appelle pour lui proposer d'aller voir un film ce soir ?

Laurel referma le pot de crème. L'odeur lui donnait toujours un peu la nausée.

— D'accord, si elle ne passe pas la soirée avec Ryan.

— Ryan ? répéta-t-elle en rangeant le pot dans le réfrigérateur. Le grand Ryan ?

— Oui.

— Ils sortent ensemble ?

— Chelsea n'est pas très bavarde sur le sujet… Tu le crois, ça ? Mais si ce n'est pas déjà le cas, ça ne saurait tarder. Peut-être que toi, tu pourras lui arracher des détails.

— Oui, peut-être. C'est bizarre.

Ce n'était pas tant le fait que Chelsea ait un petit ami ; Laurel était très enthousiasmée par cette idée. Mais pourquoi avait-elle jeté son dévolu sur Ryan, ce grand garçon dégingandé qui ne parlait pas beaucoup et n'était pas observateur pour un sou ? Laurel était d'accord sur le fait que les contraires s'attirent, mais à ce point-là !

Et puis, évidemment, il y avait le fait que Chelsea était amoureuse de David depuis plusieurs années. Mais si elle était passée à autre chose, à la bonne heure !

Ils restèrent silencieux pendant quelques minutes ; David finissait son gâteau tandis que Laurel, le regard tourné vers la fenêtre, songeait à Chelsea. Il avala la dernière bouchée, inspira profondément et dit :

— J'ai cru voir Barnes hier, juste avant d'aller te chercher.

Un frisson glacé parcourut le dos de Laurel.

— Tu as « cru » ?

— En fin de compte, ce n'était pas lui. C'était le type qui tient le bowling.

— Oh, moi aussi je l'ai remarqué il y a quelques mois.

Laurel partit d'un rire tendu et se calma instantanément en voyant la tête que faisait David.

— Pourquoi il n'est pas revenu, Laurel ? demanda-t-il calmement.

Laurel secoua la tête en regardant par la fenêtre, en direction des bois qui s'étendaient derrière la maison. Elle se demanda combien de fées l'observaient en ce moment même. Il était peut-être temps de parler à David de sa conversation avec Jamison. Finalement, elle décida de reporter cela à plus tard.

— Je ne sais pas.

— Nous avons ruiné ses grands projets, poursuivit David. Et il sait où tu habites.

— Merci de me le rappeler, répliqua-t-elle d'un ton sarcastique.

— Désolé, je n'essaie pas de te faire peur. Mais j'ai l'impression… je ne sais pas, que la menace se rapproche de jour en jour. J'attends que quelque chose arrive. Et ça ne s'arrange pas : je vois des trolls partout. Chaque fois que je croise un visage inconnu avec des lunettes de soleil, je m'interroge. Étant donné la saison touristique que nous avons eue cet été, je te laisse imaginer les deux mois de paranoïa que j'ai vécus. Et avec toi partie…

Il la prit par le poignet pour l'attirer contre lui, et déposa un baiser sur sa tête blonde.

— Je suis vraiment content que tu sois rentrée.

— Bien.

Elle noua les bras autour de la taille de David et se hissa sur la pointe des pieds pour l'embrasser. C'était une sacrée gymnastique, depuis peu : il mesurait presque une tête de plus qu'elle, maintenant qu'il avait pris sept centimètres au moins en six mois et qu'il s'était mis à la musculation. S'il n'en avait rien dit, Laurel le soupçonnait d'avoir perdu de son assurance depuis leur face-à-face avec Barnes. Quel que soit le motif de David, elle ne pouvait qu'apprécier les résultats. Elle aimait sa force physique ; elle lui donnait l'impression d'être en sécurité.

Si seulement elle parvenait à acquérir le coup de main avec tout ce qu'on lui avait appris à Avalon, peut-être qu'elle se sentirait encore mieux.

Chelsea poussa un cri de joie et se jeta dans les bras de Laurel. La bouche dans ses cheveux, elle éclata de rire et comprit à quel point son amie lui avait manqué.

— Je voulais passer hier, déclara Chelsea, mais je m'étais promis de te laisser une journée en tête à tête avec David. Il était si malheureux sans toi ! (Laurel sourit. Cette idée lui faisait plutôt plaisir.) Le premier mois, il venait me voir presque tous les jours et passait son temps à me parler de toi, puis j'ai commencé à traîner avec Ryan, et David est devenu bizarre ; bref je ne l'ai pas autant vu ces deux dernières semaines. Viens, on monte, lança Chelsea, tandis qu'un méli-mélo de bras et de jambes roulait sur le sol de l'entrée, à deux pas de l'endroit où elles se tenaient. La dernière semaine avant l'école, c'est toujours l'horreur, conclut-elle en désignant ses deux frères qui continuaient de se battre.

Laurel n'aurait su dire avec certitude s'il s'agissait d'un jeu ou d'une véritable bagarre. Dans tous les cas, il était probablement plus raisonnable de se tenir à l'écart. Elle suivit l'intarissable Chelsea jusque dans sa chambre aux parois tapissées de posters de fées. Laurel éprouvait toujours un certain embarras en pénétrant dans cette pièce avec tous ces personnages ailés qui l'observaient depuis les murs ou le plafond. Et c'était sans compter la collection de livres impressionnante que Chelsea possédait sur le sujet.

— Dis donc, tu n'es pas très bronzée, observa Chelsea.

Elle se tut, l'air d'attendre une réponse.

— Euh… quoi ? fit Laurel, prise de court.

— Tu n'es pas bronzée. Après deux mois de camp

de vacances, je m'attendais à te retrouver un peu plus hâlée que ça.

Laurel avait bien failli oublier cette histoire de camp de vacances inventée par David. Un camp qui, de façon fort opportune, ne possédait ni téléphone ni connexion Internet. Laurel avait honte de mentir à Chelsea, mais cette dernière était trop franche pour savoir garder un secret. Comble de l'ironie, c'était d'ailleurs une de ses principales qualités.

— Euh… j'ai mis de l'écran total, répondit-elle d'un ton vague. Des tonnes d'écran total.

— Et un chapeau, apparemment, renchérit sèchement Chelsea.

— Oui. Bon, parle-moi de toi et de Ryan, dit-elle, impatiente de changer de sujet.

Brusquement, Chelsea remarqua un détail très intéressant sur la moquette. Laurel éclata de rire.

— Chelsea, tu rougis ?

Chelsea partit elle aussi d'un rire nerveux et haussa les épaules.

— Tu l'aimes bien ? insista Laurel.

— Oui. Je n'aurais jamais cru ça possible, mais oui.

— C'est super ! s'exclama Laurel avec un enthousiasme sincère. Et… vous sortez officiellement ensemble ?

— Qu'est-ce que tu entends par « officiellement » ? Est-ce qu'on est censés avoir une conversation particulière du type : « Tu sais quoi, je t'aime bien, tu m'aimes bien, on aime s'embrasser, donc on n'a qu'à sortir officiellement ensemble » ? Comment ça marche ?

Laurel eut un air étonné.

— Tu as embrassé Ryan ?

— Je crois, oui.

— Tu crois ? répéta Laurel en levant un sourcil.

— On s'embrasse beaucoup. Ça veut dire qu'on est ensemble, ça ?

— Carrément. C'est même officiel, il me semble.

— Oh, parfait, lança Chelsea avec un soupir de soulagement. Je commençais à stresser parce qu'on n'avait pas eu de conversation particulière.

— Les bisous, c'est mieux que la parlotte, déclara Laurel en souriant. Et comment c'est arrivé ?

Chelsea haussa les épaules.

— C'est arrivé, voilà tout. Tu sais que j'étais raide dingue de David depuis une éternité, non ?

Laurel hocha la tête mais crut sage de ne pas répliquer.

— J'en étais arrivée au stade où je ne voyais plus que lui. Ça me minait que tu sortes avec lui, et en même temps j'étais contente de vous voir aussi heureux, bref c'était horrible de se sentir aussi tiraillée.

Laurel se rapprocha pour poser la main sur le bras de Chelsea. C'était un sujet qu'elles n'avaient jamais abordé jusqu'alors, bien que Laurel eût conscience que ça n'avait pas été facile pour Chelsea. Elle se contenta de sourire.

— J'ai donc décidé de ne plus penser à David, de ne plus le regarder, et de ne plus en pincer pour lui.

— Comment tu t'y es prise ? s'enquit Laurel, songeant immédiatement à ses problèmes avec Tamani.

— Je ne sais pas trop. Je l'ai fait, voilà tout. C'était

bizarre, au début. J'ai passé des années à essayer par tous les moyens d'attirer son attention, de me faire aimer de lui. Du coup, je ne voyais plus rien d'autre. Je me suis alors appliquée à diriger mon attention sur les autres, sans avoir vraiment eu à me forcer pour me détourner de lui. Et j'ai découvert un truc super. (Chelsea ouvrit des yeux grands comme des soucoupes.) Il y a des garçons partout, tu t'en étais rendu compte ?

Laurel s'esclaffa.

— J'ai bien peur d'être toujours focalisée sur David.

— Tu fais bien, déclara Chelsea avec le plus grand sérieux. Bref, j'ai commencé à passer plus de temps avec Ryan. Il m'a proposé un ciné puis un déjeuner. De fil en aiguille, on passait tout notre temps ensemble.

— Et vous vous êtes embrassés.

— Et on s'est embrassés, conclut Chelsea avec enthousiasme. Ryan embrasse super bien.

Laurel leva les yeux au ciel.

— Ça, je ne tenais pas particulièrement à le savoir.

— Arrête, tout le monde veut savoir ce genre de choses.

— Pas moi !

— C'est ça. Moi, je me suis toujours demandé comment embrassait David.

— Hum, ça, c'est le genre de question que tu n'es pas censée poser.

Chelsea gloussa.

— Je ne l'ai pas posée. J'ai juste dit que je m'étais toujours interrogée à ce sujet.

— C'est une question, ça.

— Non !

Chelsea s'adossa à la tête de lit.

— Évidemment, tu peux me le dire quand même.

— Chelsea !

— Quoi ? Moi, je te l'ai dit.

— Mais moi, je ne t'ai rien demandé !

— Je veux juste les détails techniques.

— Je ne dirai rien.

— Ça, c'est le signe qu'il embrasse mal.

— Pas du tout ! Il embrasse très bien.

— Ah, ah !

Laurel soupira.

— Tu es vraiment bizarre.

— Oui, admit Chelsea avec un sourire en secouant ses boucles brunes. Mais tu m'aimes quand même.

Laurel rit.

— C'est vrai.

Elle se pencha pour appuyer la tête sur l'épaule de Chelsea.

— Et je suis contente que tu sois heureuse.

— Je le serais encore plus si tu me racontais comment David se débrouille au lit.

Laurel dévisagea Chelsea d'un air incrédule, puis lui donna un coup d'oreiller.

DIX

Assise en tailleur dans sa chambre, Laurel triait ses affaires de classe et préparait son sac à dos. David, qui était prêt pour la rentrée scolaire depuis une bonne semaine – voire un mois, mais Laurel n'en avait pas la preuve – l'observait, vautré sur le lit. Elle sortit un paquet de quatre marqueurs multicolores d'un sac de courses et les serra sur son cœur.

— Ô marqueurs ! s'écria-t-elle d'un ton mélodramatique, vous m'avez tellement manqué !

David éclata de rire.

— Tu n'as qu'à les emporter avec toi l'année prochaine.

— L'année prochaine ? Pour l'instant, je n'arrive même pas à envisager de devoir retravailler aussi dur.

Elle leva les yeux vers lui.

— On n'est pas censé être en vacances, l'été ?

David se pencha pour l'enlacer et la hissa sur le lit à côté de lui malgré ses protestations hilares.

— Ça n'a pas non plus été des vacances pour moi puisque tu n'étais pas là, dit-il en se redressant un peu.

Laurel se blottit contre lui.

— Et maintenant les vacances sont finies, se lamenta-t-elle.

— La journée n'est pas encore terminée, lui susurra-t-il au creux de l'oreille.

— Mes parents me disent qu'il faut profiter du temps présent.

— Je suis tout à fait de leur avis, déclara-t-il d'un ton moqueur.

Il caressa le dos de Laurel tout en embrassant doucement son épaule dénudée par son débardeur. Elle noua les bras autour de son cou et passa les doigts dans ses cheveux, l'une de ses activités favorites. Les boucles soyeuses de David s'accrochaient toujours un peu au bout de ses doigts et elle devait tirer plus fort pour les libérer.

Le souffle rauque, il colla ses lèvres aux siennes et Laurel s'abandonna au plaisir d'être dans ses bras. Elle sourit quand il recula pour appuyer son front contre le sien.

— Comment j'ai fait pour avoir une chance pareille ? demanda-t-il à mi-voix.

— La chance n'a rien à voir là-dedans, répliqua-t-elle en se penchant pour l'embrasser doucement.

Une fois, deux fois, et la troisième elle l'attira plus fort contre elle en goûtant le contact de ses lèvres sur les siennes. Sa main s'aventura sous son tee-shirt, et elle sentit sous ses doigts son souffle s'accélérer. Elle hésita pendant une seconde, calculant les risques que ses parents rentrent plus tôt que d'habitude, puis souleva le tee-shirt des deux mains et le fit passer par-dessus la tête de David. C'était la petite faiblesse qu'elle s'autorisait de temps en temps : s'appuyer contre son torse nu. Sa peau était toujours si chaude, même l'été, lorsque sa température corporelle égalait presque la sienne. Elle adorait sentir sa chaleur se propager à elle quand elle le touchait jusqu'à ce que son propre corps se réchauffe agréablement.

Les paupières closes, elle attendit le prochain baiser, et comme rien ne venait, elle rouvrit les yeux. David la contemplait en souriant, mais son regard était sérieux.

— Je t'aime, dit-il.

Elle sourit à son tour et savoura la musique de ces mots. Chaque fois qu'il les prononçait, c'était comme la première fois.

— Salut, miss fée.

Laurel sourit en dévalant l'escalier. Son père s'était mis à la surnommer ainsi à son retour de l'hôpital. Ils avaient toujours été proches, mais depuis qu'elle avait failli le perdre un an plus tôt, Laurel avait l'impression que chaque minute comptait doublement. Et bien que sa curiosité insatiable à l'égard de tout ce qui touchait aux fées la rende parfois chèvre, elle lui savait gré d'accepter ce qu'elle était avec autant de facilité.

— Comment s'est passée ta première journée de lycée ?

Laurel se dirigea vers le canapé après avoir pris un Sprite dans le réfrigérateur.

— Bien. Mieux que l'année dernière, en tout cas. Et je pense que je suis mieux préparée pour la chimie que je ne l'étais pour la biologie.

— Ça, c'est un sacré mieux, observa-t-il en levant les yeux de son livre.

— Qu'est-ce que tu lis ? s'enquit Laurel en jetant un coup d'œil à son édition de poche écornée.

Il prit un air piteux.

— *Stardust.*

— Encore ?

— Eh bien, oui !

Les romans fantastiques, en particulier les histoires de fées, avaient pris la première place dans sa liste de lectures, et le conte de Neil Gaiman figurait parmi ses favoris.

— Où est maman ? demanda Laurel, bien qu'elle devinât la réponse.

— Elle s'occupe de l'inventaire. Elle doit recevoir sa commande demain.

— Je m'en serais doutée.

Voyant son air morose, son père reposa son livre.

— Quelque chose ne va pas ?

Elle soupira. Après s'être redressé, son père tapota la place à côté de la sienne sur le canapé. Laurel le rejoignit en soupirant et appuya la tête sur son épaule.

— Qu'est-ce qu'il y a ? insista-t-il.

— Je ne sais pas. C'est juste... un peu bizarre de t'avoir soudain plus souvent à la maison que maman. Elle passe sa vie à la boutique.

— Elle est très occupée en ce moment. Ouvrir un magasin, ça demande beaucoup de travail. Tu te souviens, l'été dernier, quand je venais de reprendre la librairie ? Je n'étais jamais à la maison. (Il gloussa.) En fait, si j'avais été un peu plus là, j'ose penser que j'aurais compris pas mal de choses.

Il se tut et étreignit les épaules de Laurel.

— Il faut que tu comprennes que quand je suis tombé malade, ta mère s'est sentie complètement impuissante. Nous n'avions pour ainsi dire pas de mutuelle, les frais d'hôpital s'accumulaient, et si le pire s'était produit, elle n'aurait eu aucun moyen de subvenir à tes besoins. Elle n'a jamais su faire à la librairie. Elle aurait peut-être réussi à joindre les deux bouts mais dans un premier temps seulement. Elle a peur de se retrouver dans la même situation et, regardons les choses en face, nous ne sommes plus très jeunes. Elle fait ça pour toi, ajouta-t-il en se tournant vers sa fille, pour pouvoir te soutenir financièrement si un autre problème survenait.

Laurel frotta ses orteils contre les coussins du canapé.

— Pourtant, quelquefois j'ai l'impression…

Elle s'interrompit puis reprit précipitamment, avant de pouvoir changer d'avis :

— Elle n'accepte pas que je sois une fée.

Son père se pencha vers elle.

— Qu'est-ce que tu veux dire ?

La première phrase était lâchée, plus rien ne retenait Laurel.

— Tout a changé depuis qu'elle l'a appris. Elle agit comme si j'étais une étrangère dans sa maison. On ne se parle plus. Alors qu'on se parlait tout le temps de tout. J'ai l'impression qu'elle évite mon regard et qu'elle s'en va quand j'entre dans une pièce.

— Chérie, il faut lui laisser le temps d'ouvrir sa boutique. Je crois vraiment…

— C'était bien avant cette histoire de boutique, l'interrompit Laurel en secouant la tête. Elle déteste l'idée que je ne sois pas comme les autres. Quand j'ai reçu l'invitation à Avalon, j'étais folle de joie : c'était la chance de ma vie. Et c'est tout juste si elle ne m'a pas empêchée d'y aller !

— Pour être juste envers elle, c'était parce que tu partais pour deux mois vivre avec de parfaits inconnus. Ça n'a rien à voir avec cette histoire de fées.

— Tout de même, j'espérais que les choses changeraient pendant mon absence. Que ce serait peut-être plus facile pour elle de se faire à cette idée pendant que j'étais loin. Mais rien n'a bougé, conclut Laurel d'un ton calme. Ça a même empiré.

Son père réfléchit pendant quelques instants.

— Je ne sais pas pourquoi elle a autant de mal à l'accepter, dit-il d'un ton hésitant. Elle n'y comprend rien, je crois. Ça a bouleversé sa vision du monde. Ça prendra peut-être du temps. Je te demande juste d'être patiente.

Laurel poussa un gros soupir.

— Elle m'a à peine embrassée quand je suis rentrée. Je veux bien être patiente, mais j'ai l'impression qu'elle ne m'aime plus.

— Non, Laurel, dit son père en la serrant contre lui tandis qu'elle refoulait ses larmes. Ce n'est pas ça, je t'assure. Ça n'a rien à voir avec toi, elle doit seulement se faire à l'idée que les fées existent.

Regardant Laurel droit dans les yeux, il poursuivit d'un ton décidé :

— Elle t'aime autant qu'avant, je te le jure. (Il l'attira

et posa un baiser sur ses cheveux.) Veux-tu que je lui parle ?

Laurel protesta avec véhémence.

— Non, s'il te plaît, ne lui dis rien. Elle a assez de soucis comme ça. (Elle se força à sourire.) Il faut lui laisser du temps, se montrer patient, comme tu dis. Tout va rentrer dans l'ordre, pas vrai ?

— Absolument, répondit-il avec un enthousiasme qu'elle ne partageait pas.

Laurel se leva et retourna dans la cuisine pendant que son père reprenait sa lecture. Accroupie devant le frigo, elle y rangea d'autres canettes de Sprite.

« Tout va rentrer dans l'ordre, tu parles ! » se dit-elle.

Apercevant des restes stockés dans des Tupperware empilés sur une étagère du réfrigérateur, elle demanda :

— Papa, tu as dîné ?

— Euh… non, pas encore, répondit-il d'un ton penaud. Je voulais juste lire le premier chapitre, mais je me suis laissé emporter.

— Comme d'habitude, lâcha-t-elle. Je te prépare quelque chose ?

— Pas la peine, lança-t-il en se levant du canapé pour s'étirer. Je vais réchauffer des restes.

— Non, j'y tiens, insista Laurel.

Son père la dévisagea d'un air intrigué.

— Assieds-toi, reprit-elle. Je vais dans ma chambre, je redescends dans une minute.

Tandis qu'elle se dirigeait vers l'escalier, son père s'installa à la table de la cuisine et se replongea dans sa lecture.

Laurel prit son kit en s'efforçant de ne pas regarder

les débris de verre éparpillés sur son bureau, et redescendit en hâte. Un Tupperware contenait des nouilles sautées, l'un des plats préférés de son père. Cela ferait l'affaire. Elle disposa son matériel à côté de la cuisinière, mit le reste de nouilles dans une petite casserole et alluma un brûleur.

En entendant la casserole tinter, son père leva les yeux.

— Tu n'as pas besoin de réchauffer ça, le micro-ondes marche très bien.

— Oui, mais j'ai envie de préparer quelque chose de spécial.

Il leva un sourcil.

— Comment ça, « spécial » ?

— Tu verras bien, fit Laurel en agitant les doigts au-dessus de la vapeur s'élevant de la casserole alors que la sauce commençait à former des bulles.

Elle n'avait pas l'intention de modifier le goût du plat – comme le ferait une poignée d'épices – mais au contraire en exalter la saveur naturelle. À Avalon, ses professeurs lui répétaient sans cesse qu'en se familiarisant avec les plantes et en se fiant à son intuition elle arriverait presque toujours à ses fins. Cela ne devait pas être bien difficile, non ?

Elle ferma les yeux pour se détendre. Les ingrédients prenaient vie sous ses doigts baignés de vapeur d'eau. Elle se pencha pour respirer les senteurs d'ail, de soja, de gingembre et de piment.

« Huile de crocus et un soupçon de sauge pour faire ressortir l'ail et le gingembre », songea-t-elle. Il manquait un ingrédient pour que ce soit parfait. Elle se concentra et opta pour un peu de *Chara*, sans doute parce que l'amidon contenu dans cette algue était susceptible de relever le goût du soja. Quant au piment, il se suffisait à lui-même.

Elle prit un petit mortier dans lequel elle versa quelques gouttes d'huile de crocus et une pincée de sauge. Quant à la *Chara*, elle se présentait sous la forme d'un petit flacon doté d'un minuscule atomiseur. Laurel en vaporisa une brume dans le mortier, réfléchit un instant, puis réitéra son geste. À l'aide d'un pilon, elle écrasa les petites graines de sauge et mélangea les trois ingrédients jusqu'à ce que leur odeur en soit légèrement modifiée. Puis elle retourna le récipient et laissa couler deux gouttes de liquide vert dans les nouilles. Un peu de vapeur se forma et disparut au fur et à mesure que Laurel remuait le mélange afin que la sauce brune absorbe les gouttes de liquide.

— Bon appétit, lança-t-elle en posant la casserole devant son père.

Il leva les yeux de son livre, un peu surpris.

— Oh, merci.

Laurel sourit puis alla nettoyer la cuisinière sans cesser de jeter des regards furtifs à son père, se demandant s'il remarquerait la différence sans qu'elle intervienne. Elle n'eut pas à attendre très longtemps.

— Waouh, Laurel, c'est délicieux ! s'exclama-t-il. Il faut croire que c'est bien meilleur réchauffé sur le feu qu'au four à micro-ondes.

Il mangea avec appétit et Laurel sourit, fière d'avoir enfin réussi quelque chose après tous les échecs de ces dernières semaines.

— Tu as ajouté quelque chose là-dedans ? demanda-t-il après avoir englouti la moitié de son assiette. Jamais je n'avais mangé une sauce teriyaki aussi bonne. (Il se tut pour fourrer une autre fourchetée dans sa bouche.) Et pourtant, j'ai mangé de ces nouilles il y a deux jours alors qu'elles venaient d'être préparées, reprit-il, la bouche pleine.

Laurel se tourna vers lui avec un air de conspiratrice.

— Peut-être que j'y ai mis mon grain de sel.

— Eh bien, tu devrais en toucher deux mots à ta mère, car ce sont les meilleures que j'aie jamais mangées.

Ravie, Laurel se détourna pour mettre la casserole et le Tupperware dans l'évier, puis fit couler de l'eau chaude. Elle enfila ses gants en caoutchouc et commença à faire la vaisselle.

— Tu vois, c'est ça que maman ne comprend pas, dit-elle, la voix à moitié couverte par le gargouillis de l'eau. Mes pouvoirs ne sont pas réservés aux fées, je peux aussi vous aider, améliorer le goût de vos aliments, par exemple. Et je sais préparer des fortifiants super. Ma version de la vitamine C est terrible. (Elle ferma le robinet après avoir rincé la vaisselle.) Enfin, elle sera terrible quand j'aurai trouvé le coup de main. J'aimerais juste que maman comprenne que je n'ai pas changé. Je ne suis pas devenue fée du jour au lendemain, je l'ai toujours été. Mais je suis restée la même personne. Toi, tu t'en rends compte, ajouta-t-elle en se retournant. Est-ce que…

Elle s'interrompit, bouche bée. Son père s'était

assoupi : il ronflait doucement, la tête dans l'assiette parmi les restes de nouilles.

— Papa ?

Laurel s'avança pour lui toucher l'épaule. Comme il ne réagissait pas, elle le secoua d'abord avec douceur, puis énergiquement. « Qu'est-ce que j'ai fait ? » Comme elle se précipitait dans l'escalier pour aller chercher un remède, elle se remémora tous les usages de la *Chara*. Elle se laissa choir sur une marche et se rappela le passage en question de son manuel : « Au besoin, un soupçon de *Chara* peut plonger n'importe quel animal dans un profond sommeil. Si l'effet n'est pas instantané, ce procédé est idéal pour fuir si l'on a du temps devant soi. » Jusqu'alors, Laurel n'avait pas appliqué à ses parents ses connaissances sur l'usage des plantes pour les animaux. Mais techniquement, ils faisaient bel et bien partie de cette espèce.

Laurel se releva lentement et retourna à la cuisine. Son père ronflait plus fort maintenant. Après s'être munie d'un torchon, elle souleva sa tête avec mille précautions et nettoya les traces de sauce visqueuse sur sa joue. Puis elle glissa dans ses mains son exemplaire de *Stardust* et reposa sa tête sur ses bras. Ce n'était pas la première fois qu'il s'assoupissait en lisant. Le fait qu'il s'endorme à la table de la cuisine était une nouveauté, mais personne ne poserait de question. Il travaillait tard ces derniers temps.

Elle prit l'assiette, jeta le reste de nouilles dans la poubelle et fit la vaisselle. Elle ne voulait pas que sa mère découvre qu'elle avait fait une énorme bêtise en cherchant à exhiber ses pouvoirs. Après avoir rangé l'assiette dans le placard, Laurel lança un dernier regard à son père qui ronflait toujours, affalé sur la table. Avec un peu de chance, il se réveillerait au matin. Dans le cas contraire, elle n'avait aucune idée de ce qu'elle serait censée faire.

« Je suis la fée la plus nulle du monde », songea-t-elle.

ONZE

Au terme de sa première semaine d'école, Laurel marchait vers la librairie, main dans la main avec David, leurs bras nus se balançant dans la brise tiède des derniers jours d'été. Après lui avoir donné un dernier baiser, il prit le chemin de la pharmacie, où il travaillait à temps partiel.

Laurel poussa la porte de la boutique. En entendant tinter le carillon, Maddie leva les yeux et l'accueillit avec un grand sourire.

— Laurel ! lança-t-elle avec le ton jovial qu'elle lui réservait à chacune de ses visites.

C'était une constante agréable dans la vie de Laurel. Quels que fussent ses problèmes avec ses parents, une bande de trolls ou Avalon, Maddie l'accueillait toujours à bras ouverts derrière le comptoir, le sourire aux lèvres.

Laurel s'abandonna à l'étreinte de Maddie en riant.

— Où est mon père ? demanda-t-elle en regardant autour d'elle.

— Dans l'arrière-boutique, répondit Maddie. Il fait l'inventaire.

— Comme d'habitude, commenta Laurel en se dirigeant vers les portes battantes au fond du magasin. Salut, papa, lança-t-elle comme il levait les yeux.

Elle ne pensait pas que c'était vraiment nécessaire, mais elle l'observait avec attention ces derniers temps. Le lendemain de la catastrophe, il ne s'était pas réveillé avant huit heures. Mis à part un torticolis, il semblait indemne. La mère de Laurel, Sarah, lui avait reproché de travailler trop et de veiller tard et, malgré cela, par bonheur, elle ne s'était aperçue de rien. Laurel, néanmoins, s'était depuis lors tenue à distance du réfrigérateur. Deux précautions valaient mieux qu'une.

Elle se laissa choir sur la chaise face à l'ordinateur et s'empara d'un petit tas de marque-pages.

— Comment ça s'est passé à l'école ? demanda son père.

— Bien, répondit-elle avec un grand sourire. À l'aise !

Depuis Avalon, tout lui semblait facile. Sept heures de cours par jour ? Une broutille. Une ou deux heures de devoirs par soir ? Du gâteau. Son séjour à Avalon avait entièrement modifié sa perception de l'école. Si seulement il y avait plus de fenêtres là-bas...

— Tu as besoin d'aide aujourd'hui ? s'enquit-elle en balayant du regard la réserve.

— Pas vraiment, dit son père en se redressant pour s'étirer. En fait, je rattrape mon retard dans la paperasse, ça prend un temps fou !

Il regarda par la petite fenêtre derrière son bureau.

— Quelle journée splendide ! Apparemment, les gens préfèrent rester dehors pour profiter du beau temps plutôt que chercher de quoi lire dans une vieille librairie poussiéreuse.

— Ta librairie est très propre, protesta Laurel en riant.

Elle observa un silence avant d'ajouter, en évitant le regard de son père :

— Et maman, tu crois qu'elle a besoin d'aide ?

Il leva les yeux vers elle, puis demanda d'un ton désinvolte :

— Tu as besoin d'argent ?

— Non, j'ai pensé... J'ai pensé que ça pourrait... détendre l'atmosphère. Peut-être qu'on attend toutes les deux que l'autre fasse le premier pas, dit-elle en baissant la voix.

Son père se tut, les doigts suspendus au-dessus du clavier, puis, après avoir ôté ses lunettes, il fit le tour du bureau pour serrer Laurel dans ses bras.

— C'est un bon moyen de prendre les devants, lui glissa-t-il à l'oreille. Je suis fier de toi.

— Merci.

Laurel jeta son sac sur son épaule et se retourna pour lui faire signe avant de s'éloigner. Une fois dehors, elle aspira l'air profondément et, sans plus réfléchir, se dirigea vers l'enseigne voisine. Depuis son retour d'Avalon, elle avait rendu peu de visites à sa mère dans sa boutique et, chaque fois, l'attention que celle-ci portait aux détails l'avait impressionnée. Elle poussa la porte et, au lieu du traditionnel carillon mécanique, une clochette d'argent retentit. Des plantes en pot ornaient la vitrine, et une fontaine de table gargouillait dans un coin de la pièce au centre d'un jardinet zen. Des prismes en cristal scintillant pendaient du plafond. Laurel prit le temps d'en effleurer un, flattée que sa mère ait emprunté une de ses idées pour décorer sa boutique. Malgré leurs problèmes actuels, Laurel songea qu'elle aimerait encore plus travailler là qu'à la librairie, ce qui n'était pas peu dire.

Elle se retourna au moment où Sarah émergeait du rideau de perles séparant la pièce de l'arrière-boutique en portant un énorme carton, le visage cramoisi et le souffle court.

— Oh, Laurel, c'est toi. Bien, je vais pouvoir poser ça une minute.

Elle laissa tomber le carton au beau milieu de la pièce et s'essuya le front du revers de la main.

— Tu crois qu'ils m'enverraient les produits dans des boîtes plus petites ? lança-t-elle avant d'ajouter : Alors, qu'est-ce qui t'amène ?

— Je suis juste venue voir si tu avais besoin d'aide. C'est très calme, à côté.

Elle regretta immédiatement ses paroles. Elle ne voulait pas que sa mère s'imagine qu'elle n'était qu'un second choix.

— Oh, fit celle-ci en esquissant un sourire qui, lui au moins, semblait sincère. Ce serait super ! Je fais mes rayons aujourd'hui et un coup de main ne serait pas de refus. (Elle rit.) Ton père a des employés, lui. Je n'en suis pas encore là.

— Parfait, dit Laurel en posant son sac pour s'attaquer à la nouvelle livraison.

Sa mère lui énuméra le contenu du carton, lequel n'avait presque pas de secrets pour elle, étant donné qu'elle avait passé la plus grande partie de sa vie sous le même toit qu'une naturopathe, puis lui expliqua le système des étiquettes collées sur les étagères, qui devaient correspondre à celles figurant sur les flacons et les boîtes.

— Je vais remplir mes factures et commencer à préparer mes commandes pour la semaine prochaine, mais n'hésite pas à m'appeler si tu as besoin d'aide, d'accord ?

— D'accord, répondit Laurel en souriant.

Sarah lui rendit son sourire. Jusqu'ici, tout allait bien.

Laurel s'étonna du nombre de plantes médicinales qu'elle se rappelait – avoir consacré un été à les étudier de manière intensive n'avait pas servi à rien. Tout en sortant les différents articles des cartons pour les disposer sur les étagères adéquates, elle récitait leurs usages dans sa tête. « Consoude : son huile calme les inflammations, réduit l'espérance de vie des mauvaises herbes, et améliore la vue. La sarriette éclaircit les idées et tient éveillé. A des effets bénéfiques sur les carpes, si on en met dans leur eau. Favorise l'oxygénation. La tisane aux feuilles de framboisier pour les enfants qui refusent de manger. Ajouter beaucoup de sucre pour augmenter sa valeur nutritionnelle. Idéal s'il faut veiller tard la nuit. »

Elle aimait en particulier trier les produits homéopathiques, qui étaient tout à fait indiqués pour les fées puisqu'ils étaient conservés dans du sucre. Cependant, ils avaient toujours des vertus opposées sur les humains. La fève de Saint-Ignace, par exemple, pouvait servir de remède à la dépression chez les humains. Chez les fées, elle était utilisée comme sédatif. Quant à la bryone dioïque, elle faisait baisser la fièvre chez les uns tandis que, chez les autres, elle se révélait extrêmement efficace pour lutter contre le gel. Tamani avait raconté à Laurel que, pendant les mois d'hiver, les sentinelles qui gardaient la porte du Japon buvaient tous les jours une tisane glacée préparée avec des feuilles de bryone pour se protéger du froid mordant en altitude.

Perdue dans ses pensées, Laurel s'était immobilisée, une boîte de *Natrum muriaticum* à la main, quand sa mère entra, l'arrachant à sa rêverie.

— Tout va bien, Laurel ?

— Quoi ? Euh… oui, oui, marmonna-t-elle en se penchant pour prendre d'autres boîtes dans un petit carton. Je réfléchissais.

— D'accord, dit sa mère en l'observant d'un drôle d'air.

Au moment de se détourner, elle se ravisa.

— Merci d'être venue m'aider. J'apprécie beaucoup.

Elle passa le bras autour des épaules de sa fille et la serra brièvement contre elle d'un geste maladroit, un peu forcé.

La sonnerie du téléphone retentit et, le cœur gros, Laurel regarda sa mère s'éloigner. Quelle sensation bizarre que de se sentir aussi loin d'une personne qui se trouvait à deux pas d'elle, et pourtant c'était ce qu'elle ressentait. Sa mère lui manquait.

— Excusez-moi ? dit une voix derrière elle.

Laurel se retourna pour tomber nez à nez sur une

femme d'un certain âge qu'elle se souvenait vaguement avoir croisée en ville.

— Oui ?

— Pouvez-vous me renseigner ?

Laurel jeta un regard du côté de sa mère, qui était toujours au téléphone, et se tourna de nouveau vers la femme.

— Je peux essayer, répondit-elle en souriant.

— J'ai besoin d'un remède contre mes migraines. Je prends de l'Advil, mais ça ne m'aide plus beaucoup. Je crois que mon corps s'y est habitué.

— Ça arrive, observa Laurel en hochant la tête d'un air compréhensif.

— J'aimerais essayer quelque chose d'un peu plus naturel, déclara la femme. Mais efficace, ajouta-t-elle après un silence.

Laurel s'efforça de se rappeler ce qu'elle avait mis en rayon quelques minutes plus tôt. Elle avait tenu le petit flacon dans ses mains pendant plusieurs secondes en se demandant si elle devait le tester sur elle : avec tout le stress accumulé au cours des derniers mois, elle souffrait parfois de migraines, elle aussi. Après avoir déplacé une rangée de produits, elle trouva le flacon en question.

— Tenez, dit-elle en le tendant à la cliente. C'est un peu cher, poursuivit-elle en montrant l'étiquette, mais ça en vaut vraiment la peine. J'envisage moi aussi de m'en procurer. Ça marche beaucoup mieux que l'Advil.

La femme sourit.

— Merci. Ça vaut certainement le coup d'essayer, en tout cas.

Elle se dirigea vers la caisse tandis que Laurel retournait à son rangement. Au bout d'une minute, Sarah se dirigea vers l'endroit où se tenait Laurel, suivie de la cliente et, après avoir jeté un regard lourd de reproche à sa fille, prit une boîte sur une étagère.

— Ce sera beaucoup plus efficace, dit-elle. C'est du cyclamen, j'en donne à mon mari depuis des années pour ses migraines. Ça fait des merveilles.

De retour à la caisse, Sarah expliqua à la femme comment prendre les comprimés d'homéopathie, et bientôt, celle-ci prit congé.

Après l'avoir escortée jusqu'à la sortie, Sarah retourna auprès de Laurel.

— Écoute, dit-elle, et Laurel perçut dans sa voix la colère qu'elle s'efforçait de contenir, si tu ne sais pas quoi conseiller, viens me voir. Ne choisis pas un flacon au hasard sur une étagère. J'aurais préféré que tu attendes que j'aie fini au téléphone. Ces gens viennent chercher de l'aide, et les effets sont très différents d'une plante à l'autre.

Laurel eut l'impression d'être une enfant réprimandée par un adulte qui essayait de ne pas heurter sa sensibilité.

— Je n'ai pas pris un flacon au hasard, protesta-t-elle. C'est un très bon remède contre les migraines. Je l'ai choisi exprès.

— Vraiment ? répliqua sèchement sa mère. Pourtant, ce produit ne soigne pas les mêmes maux, je t'assure.

— Hein ?

— Tu sais au moins à quoi sert la *Pausinystalia johimbe* ? C'est une plante censée stimuler l'érection.

— Berk ! fit Laurel, horrifiée à l'idée d'avoir envisagé d'en prendre un flacon pour elle.

Elle savait que la plupart des plantes avaient des effets différents sur les fées, mais tout de même !

— Eh oui ! Je n'en ai dans mes rayons que parce qu'un type est venu ici la semaine dernière pour m'en commander. Crois-moi, j'aurais préféré que mon banquier sexagénaire m'épargne ce genre de détails !

— Je suis désolée, dit Laurel. Je ne savais pas.

— Et tu n'es pas censée savoir. Ça, c'est mon rôle. Je te suis vraiment reconnaissante d'être venue m'aider, mais ce n'est pas en vendant un aphrodisiaque à quelqu'un qui a des migraines que tu me rends service. Dans ces cas-là, il faut me demander conseil, Laurel. Tu pourrais tuer un client en lui recommandant les mauvaises plantes pour peu qu'il ait une santé fragile. Réfléchis la prochaine fois.

— Mais j'ai réfléchi ! s'écria Laurel, soudain exaspérée par l'attitude de sa mère. *Moi*, ça m'aurait guérie ! ajouta-t-elle sans réfléchir.

Sarah poussa un gros soupir et se détourna.

— Je me suis emmêlé les pinceaux, reprit Laurel en suivant sa mère. J'ai oublié que les plantes n'ont pas les mêmes effets sur les humains et sur les fées. C'était juste une petite erreur.

— Laurel, pas maintenant, s'il te plaît, lâcha Sarah en retournant derrière la caisse.

— Quand, alors ? s'exclama Laurel en frappant des

mains sur le comptoir. À la maison ? Là-bas non plus, tu ne veux rien savoir.

— Laurel, baisse le ton, explosa sa mère, menaçante.

— J'ai juste besoin de parler, maman. C'est tout. Et je sais que ce n'est pas l'endroit idéal, mais je n'en peux plus d'attendre. J'en ai assez de cette situation. On était amies, avant ! Ces temps-ci, tu ne veux pas entendre parler de ma vie. Tu ne me regardes même plus ! C'est comme si j'étais devenue transparente. Ça fait des mois, maman !

La gorge nouée par les sanglots, Laurel s'écria :

— Quand vas-tu t'y faire ?

— C'est ridicule, Laurel, protesta Sarah en levant vers sa fille un regard de défi, comme pour lui prouver qu'elle avait tort.

— Ah oui ?

Laurel soutint le regard de sa mère et, l'espace d'une seconde, elle perçut un changement dans ses yeux : sa mère allait-elle se décider à lui parler ? Mais, soudain, elle cilla, se racla la gorge, et la lueur dans son regard disparut. Baissant la tête, Sarah se mit à fouiller parmi les reçus posés sur le comptoir.

— Je rangerai le reste de l'homéopathie plus tard, annonça-t-elle calmement. Tu peux y aller.

Laurel eut l'impression qu'elle venait de recevoir une gifle. Elle regarda sa mère, médusée. Voilà qu'elle la chassait de sa boutique ! Sans un mot, elle tourna les talons et poussa la porte ; le carillon tinta comme pour se moquer d'elle.

Une bourrasque lui fouetta le visage au moment où la porte se refermait dans son dos, et à cet instant elle s'aperçut qu'elle n'avait nulle part où aller. David travaillait ; Chelsea était à son entraînement de cross. Sa première réaction fut d'aller trouver son père, mais au moment de pousser la porte de sa librairie, elle se ravisa. Il aurait été injuste de monter ses parents l'un contre l'autre, de courir vers l'un quand l'autre l'avait blessée. Cachée derrière une affiche annonçant la sortie du dernier roman de Nora Roberts, elle observa son père et Maddie aux prises avec un client. L'homme parlait, son père riait, tout en enveloppant une pile de livres dans du papier de soie, Maddie souriait.

Après leur avoir lancé un dernier regard, Laurel se détourna et prit le chemin de sa maison vide.

DOUZE

Debout côte à côte dans la salle de chimie, Laurel et David regardaient leur première expérience notée échouer lamentablement. David examinait leurs calculs dans l'espoir d'y repérer une étape manquante ou un chiffre incorrect. Laurel observait en fronçant le nez la mixture malodorante qui glougloutait sur le bec Bunsen.

— On a bien mis l'acide sulfurique, hein ? s'enquit David.

— Oui, répondit Laurel. Cinquante millilitres. On a calculé l'équation trois fois.

— Je n'y comprends rien ! Ça aurait dû virer au bleu il y a deux minutes !

— Attends encore un peu. C'est peut-être une simple question de temps.

— Non. C'est trop tard. Regarde, il est écrit ici : « La solution devrait virer au bleu une minute après le début de l'ébullition. » On s'est complètement plantés. Et il paraît que c'est une expérience élémentaire.

Il se passa la main dans les cheveux. Pour une raison obscure, David avait décidé que quatre options étalées sur un seul semestre ne seraient pas de trop dans son emploi du temps. Laurel n'était guère convaincue. Ils n'avaient repris les cours que depuis deux semaines, et il avait déjà les nerfs en pelote.

— David, ce n'est pas grave.

— Si, c'est grave, chuchota-t-il. Si je n'obtiens pas un A dans cette matière, M. Kling ne me laissera pas choisir l'option physique. Et j'en ai absolument besoin.

— Ça va aller, dit Laurel en le prenant par l'épaule pour le calmer. J'ai du mal à croire qu'une expérience ratée te coûte ta place dans le cours de M. Kling.

David parut hésiter pendant quelques instants, puis reporta son attention sur la feuille posée devant eux.

— Je vais refaire les calculs une dernière fois pour voir si je peux trouver notre erreur.

Ça ne ressemblait pas à David de s'angoisser pour rien, et pourtant il semblait à deux doigts de la crise de nerfs. Avec un soupir, Laurel promena la main au-dessus du bec Bunsen, à distance respectable de la flamme.

— C'est juste censé devenir bleu ? demanda-t-elle à David.

Son ton placide lui fit lever les yeux.

— Oui, pourquoi ?

Laurel le fit taire d'un geste et réfléchit sans cesser d'agiter les doigts au-dessus de la flamme. Après avoir jeté un regard furtif à David, qui était toujours penché sur leurs calculs, elle ferma les yeux, se remplit les poumons à plusieurs reprises et s'efforça de faire le vide dans son esprit, comme ses professeurs d'Avalon le lui avaient appris. Ce faisant, elle se mit à remuer vaguement les doigts comme pour séparer chaque élément de la solution, mais celle-ci ne contenait aucun ingrédient végétal susceptible d'être identifié. Ça n'allait pas être facile.

— Laurel, qu'est-ce que tu fabriques ? lui glissa David à l'oreille.

— Tu me déconcentres, répondit-elle d'un ton égal en s'efforçant de maintenir le contrôle ténu qu'elle exerçait sur ses pensées.

— Tu essaies un truc de fée ?

— Peut-être.

David jeta des regards affolés autour de lui.

— Je ne crois pas que ce soit une bonne idée.

— Pourquoi ? Je risque de gâcher notre expérience couronnée de succès ? répliqua-t-elle d'un ton sarcastique.

— Je suis juste un peu inquiet à l'idée que tu fasses sauter tout le lycée, dit-il, la voix toujours réduite à un murmure.

— Je ne vais rien faire sauter du tout, protesta-t-elle un peu trop fort.

Le couple d'élèves à la table derrière eux leva les yeux avant d'échanger un regard amusé.

— En ce qui concerne la fabrication des potions, tu ne t'en es pas très bien sortie jusqu'ici, objecta David en posant la main sur son bras.

Il marquait un point. Depuis son retour d'Avalon, Laurel n'avait pas l'impression d'avoir fait le moindre progrès, alors qu'elle s'exerçait au moins une heure par jour. Jamison lui avait recommandé la plus grande attention, et elle faisait de son mieux. Mais elle n'avait encore obtenu aucun résultat.

— Alors je dois laisser tomber ?

— Non, bien sûr que non. Mais il faut vraiment que tu fasses tes expériences ici, au lycée, pendant un devoir noté ?

Laurel ne l'écoutait que d'une oreille.

— Fais le guet pour moi, OK ?

— Hein ?

— Préviens-moi si Mlle Pehrson débarque.

— Qu'est-ce que tu vas faire ? demanda-t-il sans quitter des yeux leur professeur.

Laurel fourragea dans son sac à dos et souleva le rabat de son kit, qu'elle gardait en permanence au fond de son sac. Elle déboucha un petit flacon d'huile de valériane dont elle versa une goutte sur son doigt, en prit un autre et déposa un peu de poudre d'écorce de *Cassia* au creux de sa main. Puis elle frotta l'huile sur sa paume pour la mélanger avec la poudre.

— Donne-moi la cuillère, chuchota-t-elle à David.

— Laurel, tu ne peux pas faire ça.

— Si, j'en suis tout à fait capable ! Cette fois, je crois vraiment que j'ai trouvé le truc.

— Ce n'est pas ce que je voulais dire. C'est un devoir. On est censés...

Pour toute réponse, Laurel tendit le bras pour prendre la longue cuillère qu'il refusait de lui donner. Avant que David ait pu l'en empêcher, elle jeta la mixture dans le mélange bouillonnant et remua le tout avec application dans un sens, puis dans l'autre.

— Laurel !

— Chut !

Sous leurs yeux, le mélange prit peu à peu une teinte bleutée. Plus Laurel remuait, plus la couleur s'accentuait.

— Ça va comme ça ?

David considéra la solution bouche bée.

Laurel jeta un regard dans son dos : les deux élèves derrière eux avaient terminé leur expérience. Leur solution était presque du même bleu que la leur. Elle cessa de remuer.

— Fais-la venir à notre table sans tarder, dit-elle à David. La mixture est trop chaude pour que la couleur tienne très longtemps.

David la dévisagea avec une expression indéchiffrable. Une chose était sûre, il n'avait pas l'air content.

— Très bien, David et Laurel, déclara Mlle Pehrson derrière eux, les prenant tous deux au dépourvu. Et juste à temps. La cloche va sonner.

David leva les yeux au moment où Mlle Pehrson se détournait en notant quelque chose dans son bloc-notes.

— Mlle Pehrson, attendez !

Elle se retourna et Laurel jeta à David un regard menaçant.

— Euh…

Laurel et Mlle Pehrson attendirent, les yeux fixés sur lui. Une lueur déterminée s'alluma dans son regard, puis disparut.

— Je me demandais si c'était sûr de jeter la solution dans l'évier.

— Oui. Je ne l'ai pas précisé sur les feuilles que je

vous ai distribuées ? Prenez garde à ne pas vous brûler, c'est tout, dit-elle en se dirigeant vers la table voisine.

Laurel et David nettoyèrent en silence, et sursautèrent en entendant la cloche sonner. Une fois dans le couloir, Laurel prit David par la main.

— Pourquoi tu es furieux ? Je viens de te décrocher un A.

— Tu as triché, dit-il calmement. Et si je l'ai laissée me donner un A, c'est parce que je n'avais aucun moyen de lui expliquer pourquoi c'était de la triche.

— Je n'ai pas triché, protesta Laurel, offensée. J'ai réussi à faire virer la solution au bleu. Ce n'était pas le but ?

— Le but, c'était de suivre la consigne.

— Vraiment ? Je croyais qu'il fallait trouver quels ingrédients mélanger pour obtenir un liquide bleu. Ce n'est pas le plus important ?

Il poussa un soupir.

— Je ne sais pas. Je suis nul en chimie.

— Mais non, fit Laurel sans grande conviction.

— Si. Je n'y comprends rien, contrairement à la biologie. Cette logique-là m'échappe complètement. Ça fait deux semaines qu'on a commencé et je suis déjà dépassé. À quoi va ressembler le reste du semestre ? (Il soupira de nouveau.) Je passe tellement de temps à bosser pour ce cours !

— Je sais bien. Et tu mérites une bonne note. Quelle importance si je t'aide un peu ? Je trouve que tous les efforts que tu y consacres méritent un petit coup de pouce. Et puis, ajouta-t-elle après un silence, c'est grâce à toi que j'ai été acceptée en chimie. C'est normal que je t'aide à obtenir l'option de physique.

Ils restèrent silencieux quelques instants, puis Laurel lui donna un coup de coude.

— Elle a dit qu'on devait considérer notre binôme de chimie comme un équipier.

— Tu es sûre que ce n'est pas de la triche ?

— David, d'après ce que je sais, si notre expérience a échoué, c'est à cause de moi… (Elle baissa la voix.) Mes dons de fée ont altéré le résultat. La prof affirmait avoir choisi un sujet facile pour notre première expérience. Il nous suffisait de suivre la consigne. Je suis persuadée que c'est ma faute si ça n'a pas marché.

David la dévisagea longuement.

— Tu as peut-être raison. Je n'ai jamais eu de problèmes avec les consignes jusqu'à aujourd'hui.

— Tu vois ?

Il s'adossa à son casier en riant et se laissa glisser sur le sol. Laurel s'assit à côté de lui.

— C'est normal que j'hésite entre la colère et l'admiration ? dit-il en l'enlaçant. Tu as réussi.

Laurel rit à son tour.

— Eh oui. Je ne suis pas si nulle que ça.

— Bien sûr que tu n'es pas nulle, s'exclama David en l'attirant vers lui pour l'embrasser sur le front. Tu as fait du bon travail.

— Y a des hôtels pour ça !

David releva brusquement la tête, mais ce n'était que Chelsea, qui leur adressa un grand sourire de l'autre côté du couloir avant de se tourner de nouveau vers Ryan. David secoua la tête en souriant.

— Je ne m'y suis toujours pas fait.

— Moi non plus.

Laurel, bien que gênée d'assister aux roucoulades de Chelsea et de Ryan, ne parvint pas à détourner les yeux.

— Combien de temps ils peuvent tenir sans respirer, à ton avis ? ironisa David.

— Sois gentil, le sermonna-t-elle avec le plus grand sérieux. Elle est heureuse.

— Je l'espère.

— On devrait sortir tous les quatre.

— Quoi, un double rencard ?

— Oui. On ne s'est pas vus depuis qu'ils sortent ensemble. On devrait. J'aime bien Ryan. Il a bon goût en matière de filles.

David gloussa.

— J'ai meilleur goût que lui.

Laurel leva un sourcil.

— Je pense que n'importe qui serait d'accord pour dire que c'est moi qui ai le meilleur goût.

— Tout le monde n'a pas la bouche parfumée au nectar, la taquina David en l'attirant vers lui pour l'embrasser. La nature t'a injustement gâtée, murmura-t-il, les lèvres sur les siennes en faisant glisser sa main le long de son dos.

— Aïe ! fit-elle en se dégageant.

David la considéra d'un air perplexe.

— Pardon…

Laurel jeta un regard autour d'elle.

— Je suis sur le point de fleurir, chuchota-t-elle. D'ici deux à trois jours, je pense.

David s'efforça vainement de réprimer un sourire ravi.

— C'est bon, je sais que ça n'est pas pour te déplaire, reprit Laurel. Moi-même, ça ne m'embête pas vraiment, maintenant que je sais de quoi il retourne. Mais c'est un peu douloureux.

— Je ferai attention, promit-il en se penchant pour l'embrasser de nouveau.

Ils sursautèrent au moment où la porte de la salle de chimie s'ouvrait à la volée en heurtant bruyamment le mur. Le hurlement strident d'un détecteur de fumée s'éleva dans le couloir tandis qu'un brouillard bleuâtre s'échappait et que plusieurs élèves émergeaient du nuage en toussant. La voix de Mlle Pehrson s'éleva au-dessus du vacarme.

— Sortez, sortez ! cria-t-elle en chassant un groupe d'élèves devant elle.

La brume bleue se répandit dans le couloir, et quelqu'un déclencha l'alarme incendie qui résonna bientôt dans tout le bâtiment.

David regarda la fumée puis les élèves qui se précipitaient vers la sortie. Après s'être redressé, il aida Laurel à se lever à son tour.

— À ton avis, lui glissa-t-il à l'oreille d'un ton moqueur, de quelle expérience peut-il s'agir ?

Ils échangèrent un regard et partirent d'un fou rire.

Debout face au miroir de sa chambre, Laurel examinait les pétales bleu pâle qui dépassaient de ses épaules. L'année précédente, quand son père était rentré de l'hôpital, il avait été décidé que la maison serait un refuge pour elle, et qu'entre ses murs, elle n'aurait pas à cacher sa véritable nature. Cependant, pour Laurel, il y avait un monde entre cette décision et le fait de se promener librement dans la maison sans dissimuler sa fleur. Elle devait partir pour l'école dans une demi-heure ; peut-être comprendrait-on qu'elle descende avec ses pétales déjà repliés dans son dos.

Mais son père serait déçu. Quant à sa mère, évidemment, elle serait soulagée. Laurel contempla l'écharpe dans sa main. Cette année, elle ne vivait pas dans la peur d'avoir contracté une maladie bizarre, mais, sans qu'elle pût s'expliquer pourquoi, son angoisse liée à sa fleur ne s'était pas vraiment calmée.

Les dents serrées, elle noua l'écharpe autour de son poignet.

— Je n'ai pas honte de ce que je suis, dit-elle à son reflet.

Pourtant, elle avait encore l'estomac noué quand elle ouvrit la porte, ses pétales déployés dans son dos au vu de tous.

Elle s'engagea dans l'escalier sur la pointe des pieds puis, songeant qu'elle ne voulait pas donner l'impression de rôder dans sa propre maison, elle se ravisa et dévala bruyamment le restant des marches.

— Waouh !

Laurel se trouvait nez à nez avec David dont le regard se posa brièvement sur son ventre dénudé, puis il releva précipitamment la tête. Quand Laurel détachait ses pétales, le devant et le dos de son vêtement avaient tendance à remonter légèrement. David semblait apprécier ce fait, mais Laurel avait oublié à quel point c'était gênant d'avoir son tee-shirt remonté sur ses côtes, lequel comprimait les petites feuilles qui poussaient à la base de sa fleur. Elle avait rapporté d'Avalon un certain nombre de hauts découpés dans le dos parfaitement adaptés à sa fleur, mais en pareille circonstance, elle était obligée de la cacher.

— Qu'est-ce que tu fais ici ? demanda-t-elle.

— Moi aussi, je suis content de te voir, répliqua David en haussant un sourcil.

— Désolée, fit Laurel en lui prenant la main. Tu m'as prise au dépourvu.

— Hier, je me suis douté que tu étais à deux doigts de fleurir. Je suis passé au cas où tu aurais besoin de moi.

Laurel sourit et le serra dans ses bras. Sa présence la réconfortait. Même si en réalité, il était venu pour lorgner sa fleur nouvellement éclose.

Dans la cuisine, la mère de Laurel se débattait avec la machine à café en évitant délibérément sa fille. Néanmoins Laurel vit qu'elle jetait des regards à la dérobée dans sa direction. Depuis leur dispute dans la boutique, il n'y avait pas eu le moindre mot d'excuse échangé, et cela n'avait même pas augmenté le malaise. En fait, c'était comme si Laurel était transparente, ce qui, d'une certaine manière, était bien pire. Leur relation semblait de plus en plus se résumer au même schéma : ignorer les problèmes dans l'espoir qu'ils se résoudraient d'eux-mêmes. Or, ce n'était jamais le cas.

— Où est papa ? demanda Laurel.

Un froissement de papier journal lui parvint du salon.

— Ici, répondit son père d'un ton absent.

— Elle a fleuri, lança David.

Laurel porta la main à son front en entendant son père se lever précipitamment du canapé.

— Ah oui ? Voyons ça.

— Espèce de commère, chuchota-t-elle à l'intention de David.

Sarah prit son sac en toile et passa devant son mari au moment où il pénétrait dans la cuisine.

— Je vais à la boutique.

— Mais tu ne veux pas... ?

— Je suis en retard.

Laurel trouva l'attitude de sa mère bizarre ; à croire qu'elle voulait rester mais qu'elle n'en avait pas la force. Sous les yeux de sa fille et de son mari, elle s'éloigna dans le couloir et referma la porte derrière elle. Laurel garda les yeux fixés sur le panneau de bois dans l'espoir qu'elle se raviserait.

— Waouh ! fit son père, revenu à l'objet de son attention. Elle... elle est immense !

— Je t'avais prévenu, dit-elle, sachant que si elle avait été une humaine, elle aurait été écarlate en ce moment même : être une plante n'était pas sans avantages.

— Je sais. Mais je pensais... Honnêtement, je pensais que tu exagérais un peu.

Il fit quelques pas autour de sa fille, à la grande gêne de celle-ci.

— Comment as-tu réussi à nous cacher ça ?

Sa question tombait à point nommé.

— Avec ça, répondit Laurel en dénouant l'écharpe

de son poignet pour emprisonner les pétales autour de sa taille.

Ensuite, elle rabattit sa blouse sur son ventre et détacha ses cheveux longs jusqu'à la taille par-dessus.

— Ta-dam !

Il hocha la tête.

— Impressionnant.

— N'est-ce pas ? lança-t-elle en saisissant la main de David. On y va !

— Et ton petit déjeuner ? s'exclama son père au moment où elle prenait son sac sur la table.

Laurel lui jeta un regard en coin.

— Désolée, l'habitude.

— Ma voiture ou la tienne ? demanda David une fois qu'elle eut fermé la porte.

— La tienne. Conduire avec une fleur dans le dos, ça ne peut pas être très confortable.

— En effet.

David lui ouvrit la portière du passager. Même au bout d'un an, il n'oubliait jamais.

— Eh bien, dit-il en mettant le moteur en marche, il nous reste environ une demi-heure avant la première sonnerie. On va directement au lycée ? (Il posa la main sur la cuisse de Laurel.) Ou tu as une autre idée ?

Laurel sourit comme il se penchait pour l'embrasser dans le cou.

— Mmm, cette odeur m'a manqué.

Ses lèvres remontèrent de sa gorge à son menton.

— David, mon père nous observe par la fenêtre.

— Ça ne me dérange pas, murmura-t-il.

— C'est parce que ce n'est pas TON père. Ouste ! s'écria-t-elle en riant.

David se redressa et passa la marche arrière.

— Je pense pouvoir me retenir jusqu'au prochain pâté de maisons.

Levant les yeux, il adressa un signe de la main à la silhouette visible par un interstice des rideaux du salon.

— David !

Le rideau se referma.

— Tu es incorrigible !

Il sourit d'un air narquois.

— Tes parents m'adorent.

Et il disait vrai. Laurel avait toujours pensé que c'était un bon point. Parfois, pourtant, elle n'en était plus aussi sûre.

TREIZE

Le jour suivant, Laurel et Chelsea s'étaient installées sur la balancelle devant la maison de Laurel, et se balançaient paresseusement.

— Je déteste le samedi, dit Chelsea, la tête appuyée sur un accoudoir, les paupières closes à cause du soleil.

— Pourquoi ? demanda Laurel, qui s'était elle aussi avachie sur l'autre bras.

— Parce que c'est le jour où les garçons doivent travailler.

— Toi tu cours, quelquefois.

— C'est vrai.

— Et puis, ça te permet de passer du temps avec moi. Ce n'est pas une compensation ? déclara Laurel en lui donnant un coup de coude.

Chelsea ouvrit les yeux et la considéra d'un air sceptique.

— Tu n'embrasses pas aussi bien que Ryan.

— Tu n'en sais rien, répliqua Laurel en souriant.

— Pas encore, susurra Chelsea en se penchant vers elle.

Laurel lui donna une tape sur le bras, et toutes deux s'adossèrent à la balancelle en gloussant.

— Tu marques un point, reprit Chelsea une fois qu'elle eut retrouvé son sérieux. On ne se voit plus aussi souvent qu'avant. Sauf à la pause déjeuner, bien sûr.

— Et encore ! La plupart du temps, tu disparais mystérieusement, protesta Laurel en riant.

— Je suis une femme très occupée, rétorqua Chelsea en feignant l'indignation. Oh ! Ryan donne une grande fête chez lui vendredi prochain. David et toi, vous êtes invités. C'est le traditionnel adieu à l'été mais sans l'eau gelée, le sable qui gratte et le feu de camp qui pue.

— Il est un peu en retard, observa Laurel, oubliant que tout le monde n'était pas aussi sensible qu'elle au changement de saison.

— Bah ! À deux ou trois jours près... Ça reste une bonne occasion de faire la fête. Ryan a la maison idéale pour ça. Super matériel hi-fi, salon immense. Ce sera génial. Vous devriez venir.

— C'est d'accord.

Laurel accepta l'invitation pour eux deux. David ne s'en formaliserait pas : d'ordinaire, c'était elle qui n'aimait pas sortir tard le soir.

— Super ! s'exclama Chelsea en plissant les yeux à cause du soleil. Il est déjà cinq heures, non ?

Laurel s'esclaffa.

— Il n'est même pas trois heures, je parie.

Chelsea retroussa exagérément sa lèvre inférieure.

— Ryan me manque.

— C'est bon signe. Un petit ami, ça doit vite manquer.

— Et moi qui me moquais de ces filles qui tournent de l'œil dès que leur copain s'éloigne. J'avais toujours envie de leur dire : « Achète-toi une personnalité, ce n'est pas aux autres de décider pour toi. » D'ailleurs, parfois, je le leur disais carrément.

Laurel leva les yeux au ciel.

— Ça ne m'étonne pas de toi !

— Et maintenant je suis comme elles, gémit Chelsea.

— Sauf que toi, tu as de la personnalité à revendre.

— J'espère bien. Mais, sérieusement, il a pris une importance énorme dans ma vie. Tu savais que les deux courses auxquelles il a assisté cette année ont été des records personnels ? Je cours plus vite quand il est là. Et moi qui croyais être à mon maximum avant ! Je suis devenue une star dans l'équipe. Et ça, grâce à lui !

Elle porta la main à son front et fit mine de se pâmer.

— Je suis tellement contente pour toi, Chelsea ! Tu mérites un garçon en or, et Ryan a l'air de beaucoup t'aimer.

— Oui, c'est vrai. Bizarre, hein ?

Laurel se contenta de pouffer.

— Tu crois que ça va trop vite ? demanda Chelsea avec le plus grand sérieux.

Laurel leva un sourcil.

— Eh bien, ça dépend de quoi tu parles.

— Oh, rien à voir avec ça ! s'écria Chelsea en chassant d'un geste les inquiétudes de Laurel. Non, je me disais que peut-être je m'attache trop rapidement.

— Comment ça ?

— L'autre jour, j'ai voulu m'inscrire aux tests d'admission à l'université pour le mois de novembre...

— Novembre ? l'interrompit Laurel. David et moi, nous ne les passons pas avant le printemps.

— Il faut toujours que j'en fasse trop. Bref, on me demandait à quelles universités envoyer mes notes. Et j'ai répondu... ?

Elle se tourna vers Laurel.

— Harvard. Tu as toujours voulu entrer à Harvard, répondit-elle sans la moindre hésitation.

— Exactement. J'allais écrire Harvard quand j'ai pensé : « Attends une seconde. » Ryan entre à l'UCLA. Boston, c'est très loin de la Californie. Est-ce que j'ai vraiment envie d'aller étudier aussi loin de lui ? Et au final, je n'ai pas écrit Harvard.

Laurel se redressa brusquement.

— Tu as envoyé tes notes à une autre université ? Où ? Stanford ? Tu détestes Stanford.

— Non, j'ai laissé un blanc. Je n'ai pas fini de remplir le formulaire. (Chelsea marqua une pause.) Tu ressens la même chose pour David ?

— Oui, répondit Laurel. Je renoncerais à Harvard pour lui.

— Évidemment ! C'est parce que tu veux aller à Berkeley, comme tes parents, pas vrai ?

La question de Chelsea prit Laurel totalement au dépourvu. Elle hocha la tête, l'air absent, ses pensées tournées vers Avalon. Il y avait une place pour elle à l'Académie ainsi qu'une chambre et une pension complète, le tout sans frais d'inscription ni tests à passer, et même si Jamison tenait à ce qu'elle l'aide à surveiller de près les trolls dans l'immédiat, elle présumait que les fées comptaient sur sa présence à plein temps dans un avenir proche. Mais comment expliquer cela à Chelsea ?

— Admettons que David retourne dans l'Est. Tu renoncerais à tes projets pour le suivre ?

« C'est dans deux ans », songea Laurel en s'efforçant de refouler le sentiment de malaise qui s'immisçait en elle. Elle haussa les épaules.

— Mais tu y réfléchirais, pas vrai ?

— Peut-être, hasarda-t-elle.

Mais cela aurait impliqué tellement de choses de suivre David à des milliers de kilomètres ! Il aurait fallu renoncer à Avalon, à l'Académie, à tout. Est-ce qu'à l'inverse le fait d'entrer à l'Académie impliquait de renoncer à David ? Cette idée n'avait encore jamais traversé l'esprit de Laurel, et elle ne lui plaisait guère.

— Tu crois que David et toi, c'est pour la vie ? Ça arrive, parfois, ajouta précipitamment Chelsea, plus pour elle-même que pour Laurel. On se rencontre au lycée et – paf ! – on devient des âmes sœurs.

— Je n'en sais rien, répondit Laurel en toute honnêteté. Je n'imagine pas cesser d'aimer David un jour. Je ne nous vois pas rompre.

« Mais être séparés par la force des choses ? » Soudain, cela semblait tout à fait plausible.

Chelsea arracha Laurel à ses sombres réflexions.

— Tu as prononcé le mot tabou ! s'exclama-t-elle avec un grand sourire.

— Euh... oui, dit Laurel en riant.

— Tu es amoureuse de David ?

À cette seule pensée, Laurel sentit tout son corps se réchauffer.

— Oui.

— Et vous avez... tu sais ?

— Pas... vraiment.

— Qu'est-ce que ça veut dire, ça ?

— Ça veut dire : pas vraiment, répéta Laurel d'un ton obstiné.

Chelsea resta silencieuse pendant quelques instants. Laurel espérait qu'elle ne s'appesantirait pas sur la nature précise de sa relation physique avec David.

— Je crois que j'aime Ryan, dit-elle enfin, au grand soulagement de Laurel. C'est pour ça que cette histoire d'Harvard me perturbe. C'est ce que je voulais faire depuis mes dix ans. Entrer à Harvard, obtenir un diplôme de journalisme, devenir envoyée spéciale. Mais maintenant, j'ai du mal à envisager l'idée d'être loin de Ryan.

— Peut-être que c'est lui qui devrait te suivre à Harvard.

— Tu penses bien que ça m'a traversé l'esprit ! Il veut devenir médecin comme son père, et la fac d'Harvard est réputée dans ce domaine.

— Alors envoie tes notes à Harvard, conclut Laurel en s'efforçant de se concentrer sur les problèmes de Chelsea plutôt que sur les siens. Tu as encore deux ans pour te décider. Il peut se passer beaucoup de choses dans l'intervalle. Et, sérieusement, si tu dois renoncer à ton rêve pour être avec quelqu'un, peut-être que tu n'as pas choisi la bonne personne.

Chelsea fronça les sourcils.

— Et si un jour on s'aperçoit que le rêve n'en valait pas la peine ?

Les visages de David et de Tamani flottèrent devant les yeux de Laurel, avec l'Académie en arrière-plan. D'un haussement d'épaules, elle chassa cette vision.

— Alors peut-être que c'était le rêve qu'on avait mal choisi.

La maison de Ryan vibrait sous les basses de la musique quand Laurel et David se garèrent dans l'allée le vendredi suivant.

— Waouh ! s'exclama Laurel.

La bâtisse de deux étages, d'un gris bleuté, avait un toit d'ardoise et des volets d'un blanc immaculé. En façade, une grande baie vitrée s'ouvrait sur un jardin joliment entretenu avec une allée bordée de cornouillers et un mur envahi par le lierre. La maison se découpait sur les montagnes, et Laurel songea que la vue devait être magnifique de l'autre côté du terrain.

— Bel endroit !

— Oui, c'est chouette d'être le fils unique du seul cardiologue de la ville.

Ils marchèrent main dans la main jusqu'à la porte. Comme la maison était grande et la ville petite, il n'y avait pas foule mais c'était amplement suffisant. Et quand les gens ne remplissaient pas l'espace, la musique s'en chargeait. Laurel avait déjà mal aux oreilles.

— Par ici, cria-t-elle par-dessus la musique en montrant du doigt Ryan et Chelsea.

Ryan ne se démarquait pas avec son jean et son

tee-shirt rouge vif, mais Chelsea s'était mise sur son trente et un. Elle avait rassemblé ses boucles brunes en queue-de-cheval et arborait de longs pendants d'oreilles en or. Elle portait un jean bleu sombre, une jolie paire de sandales et un débardeur noir rebrodé de perles qui faisait ressortir son bronzage qu'elle avait sans doute peaufiné au bord de la piscine de Ryan au cours de l'été.

— Que tu es belle ! s'écria Laurel en la serrant dans ses bras.

— Toi aussi, répondit Chelsea.

Pourtant, Laurel se désolait déjà d'avoir dû choisir une longue blouse ample pour cacher sa fleur. Elle avait trop chaud et se sentait à l'étroit dans ce vêtement.

— Tu ne trouves pas que cette maison est un rêve ? s'exclama Chelsea en entraînant Laurel à l'écart.

— Si, elle est magnifique.

— J'adore venir ici. Avec trois garçons de moins de douze ans, on n'a pas beaucoup d'objets fragiles chez moi. Mais ici, ils mettent des statuettes sur la table basse. Au dîner, on boit dans des verres – tu ne me croiras jamais ! – en verre véritable !

Elles s'esclaffèrent de concert.

Chelsea se retourna pour regarder David et Ryan qui bavardaient et riaient ensemble. Se sentant observés, ils se tournèrent à leur tour vers les filles. Ryan leur adressa un clin d'œil.

— Parfois, quand je les vois tous les deux, je me demande pourquoi je n'avais jamais remarqué Ryan pendant toutes ces années. À quoi je pensais ?

Laurel rit et prit Chelsea par le bras.

— À David, peut-être ?

— Ah oui, c'est vrai, lança Chelsea en levant les yeux au ciel. Allez, viens, poursuivit-elle en poussant Laurel devant elle. Il faut que tu voies cette vue.

QUATORZE

À onze heures, la danse et l'absence de lumière naturelle avaient épuisé Laurel. Elle eut un sourire de soulagement en voyant David jouer des coudes parmi la foule pour lui rapporter un gobelet en plastique contenant une espèce de punch rouge.

— Merci, dit-elle en lui prenant le gobelet des mains. Je meurs de soif.

— Heureusement, ton chevalier en armure vient une fois de plus à la rescousse !

Elle porta le gobelet à ses lèvres et fit la grimace.

— Berk ! Ce truc est plein d'alcool.

— Sans blague ? Tu te croyais où, à un goûter d'anniversaire ?

— Oh, ça va.

Quand les parents de Laurel buvaient du vin, elle ne pouvait même pas s'asseoir à leur table sans avoir la nausée. L'odeur de l'alcool lui donnait toujours mal au cœur.

— Bon, il va falloir que j'accomplisse mon devoir d'accompagnateur et que je boive pour deux, déclara David en lui reprenant le gobelet des mains.

— David !

— Quoi ? fit-il après avoir bu une longue gorgée de punch.

Laurel leva les yeux au ciel.

— C'est moi qui conduis pour rentrer.

— Ça me va, dit-il après une autre gorgée. Alors je peux aller m'en chercher un autre ?

— Tu vas être soûl comme une barrique ! Arrête ! Ma mère sert du vin au dîner au moins une fois par semaine.

— Vraiment ?

David eut un grand sourire.

— Donne-moi ça, décréta Laurel en lui arrachant le gobelet.

— Pourquoi ? Tu ne peux pas le boire.

— Mais si ! répliqua-t-elle en sortant de son sac à main un petit flacon qu'elle avait pris dans son kit.

— Qu'est-ce que c'est ? demanda David en se rapprochant.

— Un purificateur d'eau, répondit-elle en versant une goutte de liquide clair dans son gobelet avant d'en mélanger doucement le contenu.

— C'est toi qui l'as fabriqué ?

— Tu parles ! On me l'a donné à l'Académie.

Elle jeta un œil à son verre. Le punch était devenu transparent.

— Mmm. On dirait que le colorant est aussi considéré comme une impureté.

David pencha le gobelet dans sa direction pour en flairer le contenu.

— Tu sais, en général les gens paient pour qu'on ajoute de l'alcool dans leur boisson, pas l'inverse.

— Je n'aime pas faire comme tout le monde.

— Et qu'est-ce qu'il reste, alors ? De l'eau sucrée ?

Laurel haussa les épaules et trempa les lèvres dans le gobelet.

— À peu de chose près, oui.

— C'est tentant, ton truc, mais je crois que je vais aller me resservir au saladier de punch, merci.

— Poivrot ! cria Laurel d'un ton moqueur comme il s'éloignait.

Elle erra dans le vestibule vide avec son gobelet à la main, soulagée de se retrouver un peu à l'écart de la foule. Pour être tout à fait honnête, elle serait bien rentrée se coucher. La fête ne se terminerait pas avant une heure – voire deux ou trois – et elle savait que David voudrait rester jusqu'au bout. Elle pouvait bien tenir une petite heure de plus !

Elle s'avança vers une haute fenêtre qui s'encadrait entre deux toiles jumelles de ballerines et, le front appuyé contre la vitre froide, elle contempla le ciel étoilé. Quelque chose bougea au-dehors. La forme sombre, à peine éclairée par les lumières de la maison, remua de nouveau. Laurel plissa les yeux. Pouvait-il s'agir d'un animal ? Un chien, peut-être ? Non, c'était trop gros. La chose s'était tapie dans l'ombre d'un arbre trapu qui empêchait Laurel de distinguer plus qu'une silhouette. Soudain, elle leva la tête et la faible clarté illumina avec une netteté grotesque un visage pâle et déformé. Laurel recula d'un bond, le cœur battant.

Après avoir lentement compté jusqu'à dix, elle s'approcha de nouveau de la fenêtre.

La chose avait disparu.

Son absence était presque aussi effrayante que sa présence un instant plus tôt, comme si le vide laissé par le monstre formait un trou dans la semi-clarté.

« Est-ce que j'ai rêvé ? » Les mains toujours tremblantes, Laurel revit en pensée le visage difforme : l'œil tombant, la bouche grimaçante, le nez crochu. Non, elle l'avait bel et bien vu.

La peur lui glaça le sang. Elle devait retrouver David.

En s'efforçant de garder une contenance, elle déambula de pièce en pièce, en proie à une panique grandissante. Elle finit par voir David dans un coin de la cuisine, en grande conversation avec un groupe de garçons, un sandwich dans une main et un gobelet dans l'autre. Feignant le plus grand calme, elle s'approcha de lui et, après l'avoir entraîné un peu à l'écart, elle demanda avec un sourire crispé :

— Je peux te parler ?

D'une voix tremblante, elle lui glissa à l'oreille :

— Il y a un troll dehors.

Le sourire de David s'évanouit.

— Tu es sûre ? On est un peu nerveux, ces derniers temps, mais on n'a pas croisé un seul troll depuis des mois.

Laurel secoua la tête d'un geste presque convulsif.

— Non, je l'ai vu de mes propres yeux. Je ne me trompe pas. Il est venu me chercher. (Elle poussa un faible grognement.) Comment j'ai pu être aussi bête ?

— Attends, attends, dit David en posant les mains

sur ses épaules. Tu ne sais pas si c'est pour toi qu'il est là. Pourquoi viendraient-ils t'attaquer, tout à coup ? Ça n'a pas de sens !

— Jamison m'avait prévenue. Et c'est arrivé !

Les mains tremblantes, Laurel poursuivit sans s'arrêter, folle de terreur :

— Je n'ai jamais relâché ma vigilance et, le soir où je baisse ma garde, ils sont là ! Exactement comme Jamison l'avait prédit. Ils devaient me surveiller, attendre le jour où j'oublierais d'emporter mon kit. C'est moi la mouche, David ! La fichue mouche !

— Quelle mouche ? Laurel, calme-toi ! Tu dis n'importe quoi. Tu n'as pas pris ton kit ?

— Non, c'est bien le problème ! J'ai jeté quelques ingrédients de base dans mon sac à main. Je voulais prendre mon sac à dos quitte à le laisser dans ta voiture, mais j'ai oublié.

— Bon, fit David en l'entraînant un peu plus à l'écart. Pour le moment, concentrons-nous sur ce qu'on a. Qu'est-ce que tu as emporté ?

— Deux sérums *monastuolo*. Ça sert à endormir les trolls.

— C'est parfait, ça suffira.

Laurel secoua la tête.

— Ça ne marche que dans un lieu fermé, et l'effet n'est pas instantané. C'est utile en cas d'évasion, pas dans des circonstances comme celles-ci. Si un troll pénètre dans la maison, la moitié des personnes présentes seront mortes avant que le sérum ait pu agir.

— Alors qu'est-ce qu'on fait ?

— C'est moi qu'ils veulent, mais ils tueront tout le

monde sans hésiter s'ils jugent que c'est nécessaire. Il faut les emmener ailleurs et le plus vite possible !

— Les emmener où ?

— Chez moi, répondit Laurel bien que cette idée la fasse frémir. C'est un endroit sûr. La maison est protégée contre les trolls, et il y a des sentinelles tout autour. Dans l'immédiat, c'est le meilleur abri que nous ayons.

— Mais…

— David, on n'a pas le temps de discuter.

— D'accord. Je te fais confiance. Sortons d'ici, dit-il en prenant ses clés de sa poche.

— C'est moi qui conduis.

— Crois-moi, Laurel, je me sens parfaitement sobre.

— Ça m'est égal. Donne-moi tes clés.

— Bon. Qu'est-ce que je dis à Chelsea ?

— Que je me sens patraque. Quelque chose que j'ai mangé. Elle sait que j'ai un estomac bizarre.

— D'accord.

Ils aperçurent Chelsea et Ryan qui dansaient un slow dans un coin du salon. Chelsea avait posé la tête sur l'épaule de Ryan, et il la serrait fort contre lui.

— On n'a qu'à s'éclipser, suggéra Laurel. Je n'ai pas envie de les interrompre.

David hésita.

— Tu connais Chelsea. Elle s'inquiétera si on part sans le lui dire. Elle est même capable de passer chez toi sur le chemin du retour pour s'assurer que tout va bien.

— Tu as raison. Je vais lui parler.

Laurel se sentait coupable de jouer les trouble-fête, mais elle n'avait pas d'autre choix. Elle se confondit en excuses et dut répéter trois fois à Chelsea qu'elle n'avait besoin de rien hormis d'une bonne nuit de sommeil. Chelsea la prit dans ses bras.

— Merci mille fois d'être venue. On se voit plus tard.

Tout en serrant Chelsea contre elle, Laurel pria pour que les trolls la suivent, sachant qu'elle maudirait cette nuit jusqu'à la fin de ses jours s'il arrivait quelque chose à son amie ou à n'importe laquelle des personnes présentes à la fête.

David la prit par la main et ils se dirigèrent vers la cuisine.

— Ma voiture est garée plus près de la porte de derrière, dit-il. Mais il va quand même falloir courir.

— OK, allons-y.

Ils se tinrent immobiles près de la porte pendant quelques secondes. Après avoir embrassé Laurel sur le front, David demanda :

— Tu es prête ?

— Oui.

Ils inspirèrent tous les deux une bonne fois, puis David prit Laurel par la main, poussa la porte et lui glissa à l'oreille : « Maintenant ! »

Main dans la main, ils coururent vers la Honda Civic de David, qui se trouvait à une vingtaine de mètres de là, en se baissant derrière les véhicules garés.

— Tu crois qu'ils nous ont vus ? demanda Laurel en glissant la clé dans le contact pour mettre le moteur en marche.

— Je ne sais pas.

— Je ne peux pas partir s'ils ne nous ont pas repérés.

— Qu'est-ce que tu proposes ? lança David en scrutant les ténèbres à travers le pare-brise.

Laurel retint son souffle ; elle n'osait pas penser à ce qu'elle s'apprêtait à faire. Avant de changer d'avis, elle ouvrit la portière et jaillit de la voiture en agitant les bras.

— Hé ! C'est moi que vous cherchez ?

Une forme noire se matérialisa à quelques mètres devant eux. Avec un hoquet de frayeur, Laurel se réfugia à l'intérieur de la voiture et tâtonna pour trouver le levier de vitesse. Le troll s'élança, les phares de la Civic illuminèrent son visage hideux et son bleu de travail. Il plaqua les deux mains sur le capot au moment où Laurel passait la marche arrière.

— Démarre, démarre ! cria David.

Laurel écrasa le pied sur l'accélérateur et lâcha l'embrayage si brusquement que la voiture bondit en arrière et manqua heurter la camionnette garée derrière eux. Le troll tomba en avant et se releva aussitôt. Laurel passa la première et sortit de l'allée en trombe. Balloté de droite et de gauche, David se retourna pour regarder par la vitre arrière.

— David ! cria Laurel. Surveille l'arrivée des voitures ! Je ne peux pas m'arrêter au stop !

David sonda l'obscurité dans les deux directions. Au moment où ils approchaient de l'intersection, Laurel se prépara à freiner.

— Personne, tu peux y aller !

Elle accéléra en traversant le croisement et écrasa la pédale de frein en s'engageant sur la route qui séparait la maison de Ryan de Pebble Beach Drive. La voiture fit une embardée et les pneus protestèrent bruyamment, mais elle parvint aussitôt à reprendre le contrôle du véhicule.

— Il vient de franchir le coin de la rue, annonça David alors qu'ils approchaient de l'avenue. Il court sacrément vite.

— La vitesse est limitée à cinquante par ici. Comment je vais le semer ? gémit Laurel en jetant un coup d'œil au compteur, dont l'aiguille indiquait plus de soixante-dix kilomètres-heure.

— Les flics sont le dernier de nos soucis ce soir, marmonna David. Tu n'as qu'à… Laurel, attention !

Une silhouette menaçante surgit devant eux et s'arrêta au beau milieu de la route. Laurel freina brusquement et la voiture monta sur le trottoir tandis qu'elle s'efforçait d'en reprendre le contrôle. Ils dérapèrent sur plusieurs mètres, manquant de peu l'énorme animal – un troll, vraisemblablement – et finirent leur course dans le fossé. La voiture s'immobilisa mais les pneus continuèrent à patiner dans la boue et le gravier.

David, qui avait été projeté contre le tableau de bord, tenta de se redresser en gémissant. Laurel regarda audehors mais ne distingua rien dans un premier temps. Puis elle discerna la masse dentelée d'une forêt, à quelques dizaines de mètres devant.

— Les arbres, David ! dit-elle précipitamment. Il faut qu'on atteigne les arbres !

— Je ne sais pas si je peux courir. Je me suis cogné les genoux !

— Tu peux y arriver, David, gémit Laurel, au désespoir. Il le faut. Allons-y !

Elle ouvrit la portière d'un geste brutal et tira David au-dehors. Après quelques pas hésitants, il parvint à trouver son allure et, main dans la main, ils s'élancèrent en direction de la forêt.

— Il va flairer mon odeur, dit David. Mon genou saigne.

— Ce n'est pas pire que moi. Il va sentir le parfum de ma fleur. On reste ensemble, pas de discussion.

Soudain, Laurel comprit son erreur : si les trolls étaient passés à l'action, c'était parce qu'elle avait fleuri. Elle n'avait aucun moyen de leur échapper en pareille circonstance, étant donné qu'ils pouvaient suivre sa trace n'importe où grâce à l'odeur reconnaissable entre toutes qu'elle dégageait. Elle enrageait à l'idée d'avoir baissé sa garde aussi facilement. Elle avait laissé le pire se produire.

Sans cesser de courir, elle sortit de son sac les deux fioles qu'elle était censée mélanger pour obtenir le sérum *monastuolo*. Elle gardait en tête qu'il ne serait pas très efficace en plein air, mais elle n'avait pas d'autre solution à sa portée ; peut-être parviendrait-il au moins à ralentir leurs ennemis. Pendant sa course, son écharpe se dénoua, libérant ses pétales tandis qu'elle et David fuyaient parmi les buissons. Mais elle n'avait pas le temps de s'arrêter pour la rajuster : elle entendait les pas d'un troll derrière elle et un autre se rapprochait à leur droite. David trébucha, trahi par son genou blessé, et le troll derrière eux bondit en poussant un grognement. Laurel ressentit une douleur cuisante dans le dos, au niveau de sa fleur. Réprimant un hurlement, elle fit volte-face et, paumes en avant, elle écrasa les deux fioles sur le front de son assaillant. Il recula d'un bond en hurlant de douleur, ses deux énormes mains plaquées sur son visage. Laurel se remit à courir, le dos si meurtri qu'un sanglot enfla dans sa gorge et qu'elle dut refouler une vague de nausée.

Quand ils eurent atteint la ligne des arbres au sommet de la colline, ses jambes la faisaient atrocement souffrir.

— Viens, David ! cria-t-elle.

Ils pénétrèrent dans la forêt en titubant de fatigue. Les branches s'accrochaient à leurs vêtements et leur griffaient le visage. Arrivés dans une petite clairière, ils firent halte et décrivirent un tour sur eux-mêmes.

— Quelle direction ? demanda David.

Un grognement sourd s'éleva d'un côté de la clairière.

— Par ici, lança Laurel en montrant la direction opposée.

Mais presque au même instant, un autre grondement leur parvint de l'endroit que Laurel venait de désigner. Comme ils faisaient demi-tour, un troisième troll surgit devant eux en soufflant son haleine chaude dans l'air glacé d'automne.

David attira Laurel contre lui, écrasant sa fleur. Ils s'efforcèrent de suivre du regard les mouvements des trolls, mais les créatures, trop rapides, bondissaient, virevoltaient autour d'eux, puis changeaient de direction, les encerclant comme des requins.

Un bruit métallique résonna dans la nuit, et l'éclat d'une lame brilla au clair de lune. Laurel sentit David retenir son souffle. Il la serra brièvement dans ses bras puis s'écarta d'elle en levant les mains.

— Je me rends ! cria-t-il. Prenez-moi et laissez-la partir. Elle est inoffensive.

Laurel poussa un hoquet de surprise et tenta de le retenir par son tee-shirt, mais il continua d'avancer. Un ricanement rauque s'éleva.

— Inoffensive ? fit une voix rocailleuse. Tu nous prends pour des idiots, l'humain ? Si quelqu'un doit garder la vie sauve ce soir, ce ne sera pas elle.

Avant que David ait pu rejoindre Laurel, deux trolls s'interposèrent. L'un était plus grand que David ; ses larges épaules tendaient le tissu élimé de son bleu ; l'autre était bossu, avec de longs cheveux filasse, et même dans la clarté ténue du clair de lune, Laurel vit que sa peau livide et craquelée saignait par endroits. Elle se força à garder les yeux ouverts quand il se dressa au-dessus d'elle en levant son couteau.

QUINZE

Laurel se couvrit la tête de ses bras et pria pour que David parvienne à sauver sa peau, même si c'était fini pour elle. Soudain, un bruit assourdissant tinta dans ses oreilles et il lui fallut quelques secondes pour comprendre qu'elle était toujours en vie.

Les trolls poussèrent des cris et des grognements en cherchant des yeux leur assaillant. Leurs poignards avaient été jetés à terre par une espèce de disque en métal qui était maintenant fiché dans le tronc d'un arbre juste derrière Laurel, à quelques centimètres au-dessus de sa tête. Tremblante de soulagement, Laurel crut, pour la première fois de sa vie, qu'elle allait perdre connaissance – mais le danger n'était pas encore écarté. Profitant de la distraction momentanée des trolls, elle tomba face contre terre et rampa jusqu'au bord de la clairière. Une forme massive se jeta sur elle et l'entraîna derrière un gros arbre. Elle voulut crier mais une main la bâillonna.

— C'est moi, lui glissa David à l'oreille.

Il était vivant, lui aussi. Laurel l'entoura de ses bras

et, la tête contre sa poitrine, elle entendit son cœur battre la chamade.

— Tu crois qu'on peut s'esquiver ? demanda-t-elle à voix basse.

— Je ne sais pas. Il faut attendre le bon moment pour éviter qu'ils nous attrapent à nouveau.

Laurel agrippa le bras de David au moment où les trolls s'avançaient dans leur direction en flairant l'air. Elle entendit un cliquetis sourd et, avant qu'elle ait pu s'interroger sur la nature de ce bruit, David la jeta brusquement à terre et tomba à plat ventre à côté d'elle. À peine avait-elle touché le sol qu'une pluie de coups de feu éclata, emplissant la forêt de son staccato. Laurel se couvrit les oreilles de ses bras et plaqua son visage contre les feuilles humides en s'efforçant d'ignorer le bruit des balles qui réveilla un flot de souvenirs datant de l'automne précédent.

Des glapissements de douleur s'élevaient entre les coups de feu quand, levant la tête, Laurel vit les trois trolls s'enfuir à toutes jambes dans la forêt sous un déluge de balles.

— Lâches, dit une voix douce de femme.

Laurel se redressa, un peu sonnée.

— Vous pouvez sortir maintenant, reprit l'inconnue, le regard encore tourné vers l'endroit où les trolls avaient disparu. Ils ne reviendront pas. Dommage que je ne sois pas équipée pour une vraie partie de chasse.

Laurel et David se relevèrent péniblement. Avec une grimace de douleur, Laurel fit de son mieux pour rajuster sa blouse afin de couvrir sa fleur. Dans la panique, elle avait oublié sa blessure ; elle se demanda quels dégâts avait causés le troll, mais elle devrait attendre pour s'examiner. David allait sortir du couvert des arbres quand Laurel le retint par le bras.

— Je ne vais pas vous mordre, lança la femme.

Laurel comprit qu'il était inutile d'essayer de rester à l'abri. Qui que soit cette femme, elle avait repéré leur cachette. Non sans hésitation, ils s'éloignèrent de quelques pas du tronc pour découvrir le visage de celle qui leur avait sauvé la vie. Elle était plus grande que Laurel et habillée de noir de pied en cap, de son tee-shirt à manches longues à son pantalon en passant par ses gants de cuir et ses chaussures militaires. Jurant avec le reste de son apparence, des lunettes de soleil miroir nonchalamment posées sur le haut de son crâne retenaient ses mèches auburn sculptées en épi avec du gel. Âgée d'une quarantaine d'années, elle était manifestement en excellente condition physique mais n'était pas de taille à lutter contre un troll.

— Je ne vous en veux pas d'être nerveux après ce que vous venez de traverser, poursuivit-elle, mais faites-moi confiance, je suis du côté des bons.

Elle leva son arme et se livra à toute une série de manipulations avant de la glisser dans un étui fixé sur sa hanche.

— Qui êtes-vous ? demanda Laurel de but en blanc.

La femme sourit, découvrant des dents d'une blancheur éclatante.

— Klea Wilson, répondit-elle. Et vous êtes ?

— C'était… c'était… waouh ! bégaya David. Vous avez été incroyable. Vous avez surgi de nulle part, et ils… enfin, vous savez.

Klea l'observa longuement, un sourcil levé.

— Merci, lança-t-elle sèchement.

— Comment avez-vous… demanda David, mais Laurel l'interrompit d'un coup de coude.

— Qu'est-ce que c'était que ces choses ? s'enquit-elle en s'efforçant de prendre un ton innocent. Ils n'avaient pas l'air… humains.

David lui jeta un regard perplexe, mais elle le fit taire d'un rapide coup d'œil. Malgré la tournure des événements, Laurel n'avait pas l'intention de baisser sa garde, et surtout, elle était déterminée à ne pas révéler son identité à l'étrangère, même si celle-ci était, selon ses mots, « du côté des bons ».

Klea hésita.

— C'est une… espèce d'animal que vous n'aviez jamais rencontrée jusqu'ici. On s'en tiendra là pour l'instant. (Elle croisa les bras sur sa poitrine.) Je ne connais toujours pas vos noms.

— David Lawson.

— David, répéta-t-elle avant de se tourner vers Laurel.

Laurel se demanda s'il était utile de dissimuler son identité. Comprenant que la femme n'aurait aucun mal à la découvrir par elle-même, elle murmura : « Laurel. »

Klea ouvrit de grands yeux.

— Laurel Sewell ?

Laurel leva brusquement la tête. Comment cette femme connaissait-elle son nom ?

— Eh bien, reprit Klea à mi-voix, voilà qui explique tout.

David tira Laurel de son hébétude en changeant de sujet.

— Comment vous avez su... ?

Il montra d'un geste la clairière.

— J'étais sur les traces de ces... choses depuis quelques heures, répondit Klea. Ce n'est qu'en les voyant poursuivre votre voiture que j'ai compris ce qu'ils avaient en tête. Désolée d'être arrivée à la dernière minute, mais je ne vais pas aussi vite que votre Honda. Heureusement qu'ils vous ont forcés à quitter la route, sans quoi je ne serais jamais intervenue à temps.

— Comment... commença Laurel.

— Écoutez, on ne peut pas rester ici à bavarder. Ils sont peut-être allés chercher du renfort.

Elle se dirigea vers l'arbre dans lequel était fiché le disque en métal. Après l'avoir récupéré, elle croisa le regard de David pour la première fois.

— Ça vous ennuierait de m'emmener avec vous ? Je connais un endroit sûr où nous pourrons discuter tranquillement. (Elle se tourna vers Laurel.) Et il faut absolument qu'on parle.

Cette idée ne plaisait guère à Laurel ; elle ne faisait pas confiance à cette Klea. Mais elle venait de leur sauver la vie. Et David semblait trop heureux de l'aider.

— Oui, bien sûr ! Évidemment ! s'exclama-t-il. Ma voiture est là-bas... Enfin, vous savez où elle est. Je peux vous emmener sauf que... euh... eh bien, elle est embourbée, mais...

Il s'interrompit, et un silence pesant tomba sur la clairière.

Klea glissa le disque en métal dans un large étui fixé sur son dos.

— Je suppose qu'à nous trois on pourra la dégager. En route !

Et à ces mots, elle s'éloigna à grandes enjambées en direction de la voiture. David se tourna vers Laurel et posa les mains sur ses épaules.

— Tu vas bien ? demanda-t-elle en cherchant sur elle d'éventuelles blessures.

Laurel acquiesça. « Aller bien », c'était beaucoup dire, mais elle était vivante. Il poussa un soupir de soulagement et l'enlaça en malmenant sa fleur au passage. Mais Laurel s'en fichait. Elle se blottit contre son épaule et refoula ses larmes. Ce n'était pas le moment d'éclater en sanglots.

— Je suis tellement content que tu sois saine et sauve, murmura-t-il.

— Je suis vivante, dit-elle d'un ton sceptique. Pour ce qui est d'être sauve, je ne sais pas encore. Comment va ton genou ?

David secoua la tête.

— Je risque d'en baver demain, mais au moins j'arrive à marcher.

— Bien, fit Laurel.

Puis, se rappelant son geste de bravoure idiot, elle lui donna une tape sur le torse.

— Et qu'est-ce que c'était que cette comédie tout à l'heure ? s'exclama-t-elle. « Je me rends » ?

David sourit d'un air penaud.

— L'impulsion du moment…

— Eh bien, ne refais jamais ça.

David resta silencieux quelques instants, puis haussa les épaules et prit la direction de la voiture.

— On ferait mieux de ne pas traîner.

— Hé, fit Laurel en tendant la main pour toucher sa joue, passe devant, je te rejoins dans une seconde, chuchota-t-elle. Il faut que je renoue mon écharpe. Mais ne lui dis rien, ajouta-t-elle d'un ton tranchant. Je ne lui fais pas confiance.

— Elle vient juste de nous sauver des griffes d'une bande de trolls ! protesta David. Elle a été super !

— Je m'en fiche ! C'est une étrangère et elle en sait déjà trop. N'ouvre pas la bouche !

La situation était différente pour David : lui n'avait rien à cacher.

— Maintenant, vas-y avant qu'elle ait des soupçons. Dis-lui que j'ai perdu mon sac.

— Je ne veux pas te laisser seule.

— Ça ne prendra que quelques instants. Je dois rajuster mon écharpe. Pars, s'il te plaît. Elle nous attend.

Klea avait atteint le bas de la colline et regardait dans leur direction.

— Elle va rebrousser chemin si tu ne la rejoins pas.

Après lui avoir lancé un long regard éloquent, David s'éloigna à contrecœur.

Laurel défit le nœud autour de sa taille et replia ses pétales. Son dos l'élançait toujours. Serrant les dents, elle noua l'écharpe autour de la fleur puis, après avoir rabattu sa blouse, elle se mit en route en se forçant à ne pas courir. Elle descendit la colline sous le pâle clair de lune et faillit pousser un cri de frayeur en trébuchant sur un troll. Elle recula d'un bond et allait s'enfuir à toutes jambes quand elle s'aperçut qu'il ne bougeait plus. Elle rampa vers le corps inanimé et reconnut le troll qui avait reçu en pleine figure le sérum *monastuolo*. Apparemment, la règle du lieu clos n'était pas immuable.

Elle ne disposait que de quelques secondes pour se décider. Klea voudrait voir le troll endormi et choisirait peut-être de le tuer. En brûlant la peau du monstre, le sérum avait creusé des sillons rougeâtres sur son visage ; Klea comprendrait que c'était l'œuvre de Laurel ou de David. Laurel ne pouvait pas lui signaler la présence du troll sans lui révéler l'existence de la potion. Les mains tremblantes, elle dévala la pente de la colline sans se retourner en se demandant combien de temps duraient les effets du sérum. Plus vite ils déguerpiraient, mieux cela vaudrait pour eux.

La voiture de David se trouvait toujours à l'endroit où ils l'avaient laissée, les pneus avant enlisés dans la boue. Ses phares allumés éclairaient la nuit noire, et la portière du passager était grande ouverte.

— Vous vous êtes bien embourbés, dit Klea en levant brièvement la tête à l'arrivée de Laurel, mais je crois qu'à nous deux nous pouvons y arriver, David.

Elle tâta le bras du jeune homme.

— Tu m'as l'air costaud.

David s'éclaircit la voix pour répondre, mais aucun son ne sortit de sa bouche.

— Laurel, tu veux bien manœuvrer ? lança Klea en retroussant les manches de son tee-shirt.

Laurel se glissa sur le siège du conducteur tandis que

David et Klea se dirigeaient vers l'avant de la voiture et posaient les mains sur le pare-chocs. Elle ne savait toujours pas quoi penser de cette femme. Quelques minutes plus tôt, elle avait cru que son heure avait sonné et, sans l'intervention de Klea, elle serait sans doute morte. Que devaient-ils faire ? Abandonner au bord d'une route la femme qui leur avait sauvé la vie parce qu'elle connaissait le nom de Laurel ? Ils n'avaient pas d'autre choix que de l'emmener où elle voulait, où que ce soit – une fois qu'ils seraient parvenus à dégager la voiture, évidemment. Cependant, Laurel aurait aimé avoir plus de temps pour réfléchir à la situation.

Elle tourna le volant pendant que David et Klea poussaient. Au bout de quelques tentatives, la Civic émergea lentement du fossé et Laurel fit une marche arrière pour regagner la route. Elle enclencha ensuite le frein à main et les rejoignit. Ils examinaient la voiture à la recherche d'éventuels dégâts. Ou, plus précisément, Klea examinait la voiture pendant que David l'observait, bouche bée.

— Elle aurait besoin d'un bon lavage, déclara-t-elle, mais à première vue, elle ne gardera pas de souvenirs de cette soirée.

— Tant mieux, fit Laurel.

— Bon, on y va ?

David et Laurel échangèrent un regard, et Laurel hocha la tête. Elle n'avait aucun moyen de lui signifier discrètement qu'un troll inconscient gisait à quelques mètres de là.

Tous trois montèrent en voiture. Laurel reprit le volant. Klea lui indiquait le chemin.

— Ce n'est qu'à un kilomètre ou deux. On déplace notre campement en permanence. Si je vous autorise à y pénétrer ce soir, c'est parce que nous aurons déménagé demain.

— C'est quel genre de campement ? demanda David.

— Tu verras bien. Tourne à droite ici.

— Je ne vois pas de route, objecta Laurel.

— C'est normal. Commence à tourner et tu la verras.

Laurel s'exécuta avec un hochement de tête stoïque. Juste au-delà d'un amas de broussailles, elle distingua l'esquisse d'un chemin de terre. Elle s'y engagea et, après avoir traversé un mince rideau de branchages qui griffèrent les vitres et les portières de la voiture, elle aperçut devant elle deux sillons bien parallèles, manifestement récents.

— Cool, commenta David en se penchant sur son siège.

Ils roulèrent en silence pendant près d'une minute sur la piste étroite plongée dans l'obscurité. Plus ils progressaient, plus Laurel était persuadée qu'on les attirait dans un piège. Si seulement elle avait emporté son sac à dos ! Puis la piste obliqua brusquement vers la droite, révélant trois caravanes garées en cercle. Devant deux d'entre elles se trouvaient deux énormes camionnettes noires qui n'auraient pas déparé dans un rallye de camions. Leurs vitres teintées reflétaient la lumière de plusieurs projecteurs montés sur des poteaux, qui dispensaient une clarté laiteuse et aveuglante sur les lieux. Des lampes de taille plus modeste étaient suspendues à l'entrée de chaque caravane. Au-delà du cercle de lumière, deux chevaux bais étaient attachés à un pieu, et plusieurs épées ainsi que quelques armes à feu imposantes étaient disposées sur une table de pique-nique en fer. En sentant son estomac se nouer, Laurel comprit que la situation lui échappait complètement.

— Waouh ! fit David.

— Rien ne vaut son chez-soi, déclara Klea avec une ironie désabusée. Bienvenue dans notre campement.

Ils descendirent de voiture et se dirigèrent vers les caravanes, Klea d'un pas décidé, David et Laurel la démarche plus hésitante. Une poignée d'hommes et de femmes s'affairaient, absorbés par leurs tâches respectives, sans prêter la moindre attention aux nouveaux venus. Comme Klea, ils étaient entièrement vêtus de noir.

— Laurel, David, voici mon équipe, annonça-t-elle en désignant d'un grand geste les gens qui allaient et venaient. Nous ne sommes pas nombreux, mais nous travaillons dur.

David s'avança vers une tente basse qui brillait dans l'obscurité comme si une douzaine de lanternes brûlaient à l'intérieur.

— Qu'est-ce qu'il y a là-dedans ? demanda-t-il en tendant le cou au moment où un homme se glissait à l'intérieur en éclairant brièvement les alentours avant que le rabat de toile ne retombe derrière lui.

— Tu connais la chanson ? Si je te le dis, il faudra que je te tue, répondit Klea avec une pointe de sérieux qui mit Laurel mal à l'aise.

Klea s'arrêta près d'une des camionnettes noires et prit une besace en toile kaki sur le plateau.

— Venez par là, dit-elle en montrant une table pliante installée au milieu du campement.

Laurel agrippa la main de David et tous deux la suivirent. Maintenant qu'ils étaient là, ils devaient tenter d'obtenir le plus de réponses possibles. Ils n'avaient aucun moyen de fuir. Laurel n'était pas certaine d'être plus en sécurité ici que dans la forêt avec les trolls à leurs trousses.

Ils s'assirent à même le sol tandis que Klea prenait une grosse enveloppe en papier kraft dans son sac et rabattait ses lunettes de soleil sur ses yeux. Certes, le campement était très éclairé, mais Laurel trouva son geste trop théâtral. Klea fouilla parmi le contenu de l'enveloppe et en sortit une photographie qu'elle posa devant Laurel.

— Que sais-tu de cet homme ?

Laurel reconnut immédiatement le visage grimaçant de Jeremiah Barnes.

SEIZE

Réprimant un frisson d'horreur, elle contempla le visage du monstre qui hantait ses cauchemars depuis près d'un an. Sa main qui tenait celle de David se crispa involontairement.

— Ça fait plusieurs années que je le poursuis... expliqua Klea. Enfin, lui et ses semblables. La dernière fois que nous l'avons rattrapé – il y a environ deux mois –, il avait une carte de visite dans sa poche, sur laquelle figuraient plusieurs noms. (Elle leva les yeux vers Laurel.) Dont le tien.

Laurel sentit ses mains trembler à la pensée que Barnes se promenait avec son nom sur lui.

— Et vous vous êtes contentés de noter mon nom avant de le laisser tranquillement filer ? répliqua-t-elle en s'efforçant de maîtriser sa voix.

— ... Pas tout à fait.

Klea jeta un regard autour d'elle avant de se pencher pour remettre la photo dans l'enveloppe.

— Il s'est révélé plus costaud qu'il n'y paraissait. Il a réussi à prendre la fuite.

Laurel hocha lentement la tête et tenta de contrôler

le tremblement de ses mains. Malgré les dires de Jamison, elle s'était accrochée au maigre espoir que Barnes avait succombé à ses blessures après la balle qu'il avait reçue l'année précédente. Mais elle détenait depuis quelques heures la preuve indéniable qu'il était toujours en vie. Et qu'il la pourchassait.

— Tu n'as pas l'air étonnée. C'est donc que tu le connais ?

« Mens, mens ! » lui cria sa petite voix intérieure. Mais à quoi bon ? Elle s'était trahie à la seconde où elle avait reconnu Barnes sur la photo. Il était trop tard pour nier quoi que ce soit.

— Plus ou moins. J'ai eu maille à partir avec lui l'année dernière.

— La plupart des gens qui ont affaire à cet individu n'en sortent pas indemnes.

Le ton de Klea était factuel, mais la question qui perçait sous sa remarque ne laissait aucun doute : « Pourquoi tu vis encore ? »

Les pensées de Laurel se tournèrent immédiatement vers Tamani et, réprimant un sourire, elle se força à garder les yeux fixés sur la table.

— J'ai eu de la chance. Il a baissé son arme au mauvais moment.

— Je vois, observa Klea en hochant la tête d'un air entendu. Il n'y a guère qu'un revolver qui puisse effrayer cet homme. Qu'est-ce qu'il te voulait ?

Laurel scruta les verres réfléchissants des lunettes de Klea dans l'espoir de distinguer son regard. Elle devait trouver quelque chose – n'importe quoi – pour lui cacher la vérité.

— Tu peux lui dire, dit David après un silence.

Laurel lui jeta un regard noir.

— C'est vrai, ils l'ont déjà vendu ; personne ne peut le leur reprendre.

De quoi parlait-il ? Il lui pinça la cuisse, et elle se souvint que David avait le don d'inventer des histoires ; Laurel, elle, ne savait pas mentir. Au mieux, elle était capable de jouer le jeu. Elle enfouit le visage dans ses mains et, blottie contre David, elle feignit d'être trop bouleversée pour parler.

— Ses parents ont trouvé un diamant en… en rénovant leur maison, expliqua David.

Laurel pria pour que Klea n'ait pas remarqué sa légère hésitation.

— Un énorme diamant. Ce type a essayé de la kidnapper pour obtenir une rançon.

David caressa l'épaule de Laurel et lui tapota le dos.

— Elle a vécu une expérience très traumatisante.

« David, tu es un génie. »

Klea hocha lentement la tête.

— Oui, c'est logique. Les trolls ont toujours été des chasseurs de trésors. Par nature, et aussi parce qu'ils ont besoin d'argent pour passer inaperçus dans notre monde.

— Les trolls ? répéta David, poursuivant leur mascarade. Ces trucs qui vivent sous les ponts et se transforment en pierre s'ils s'exposent à la lumière du soleil ? Ces créatures, c'étaient des trolls ?

— J'ai dit « troll » ? s'exclama Klea en haussant comiquement les sourcils au-dessus de ses lunettes de soleil. Oups. Eh bien, ajouta-t-elle en soupirant, puisque vous les avez vus, j'imagine que vous avez le droit de savoir à quoi vous avez eu affaire.

Elle observa Laurel, qui s'était redressée en essuyant des larmes imaginaires.

— C'est une bonne chose que tes parents aient vendu ce diamant. Au moins, il y a des chances pour que Barnes les laisse tranquilles. Cependant, il semble qu'il t'ait toujours dans le collimateur. Ces trolls n'étaient pas là par hasard. (Elle se tut.) Je ne crois pas aux coïncidences.

— Qu'est-ce qu'il peut bien me vouloir maintenant ? demanda Laurel en échangeant un bref regard avec David. Le diamant a disparu.

— Il cherche à se venger, répondit Klea de but en blanc.

Elle se tourna vers Laurel, et celle-ci sentit son regard la transpercer derrière ses lunettes.

— C'est probablement leur occupation favorite en dehors de la chasse au trésor.

Laurel se souvint que Jamison lui avait expliqué à peu près la même chose le jour de son départ d'Avalon.

Klea fouilla le contenu de son sac, en sortit une carte de visite et la tendit à Laurel, qui la prit après une brève hésitation.

— J'appartiens à une organisation qui… traque… les êtres surnaturels. Les trolls, pour l'essentiel, car ce sont les seules créatures qui cherchent à infiltrer notre société. En temps normal, les autres nous évitent à tout prix. Ces gens sont mes équipiers, mais notre organisation s'étend à l'échelle internationale. (Elle se pencha vers Laurel.) Je crois que tu cours un grand danger, Laurel. Nous voudrions t'offrir notre aide.

— En échange de quoi ? demanda Laurel, toujours méfiante.

L'ombre d'un sourire flotta sur les lèvres de Klea.

— Barnes m'a échappé une fois. Il n'est pas le seul à avoir des comptes à régler.

— Vous voulez qu'on vous aide à le capturer ?

— Certainement pas, lâcha Klea en secouant la tête. Des enfants inexpérimentés comme vous ? Vous risqueriez d'y laisser votre peau. Et, ne le prends pas mal mais… tu n'as pas l'air très robuste.

Laurel ouvrit la bouche pour répliquer mais David lui pinça la jambe et elle ravala sa colère.

Klea sortit un autre document de son sac ; cette fois, il s'agissait d'une carte de Crescent City.

— J'ai l'intention de poster des gardes autour de ta maison et de celle de David. Juste au cas où…

— Je n'ai pas besoin de gardes ! s'exclama Laurel, songeant aux sentinelles qui surveillaient déjà les alentours de sa maison.

Klea sursauta.

— Pardon ?

— Je n'ai pas besoin de gardes. Je n'en veux pas.

— J'insiste, Laurel. Pour ta propre sécurité. Je suis certaine que tes parents y consentiront. Je leur parlerai, si tu veux…

— Non !

Laurel se mordit la lèvre en voyant deux hommes qui travaillaient à proximité lever la tête. En l'occurrence, elle était obligée de révéler la vérité.

— Ils ne savent rien de Barnes. Je ne leur ai jamais parlé de lui. Je suis rentrée avant même qu'ils se soient aperçus de ma disparition.

Klea sourit de toutes ses dents.

— Vraiment ? Mais cette petite est pleine de ressource, ma parole !

Laurel eut toutes les peines du monde à ne pas la mitrailler du regard.

— Sérieusement, Laurel. On a vu beaucoup de trolls dans les environs de Crescent City ces derniers temps. Par chance, poursuivit-elle avec une pointe d'amusement, ceux auxquels nous avons affaire ne nous donnent pas beaucoup de fil à retordre. (Elle se massa les tempes.) Je ne peux pas en dire autant de toutes les créatures que j'ai dû pourchasser par le passé.

— Quel genre de créatures ? s'enquit David.

Klea cessa de se masser les tempes et posa sur David un regard lourd de sens.

— Ah, David, si tu savais ! Ce que j'ai vu est au-delà de l'imaginable.

David écarquilla les yeux et ouvrit la bouche pour la questionner de nouveau.

— Mais j'ai bien peur que nous n'ayons pas le temps de discuter de tout ça ce soir. (Elle se tourna vers Laurel.) J'aimerais que tu réfléchisses à ma proposition. Comme tu as réussi à te sortir indemne de votre dernière rencontre, j'ai dans l'idée que tu sous-estimes ces créatures. Mais elles sont rapides, rusées et elles possèdent une force extraordinaire. Nous avons déjà du mal à les maîtriser alors que nous sommes des professionnels aguerris.

— Pourquoi vous vous en prenez à eux, alors ? demanda Laurel.

— Comment ça, pourquoi ? Parce que ce sont des trolls ! Je les traque pour protéger les gens, comme je l'ai fait pour toi ce soir.

Elle hésita avant de poursuivre :

— Il y a quelque temps, j'ai tout perdu à cause de monstres inhumains dans leur genre. J'ai fait de cette cause l'œuvre d'une vie pour mettre fin à la souffrance qu'ils sèment autour d'eux. (Elle s'interrompit puis reporta le regard sur Laurel.) C'est une tâche difficile, j'en conviens, mais si personne ne prend les choses en main, nous n'en verrons jamais la fin. S'il te plaît, aide-nous en nous laissant t'aider.

— Je n'ai pas besoin de gardes du corps, déclara Laurel.

Elle se rendait compte qu'elle passait pour une insolente, mais elle ne pouvait pas agir autrement. Les sentinelles fées, passe encore, mais ça ? Laurel n'avait aucune envie que cette étrangère, avec son campement militaire et ses armes à feu, vienne marcher sur les plates-bandes de ses véritables protecteurs. Plus vite elle et David sortiraient d'ici, mieux ils s'en porteraient.

Klea fit la moue.

— Très bien, dit-elle d'une voix douce. Si c'est ce que tu veux. Mais je te laisse ma carte au cas où tu changerais d'avis. (Elle dévisagea tour à tour David et Laurel.) Autant vous dire que ça ne m'empêchera pas de vous tenir à l'œil, tous les deux. Je tiens à vous éviter les ennuis. Vous m'avez l'air d'être de braves gosses. (Elle s'absorba dans ses pensées pendant quelques instants.) Avant que vous partiez, j'ai quelque chose à vous remettre. J'espère que vous comprendrez mes raisons, et j'insiste pour que vous n'en parliez à personne. Surtout pas à vos parents.

Laurel fronça les sourcils. Tout cela ne lui disait rien qui vaille.

Klea fit signe à l'un de ses hommes, qui lui apporta une grande boîte. Elle en fouilla le contenu pendant quelques secondes et en sortit deux pistolets dans leur étui de toile noire.

— J'espère que vous n'aurez pas besoin de vous en servir, déclara-t-elle en tendant une arme à chacun d'eux. Mais si vous refusez de vous mettre sous la protection de mes hommes, alors je n'ai rien de mieux à vous proposer. On n'est jamais trop prudent, n'est-ce pas ?

Laurel regarda le pistolet que Klea lui tendait, la crosse devant. Du coin de l'œil, elle vit David prendre le sien sans hésiter. Très lentement, elle tendit la main pour toucher le métal froid. Ce n'était pas le même pistolet qu'elle avait pointé sur Barnes l'année précédente, et pourtant, en resserrant ses doigts autour de la crosse, elle éprouva la même sensation. Des images de Barnes défilèrent dans sa tête, toutes teintées de rouge : le sang de David sur son bras, le sang qui avait coulé de l'épaule de Barnes lorsqu'elle avait tiré et, surtout, l'expression de Tamani quand il avait été blessé par une arme assez similaire.

Elle recula sa main comme si elle venait de se brûler.

— Je n'en veux pas, annonça-t-elle calmement.

— Et c'est tout à ton honneur, dit Klea, mais je persiste à croire…

— J'ai dit que je n'en voulais pas.

Klea fit la moue.

— Vraiment, Laurel…

— Je le garde pour le moment, intervint David en prenant l'autre pistolet. On en reparlera plus tard.

Klea se tourna vers lui ; il était impossible de déchiffrer son regard dissimulé derrière ses lunettes miroir.

— À défaut d'une autre solution...

— Mais… fit Laurel.

— Viens, dit David avec douceur. Il est tard ; tes parents vont s'inquiéter.

Il passa le bras autour des épaules de Laurel et, au moment de se diriger vers la voiture, il se retourna pour dire à Klea :

— Oh, et merci pour tout.

— C'est ça, marmonna Laurel.

Elle se hâta vers la voiture et s'installa sans laisser à David une chance de lui ouvrir la portière. Son dos la faisait souffrir et elle n'avait qu'une envie, quitter ce campement et rentrer chez elle. Elle démarra avant que David ait pu monter à son tour et, dès qu'il eut bouclé sa ceinture de sécurité, elle passa en marche arrière et fit demi-tour. Elle s'engagea aussi vite que possible sur la piste et surveilla Klea dans son rétroviseur jusqu'à ce qu'elle ait disparu de son champ de vision au détour d'un virage.

— Waouh ! fit David alors qu'ils s'engageaient sur la nationale.

— Je sais, grommela Laurel.

— Tu ne l'as pas trouvée géniale ?

— Hein ?

« Géniale » ? Ce n'était pas du tout ce que Laurel avait à l'esprit. Mais David ne prêtait déjà plus attention à elle. Prenant un des pistolets que Klea lui avait donnés, il en défit l'étui.

— David ! Range ça ! s'écria Laurel en s'efforçant de garder les yeux fixés sur la route.

— Ne t'inquiète pas, je sais ce que je fais, lança-t-il en retournant l'arme dans ses mains. Un SIG Sauer !

— Sig quoi ?

— Sauer. C'est le nom de la marque. C'est de la bonne camelote. Et très chère, ajouta-t-il. Bon, ça ne vaut pas le flingue de Klea. Tu as vu ce machin ? C'est un automatique. Je parie qu'il s'agit d'un Glock 18.

— Ohé, cowboy ! lâcha Laurel avec mauvaise humeur. Depuis quand tu t'intéresses aux armes à feu ?

— Mon père en a quelques-unes, répondit-il distraitement sans cesser de manipuler le pistolet. Quand j'étais plus jeune, on allait parfois chasser avant que mes parents se séparent. Il m'emmène encore à son club de tir quand je lui rends visite. Je suis assez bon tireur, d'ailleurs. Ma mère n'est pas très emballée. Elle préfère mon microscope. Encore la preuve qu'ils n'étaient pas faits l'un pour l'autre, je suppose.

Il tira sur le canon, et Laurel entendit un clic.

— Sois prudent ! cria-t-elle.

— T'inquiète, je n'ai pas ôté le cran de sécurité. (Un autre clic retentit comme il ôtait le chargeur.) Un chargeur extralong, qui contient dix balles au lieu de huit.

Il débitait les faits à toute allure comme le père de Laurel lorsqu'il faisait son inventaire. Il éjecta une balle et la tint devant la vitre.

— Du calibre .45. (Il siffla entre ses dents.) Ces balles peuvent causer de sérieux dégâts.

Les mots défilaient dans la tête de Laurel comme un disque rayé. « Calibre .45, chargeur extralong, dix balles, sérieux dégâts. Calibre .45, chargeur extralong, dix balles, sérieux dégâts… »

— Ça suffit, dit-elle entre ses dents.

Son pied écrasa la pédale de frein, et la voiture s'immobilisa sur le bord de la route. David leva vers elle un regard où la perplexité le disputait à l'inquiétude.

— Quoi ?

— Comment ça, quoi ?

— Qu'est-ce qui ne va pas ?

L'étonnement sincère qui perçait dans sa voix lui indiqua qu'il n'avait réellement aucune idée de ce qui la mettait en colère.

Après avoir croisé les bras sur le volant, elle y appuya le front, puis, respirant un grand coup, elle s'efforça de se calmer. David attendait, silencieux, tandis qu'elle essayait de reprendre ses esprits.

— Je ne crois pas que tu comprennes ce que tout ça signifie pour moi, dit-elle enfin.

Comme David ne répondait pas, elle poursuivit :

— Ils nous surveillent en ce moment même. Peut-être même qu'ils nous observent depuis le début, je n'en sais rien. Et, à vrai dire, je pense que c'est une très bonne nouvelle pour toi : avec eux, tu seras beaucoup plus en sécurité. Mais qui nous dit que cette femme ne traque pas aussi les fées ?

David partit d'un rire incrédule.

— Voyons, c'est impossible.

— Vraiment ? fit Laurel en se tournant vers lui, le visage grave.

— C'est évident.

Cependant, sa voix avait perdu un peu de son assurance.

— Est-ce qu'elle nous a expliqué pourquoi elle tenait tant à capturer ces trolls ? Ou plutôt à les éliminer, comme on est en droit de le supposer ?

— Parce qu'ils essayaient de nous tuer.

— Elle n'a jamais invoqué cette raison. Elle a seulement dit que c'était parce ce sont des trolls.

— Et ça n'est pas une raison suffisante ?

— Non ! On n'a pas le droit de pourchasser des êtres vivants à cause de ce qu'ils sont ou des agissements de leurs semblables. Je ne crois pas qu'il n'y ait que des mauvais trolls, tout comme il ne peut pas exister que des bonnes fées. Je ne pense pas que cette femme les traque pour les bonnes raisons.

— Laurel, dit calmement David en posant la main sur son épaule, tu pinailles sur le sens des mots. Je trouve que ta colère est disproportionnée.

— C'est parce que tu es un être humain. Cette arme qui t'impressionne tant ? Moi, je ne peux pas partager ton enthousiasme parce que j'ai peur qu'elle la pointe sur moi si elle découvre ma véritable nature.

David se figea, l'air bouleversé.

— Je ne la laisserai jamais faire !

Laurel partit d'un rire amer.

— J'apprécie beaucoup ta sollicitude, mais tu penses sérieusement que tu pourrais l'en empêcher ? Elle et tous les... *ninjas* qui travaillent pour elle ? (Laurel prit la main de David.) J'ai une grande confiance en toi, David, mais je doute que tu sois capable d'arrêter les balles.

David soupira.

— C'est juste que je déteste me sentir aussi impuissant. C'est une chose de risquer ma vie. (Il ricana.) Jouer les têtes brûlées, on fait tout le temps ça à notre âge...

Redevenu sérieux, il observa un bref silence.

— Mais le fait que toi, tu coures un danger, c'est très différent, et ça vaut pour Chelsea, Ryan, et les autres personnes présentes à la soirée. Le danger était bien réel, ce soir, Laurel. J'ai eu peur. (Il rit.) Non, en fait, j'étais terrifié.

Baissant les yeux, Laurel se mit à entortiller le tissu de sa blouse autour de ses doigts.

— Je suis désolée de t'avoir mêlé à ça.

— Je ne te reproche rien.

Il prit les mains de Laurel et les serra dans les siennes jusqu'à ce qu'elle relève la tête.

— J'aime faire partie de ton monde. Et bien que j'aie failli mourir l'année dernière, je dois reconnaître que c'est le truc le plus excitant qui me soit jamais arrivé. Excepté ce soir, peut-être.

Il baisa les mains de Laurel.

— Je t'aime. Pour ce que tu es.

Elle sourit tristement.

— Je pense juste qu'on a besoin d'aide.

— On en a déjà, insista Laurel, ça fait six mois que les sentinelles surveillent ma maison.

— Ah oui, et où étaient-ils ce soir ? s'écria David. Eux, ils n'étaient pas là ; Klea, oui. Que ça te plaise ou non, elle nous a sauvé la vie et elle mérite qu'on lui fasse confiance.

— Qu'est-ce que tu proposes ? Que je retourne là-bas pour tout lui raconter ? Que je lui explique pourquoi Barnes en avait après moi ? s'emporta Laurel.

David serra de nouveau ses mains dans les siennes. Il faisait toujours ce geste pour la calmer. Les yeux fixés sur leurs mains jointes, elle se força à inspirer longuement.

— Bien sûr que non, dit-il avec douceur. Nous n'avons aucune raison de lui en dire plus que ce qu'elle sait déjà. Je pense seulement que tu devrais lui faire assez confiance pour accepter un coup de main. Pas de gardes, poursuivit-il avant que Laurel puisse protester, mais si elle tient à garder un œil sur nous en dehors de chez toi, c'est mal ?

— Je suppose que non, marmonna-t-elle.

— On a mis beaucoup de monde en danger ce soir, Laurel. Je sais qu'on sera plus prudents à l'avenir, mais au cas où ce genre de situation se reproduirait (il brandit le pistolet, bien rangé dans son étui), tu ne voudrais pas d'une autre ligne de défense ?

— C'est vraiment le meilleur moyen ? Nous sommes tous les deux mineurs, David. Tu te rappelles que c'est illégal ?

— Mais c'est pour notre bien ! Les lois n'ont que

faire de notre sécurité. On est obligés de se défendre nous-mêmes. (Il observa un silence.) Tu ne t'es pas inquiétée de la justice quand Tamani a tué ces trolls l'année dernière.

Laurel resta silencieuse un long moment. Puis elle se redressa et le regarda droit dans les yeux.

— Tu as déjà tiré sur quelqu'un, David ?

— Bien sûr que non.

— Et visé quelqu'un ?

Il secoua la tête.

— Tu as vu quelqu'un se faire tirer dessus ?

Il réitéra son geste, plus lentement cette fois.

— Moi, j'ai vécu ces trois situations ! s'exclama Laurel en se martelant la poitrine. Après avoir échappé à Barnes, je faisais des cauchemars presque toutes les nuits. Il m'arrive encore de rêver de lui.

— Moi aussi, Laurel, j'ai eu très peur.

— *Barnes* t'a fait peur, David. Tu sais ce qui m'effraie dans mes cauchemars ? Moi. J'ai eu très peur de moi. J'ai ramassé ce pistolet et j'ai tiré sur quelqu'un.

— Tu n'avais pas le choix.

— Comme si ça faisait une différence ! On s'en fiche, du pourquoi. Le fait est que j'ai tiré. Et cette sensation-là ne s'oublie pas. Le moment où l'arme recule dans ta main et que tu vois le sang couler. Ça ne s'oublie pas, David. Alors pardonne-moi si je ne partage pas ton enthousiasme sur ce point.

David resta longtemps silencieux.

— Je suis désolé, dit-il enfin. Je n'ai pas réfléchi. (Il laissa échapper un soupir de frustration.) Mais toi non plus, tu ne comprends pas bien. Toi, tu as tes sentinelles et tes potions. Moi, je n'ai rien de tout ça. Tu peux au moins admettre que je me sente plus à l'aise à l'idée d'avoir un moyen de me défendre ?

— Une arme, ça aide à se sentir fort, c'est ça ?

— Non ! Ça n'a rien à voir avec le fait de se sentir fort ou viril et toutes ces idioties qu'on entend dans les films. Ça me donne juste l'impression que je peux servir à quelque chose. C'est si difficile à comprendre ?

Laurel ouvrit la bouche pour répliquer, et se ravisa. Il avait raison.

— Et puis, reprit-il avec un sourire hésitant, tu sais bien que je suis un mordu de technologie. Les microscopes, les ordinateurs, les armes... c'est mon truc.

De guerre lasse, Laurel lui rendit son sourire.

— C'est vrai. Je me souviens comme tu rejouais *Les Experts* avec moi quand j'ai fleuri l'année dernière.

Ils éclatèrent de rire, et bien que Laurel ne soit pas entièrement rassurée, au moins elle se sentit un peu mieux.

DIX-SEPT

Ils se garèrent dans l'allée de chez Laurel et, après une hésitation, ouvrirent leur portière et coururent sur les quelques mètres qui les séparaient de la maison. Dès qu'ils se furent réfugiés à l'intérieur, Laurel referma la porte avec un peu trop de brusquerie. Le bruit se répercuta dans toute la maison.

— Laurel ?

Avec un sursaut, David et Laurel se tournèrent vers la cage d'escalier où, appuyée à la rambarde, la mère de Laurel les observait, les yeux bouffis de sommeil.

— Tout va bien ? Tu as claqué la porte.

— Désolée, maman. Je ne l'ai pas fait exprès. On ne voulait pas te réveiller.

Sarah balaya d'un geste les excuses de sa fille.

— J'étais déjà debout. Des animaux se battaient derrière la maison, des chiens ou je ne sais quoi. Chaque fois que j'étais sur le point de me rendormir, ça recommençait. Je suis descendue me préparer une tasse de thé et ça s'est calmé. Espérons que cette fois c'est pour de bon.

David et Laurel échangèrent un regard. Celle-ci doutait fortement qu'il s'agît de chiens.

— Vous vous êtes bien amusés ?

— Hein ? fit Laurel, désarçonnée.

— La fête. C'était bien ?

Laurel avait failli oublier.

— Oui, répondit-elle avec un entrain forcé. C'était super. La maison de Ryan est magnifique. Et immense, ajouta-t-elle en espérant qu'elle n'en faisait pas trop. Tu peux retourner te coucher, conclut-elle précipitamment. David et moi, on va regarder un film.

— D'accord, fit Sarah en bâillant. Mais restez tranquilles, compris ?

— Oui, oui, lança Laurel en entraînant David vers le salon.

— Des chiens ? s'exclama-t-il d'un ton dubitatif après qu'ils eurent entendu Sarah refermer la porte de sa chambre.

— Je sais, dit Laurel, inquiète. Les trolls n'ont pas chômé cette nuit.

Elle risqua un œil entre les volets pour scruter l'obscurité et pensa, rongée par la culpabilité, au nombre d'humains et de fées qu'elle avait mis en danger ce soir.

David vint la prendre par la taille pour l'attirer contre lui.

— Non, s'il te plaît, murmura-t-elle.

L'air perplexe, il croisa les bras sur la poitrine.

— Ce n'est pas toi, dit-elle d'un ton apaisant, c'est ma fleur. (Elle gémit.) Elle me fait tellement mal.

Maintenant que l'angoisse de la soirée s'était dissipée, la douleur dans son dos revenait, lancinante. Elle tenta de défaire l'écharpe, mais ses mains tremblaient. Les larmes aux yeux, elle se mit à tirer sur le tissu.

— Laisse-moi faire, dit David avec douceur.

Laurel capitula et se tint tranquille pendant qu'il défaisait les nœuds un par un. Puis il releva le dos de sa blouse et l'aida à déplier ses pétales. Laurel serra les dents et plaqua les paumes de ses mains sur ses yeux pour ne pas gémir de douleur.

— Tu vois des dégâts ?

Comme David ne répondait pas, elle se retourna pour le regarder. Il avait une expression horrifiée sur le visage.

— Quoi ? fit Laurel dans un souffle.

— On dirait qu'il t'a arraché toute une poignée de pétales.

Les yeux écarquillés d'inquiétude, Laurel regarda dans son dos, à l'endroit où les pétales bleu clair auraient dû flotter. Du côté droit sa fleur était intacte, mais de l'autre côté il ne restait rien. Les longs pétales avaient tout simplement… disparu. Une tristesse étrange la submergea. Des larmes roulèrent sur ses joues avant même qu'elle songe à les contenir. Le visage enfoui contre le tee-shirt de David, elle laissa resurgir le désespoir, la terreur et la souffrance qu'elle avait éprouvés tout au long de cette soirée. David enveloppa doucement son dos de ses bras en prenant soin de ne pas toucher sa fleur. Le contact chaud de son torse calma peu à peu les tremblements de Laurel, causés autant par la peur que par le froid, et il appuya contre son front sa joue mal rasée. Laurel songea qu'en ce moment même il n'y avait pas d'autre endroit au monde où elle aurait préféré être.

— Viens, chuchota-t-il en la guidant vers le canapé.

Il s'étendit sur le côté, la laissa se blottir contre lui, la tête posée sur son épaule, et attendit que sa respiration se calme pour reprendre la parole.

— Quelle nuit, pas vrai ?

— Tu l'as dit, grommela-t-elle.

— Alors, qu'est-ce qu'on fait ?

Laurel agrippa sa main.

— Ne pars pas.

— Bien sûr que non, dit-il en la serrant plus fort contre lui.

— Tout ira mieux quand il fera jour, déclara-t-elle en s'efforçant de se convaincre.

— Alors je vais passer la nuit ici. Ma mère comprendra. Je lui expliquerai qu'on s'est endormis en regardant un film.

Laurel bâilla.

— Ce n'est pas très loin de la vérité. Je suis épuisée.

— Et puis, je n'ai pas honte d'admettre que je n'ai aucune envie de remettre le nez dehors ce soir.

— Mauviette, dit Laurel en riant quelques secondes de sa mauvaise plaisanterie avant de bâiller à se décrocher la mâchoire.

David ne pouvait imaginer à quel point il était difficile pour elle de rester éveillée et active à cette heure de la nuit. Elle avait l'impression, telle une passoire, d'être constamment vidée de son énergie sans jamais réussir à refaire le plein. À ce stade, si elle tenait encore debout, c'était seulement au prix d'un effort de volonté considérable.

— Va te coucher, ordonna gentiment David en posant ses mains chaudes sur ses épaules. Je reste ici.

Laurel se nicha contre lui et sentit son corps se détendre. Malgré la douleur et l'angoisse qui la tenaillaient encore, le sommeil ne tarda pas. Elle rêva de trolls armés de couteaux, d'armes à feu, et de Jeremiah Barnes.

Laurel fut réveillée par la lumière du jour. Elle s'efforça de ne pas déranger David, mais il avait toujours eu le sommeil léger. Il ouvrit les yeux, la regarda sans la voir, et parut se rendormir. Quelques secondes plus tard, il les rouvrit pour de bon.

— Je dois rêver, dit-il d'une voix rauque.

— Tu parles, répliqua-t-elle en essayant de rabattre sa blouse. Je n'ose même pas imaginer de quoi j'ai l'air.

Son dos la faisait toujours souffrir, même si la douleur n'était plus cuisante. Elle renonça à rajuster son vêtement.

David sourit en voyant son ventre dénudé et promena les mains sur sa taille et son dos, caressant maladroitement les pétales encore intacts. Laurel se demanda s'il mesurait à quel point ils étaient sensibles, comme un prolongement de sa peau. Parfois il les touchait presque sans y penser. À d'autres moments, elle sentait sa main s'attarder à l'endroit où les pétales étaient repliés sous ses vêtements. Elle avait toujours une impression un peu bizarre quand il la touchait là.

C'était plus intime que de se tenir la main ou même de s'embrasser.

— Ils vont bientôt tomber, non ? demanda-t-il avec une pointe de regret tout en examinant sa fleur.

Elle acquiesça et se tordit le cou pour l'observer à son tour.

— Elle devrait tomber d'ici une semaine ou deux, répondit-elle, sans la moindre trace de regret dans la voix. Peut-être moins, après ce qui s'est passé hier soir.

— Est-ce que c'est vraiment une gêne ?

— Quelquefois, oui.

D'un geste furtif, David porta un pétale à ses narines et en respira le parfum.

— Pourtant, c'est tellement... comment dire... sexy.

— Ah bon ? Mais c'est une... plante.

— Peut-être, mais je n'ai jamais vu de fleur aussi jolie. Ça sent si bon, c'est si doux au toucher ! Et puis, ajouta-t-il, c'est magique. Qu'est-ce qu'il y a de pas sexy là-dedans ?

Laurel sourit.

— Vu sous cet angle, tu as peut-être raison.

— Merci.

— On voit bien que ce n'est pas ta fleur.

— Si, elle est un peu à moi, répliqua-t-il en l'attirant contre lui.

— Seulement parce que je veux bien partager.

David l'embrassa tendrement sur les lèvres et contempla son visage assez longtemps pour la mettre mal à l'aise.

— Ta mère a appelé ? s'enquit-elle pour changer de sujet.

Il secoua la tête.

— Pas encore, mais je ferais mieux d'y aller. En fait, ajouta-t-il en jetant un coup d'œil à l'écran de son téléphone, je n'ai pas de message, c'est donc que je ne lui manque pas encore. Si je me dépêche, elle ne s'apercevra peut-être même pas que je n'ai pas dormi dans ma chambre hier soir. (Il s'étira.) Et, contrairement à toi, je ne suis pas un lève-tôt. Je m'offrirai bien deux heures de sommeil supplémentaires avant d'aller travailler.

— Quels sont tes horaires aujourd'hui ?

— Je travaille seulement de midi à dix-sept heures.

David travaillait dans la réserve de la pharmacie tenue par sa mère. À l'évidence, être le fils de la patronne avait ses avantages. Bénéficiant d'un emploi du temps très flexible, il ne travaillait que deux samedis par mois et un dimanche de temps à autre. Évidemment, Laurel jouissait de conditions similaires et n'aidait ses parents que lorsqu'elle avait besoin d'argent de poche.

— J'imagine qu'il n'y a pas moyen d'empêcher ta mère de sortir le soir ? lança Laurel.

David leva les yeux au ciel. Sa mère était connue pour son tempérament de fêtarde.

— C'était juste une question.

— Tu as toujours la carte de visite de Klea ? demanda-t-il.

Laurel baissa les yeux.

— Oui.

— Je peux la voir ?

Laurel hésita, puis sortit la carte de sa poche. Sous le nom de sa propriétaire, inscrit en grosses lettres noires, figurait un numéro de téléphone. En revanche, la carte ne mentionnait ni adresse ni logo d'aucune sorte.

David prit son téléphone pour ajouter le numéro de Klea à ses contacts.

— Juste au cas où tu la perdrais.

— Je ne risque pas de la perdre.

« Mais je vais peut-être m'en débarrasser », se dit-elle à elle-même. Quelque chose chez Klea mettait Laurel mal à l'aise, sans qu'elle parvienne à savoir quoi. Peut-être que c'était juste ces lunettes ridicules.

— Au fait, reprit-elle après une hésitation, j'ai l'intention d'aller à la propriété aujourd'hui. Demain au plus tard.

David se raidit.

— Pourquoi ?

— Il faut qu'ils sachent ce qui s'est passé, répondit-elle sans le regarder.

— « Ils » ? Tu veux dire Tamani ?

— Et Shar, ajouta-t-elle, un peu sur la défensive.

David enfouit les mains dans ses poches et observa un silence avant de demander :

— Je peux venir ?

— Je préférerais y aller seule.

Il releva brusquement la tête.

— Pourquoi ?

Laurel poussa un soupir et passa la main dans ses cheveux.

— Tamani se comporte bizarrement quand tu es là et, franchement, toi aussi, je trouve. J'ai besoin d'avoir une discussion sérieuse avec eux au sujet de cette Klea, et je n'ai pas envie que vous vous sautiez à la gorge. Et puis, ajouta-t-elle, tu dois aller travailler.

— Je peux m'arranger, rétorqua-t-il d'une voix tendue.

Laurel leva les yeux.

— C'est inutile. Je peux me débrouiller seule. Et tu n'as rien à craindre. Je suis avec toi. Je t'aime. Je ne vois pas ce que je peux dire d'autre pour te convaincre.

— Tu as raison, je suis désolé.

Avec un soupir, il la prit dans ses bras puis recula pour la regarder.

— Je vais être honnête : je n'aime pas quand tu vas le voir. Surtout quand tu es seule ; je préfère être avec toi. (Il hésita.) Mais je te fais confiance, c'est promis. (Il haussa les épaules.) Je suis l'exemple parfait du petit ami jaloux, je suppose.

— Eh bien, je suis flattée, lança Laurel en se hissant sur la pointe des pieds pour l'embrasser. Mais je vais juste parler. (Elle fronça le nez.) Et faire un peu de ménage avant. Il faudrait au moins que j'aère la maison ; personne n'a mis les pieds là-bas depuis des mois.

— Tu y vas en voiture ?

— Eh bien, j'avais l'intention de voler, répliqua-t-elle d'un ton badin en désignant son dos, mais apparemment ça ne marche pas.

— Je suis sérieux.

— D'accord, fit Laurel, incertaine quant à l'issue de cette conversation. Oui, j'y vais en voiture.

Le visage de David se ferma.

— Et s'ils te suivaient ?

— Ça m'étonnerait. D'abord, il fait jour. Deuxièmement, c'est de l'autoroute tout le long ou presque. Et puis, franchement, s'ils me suivaient jusque là-bas, ils auraient une belle surprise à l'arrivée.

— C'est vrai, admit David, les sourcils froncés.

— Je serai prudente. Là-bas, je suis sous protection, et je ne m'arrêterai pas en route.

David l'attira contre lui.

— Je suis désolé de m'inquiéter autant. Je ne veux pas qu'il t'arrive malheur, c'est tout. (Il observa une pause.) J'imagine que tu n'as pas l'intention d'emporter le… truc que Klea nous a donné ?

— Non, répondit Laurel d'un ton tranchant. Ça suffit. Allez, ouste ! ajouta-t-elle en le poussant vers la porte.

— D'accord, d'accord, fit-il en riant. Je m'en vais.

Laurel sourit et l'embrassa une dernière fois.

— Au revoir, chuchota-t-elle.

Il se glissa au-dehors et elle verrouilla la porte derrière lui.

— Je ne pensais pas que j'aurais à te le dire, mais David n'a pas le droit de dormir ici. Je croyais que ça allait de soi.

Laurel sursauta et, tournant la tête, vit sa mère penchée sur la rambarde de l'escalier.

— Désolée. On s'est endormis en regardant le film. Il ne s'est rien passé.

Sa mère rit.

— C'est en dormant que tu t'es décoiffée comme ça ?

La fatigue et le stress associés à l'image qu'elle se faisait de son apparence déclenchèrent chez Laurel une crise de fou rire. Elle essaya en vain de réprimer ses gloussements.

Sa mère descendit les dernières marches ; son expression oscillait entre l'exaspération et l'amusement.

— Je dois vraiment avoir une sale tête, déclara Laurel en passant les doigts dans ses cheveux encore collés par la laque qu'elle avait utilisée la veille.

— Disons juste que tu as connu des jours meilleurs.

Laurel poussa un soupir et prit un soda dans le frigo.

— Je t'assure, on s'est vraiment endormis.

— Je sais, dit sa mère en souriant.

Elle se mit à piler des comprimés de vitamine dans un mini mortier.

— Je suis descendue vous voir vers deux heures du matin.

Elle répartit la poudre de vitamine dans la terre des violettes africaines, un truc qu'elle avait appris quelques années auparavant de la bouche d'un homme qui faisait pousser de la marijuana chez lui. Tout en la regardant faire, Laurel s'aperçut qu'aucune d'elles n'avait eu pour l'autre un mot méchant ou maladroit. Du moins jusqu'alors. Pendant quelques minutes, tout lui avait de nouveau semblé normal. Elle ne savait pas si elle devait s'en réjouir tant que cela durait ou se lamenter sur le fait que cela se produisait de plus en plus rarement. Elle réitéra ses excuses.

— Pardon, maman. La prochaine fois, je le mettrai dehors.

— Oui, s'il te plaît, dit sa mère sur le ton de la plaisanterie.

Laurel se retourna en même temps que sa mère en entendant son père descendre l'escalier. Il sifflotait. Après les avoir saluées, il planta un baiser sur la joue de sa femme en échange d'une tasse de café.

— Vous travaillez aujourd'hui, tous les deux ? s'enquit Laurel.

— On est samedi ? lança sa mère avec une ironie désabusée.

— Pas de paix pour les criminels, répliqua son époux d'un ton sentencieux.

Après avoir échangé un regard, ils rirent et, l'espace d'un instant, Laurel eut l'impression de revenir à l'époque où ils menaient une vie normale, avant qu'une fleur lui pousse dans le dos.

Elle cessa de sourire en s'apercevant que son père l'observait d'un air bizarre.

— Quoi ?

— Qu'est-ce qui est arrivé à ta fleur ? demanda-t-il avec inquiétude. Il te manque des pétales.

La dernière chose dont Laurel avait envie ce matin, c'était d'un conseil de famille au sujet de sa fleur.

— Il leur arrive de tomber, répondit-elle. Ce n'est pas très bon pour eux de les attacher tous les jours. Est-ce que je peux…

— Et si on te dispensait d'école quand tu fleuris, histoire que ça n'arrive pas ? l'interrompit-il.

Laurel vit sa mère ouvrir de grands yeux.

— Non, bien sûr que non. Je contrôle parfaitement la situation. Tout va bien.

— C'est toi qui vois, dit-il à contrecœur.

Il se remit à siroter son café tout en l'observant à la dérobée. Laurel revint au sujet qui la préoccupait.

— Puisque vous travaillez aujourd'hui, ça vous ennuie si je vais faire un tour à la propriété ?

Sa mère lui jeta un regard en coin.

— Pourquoi faire ?

— Un peu de ménage, répondit Laurel en s'efforçant de rester de marbre. Quand je suis revenue au mois d'août, la maison était dans un sale état. Il faudrait vraiment que je m'en occupe avant qu'un clochard décide de s'y installer, expliqua-t-elle avec un rire emprunté.

— Je croyais que c'était à eux de nous éviter ce genre de désagrément, lâcha Sarah.

— Oui, probablement, mais je ne vais pas demander aux sentinelles de jouer les femmes de chambre.

— Ça se comprend, intervint son père. Et cette maison a sans doute bien besoin d'un bon nettoyage.

Il se tourna vers sa femme.

— Tu es d'accord ?

Sarah esquissa un sourire crispé.

— Oui. Bien sûr.

— Merci, murmura Laurel en détournant le regard.

Elle regrettait presque d'avoir demandé la permission.

DIX-HUIT

Laurel resta assise dans sa voiture pendant plusieurs minutes, les yeux fixés sur la maison. Cette maison, c'était quasi la sienne. Elle était souvent passée devant au cours de l'année dernière, en se rendant à Avalon ou en allant voir Tamani à l'automne. Cependant, elle n'avait pas mis un pied à l'intérieur depuis son emménagement à Crescent City, presqu'un an et demi plus tôt. Quand l'herbe n'était pas tapissée de feuilles mortes, elle était envahie par les broussailles, et les buissons avaient tellement poussé qu'ils cachaient les fenêtres de la façade. Laurel soupira. Elle n'avait pas pensé au jardin en rassemblant son équipement de nettoyage. La solution la plus évidente aurait été d'emmener David avec elle pour rapporter une tondeuse à gazon et un taille-haie, mais cela l'eût mise dans une situation pour le moins embarrassante.

Ce serait pour un autre jour ; elle avait suffisamment à faire dans l'immédiat. Elle ouvrit le coffre, en sortit un seau rempli d'éponges, de chiffons et d'autres produits d'entretien.

La porte grinça sur ses gonds. Le fait de déambuler dans une demeure entièrement vide lui parut bizarre. Les maisons étaient censées être remplies d'objets, de musique et d'odeurs. La vaste pièce qui occupait la plus grande partie du rez-de-chaussée lui sembla soudain très nue.

Elle posa le seau sur le garde-manger et alla ouvrir le robinet de l'évier. Après un bref gargouillis, un jet d'eau de couleur rouille s'écoula du bec. Laurel dut la laisser couler pendant un moment avant qu'elle devienne claire. Elle sourit, étrangement réconfortée par le bruit de l'eau courante qui se répercutait sur les murs.

Elle fit le tour du rez-de-chaussée en ouvrant toutes les fenêtres afin d'aérer la maison qui avait été fermée durant des mois. La fenêtre à droite de la porte d'entrée ne voulait pas s'ouvrir, et Laurel se débattit avec la poignée pendant quelques secondes.

— Laisse-moi t'aider, dit une voix tranquille derrière elle.

Bien qu'elle se fût attendue à la venue de Tamani, elle ne put s'empêcher de sursauter. Elle se poussa pour le laisser vaporiser quelques gouttes d'un petit flacon sur chaque montant de la fenêtre puis soulever la guillotine sans effort. Il se tourna vers elle en souriant.

— Et voilà.

— Merci, dit-elle en lui rendant son sourire. Je suis venue faire un peu de ménage.

— Je vois ça.

Il examina la pièce vide.

— Ça fait longtemps que personne n'est venu ici.

Moi-même je n'y avais pas mis les pieds depuis une éternité.

Laurel trouva pesant le long silence qui suivit. Quant à Tamani, il ne semblait pas le moins du monde gêné. Enfin, elle s'avança pour le serrer dans ses bras. Il l'enlaça à son tour, sentit immédiatement sous ses doigts la bosse formée par ses pétales repliés, et recula brusquement.

— Désolé, fit-il précipitamment en croisant les bras sur sa poitrine. Je ne savais pas.

— Ce n'est rien, répondit-elle en tâtant le nœud de l'écharpe au niveau de sa taille. J'allais la défaire après avoir ouvert les fenêtres.

Les pétales se déplièrent dès qu'elle les eut libérés, et elle laissa échapper un soupir de soulagement.

— C'est l'un des avantages à être ici.

Tamani allait sourire, mais son regard tomba sur les pétales.

— Qu'est-ce qui s'est passé ?

— Hum… C'est l'autre raison de ma présence ici. Le ménage, c'est le prétexte que j'ai trouvé pour que mes parents me laissent venir.

Tamani l'écoutait à peine. Il contemplait d'un air horrifié son dos, les poings serrés.

— Comment c'est arrivé ? murmura-t-il.

— Les trolls, répondit calmement Laurel.

— Où ? Chez toi ?

Laurel secoua la tête.

— J'ai été négligente, déclara-t-elle en s'efforçant de minimiser la gravité de la situation. Je suis allée à une fête hier soir. Ils nous ont poursuivis et notre voiture a quitté la route. Mais je vais bien.

— Où étaient passées tes sentinelles ? demanda Tamani d'un ton sévère. Ils ne sont pas là que pour surveiller ta maison, tu sais.

— Je crois qu'ils étaient occupés ailleurs. À mon retour, ma mère m'a raconté que des chiens s'étaient battus derrière la maison.

— Tu aurais pu te faire tuer ! s'écria Tamani ; il jeta un autre regard vers son dos. On dirait que tu l'as échappé belle.

— Une... femme est intervenue juste à temps. Elle a réussi à chasser les trolls.

— Une femme ? Qui ?

Laurel tendit la carte de visite de Klea à Tamani.

— Klea Wilson. Qui est-ce ?

Laurel lui relata les événements de la nuit précédente ; à plusieurs reprises, il l'interrompit pour lui demander des éclaircissements ou des détails. Quand elle eut fini, il lui sembla qu'elle venait de revivre l'intégralité de ce cauchemar.

— Elle nous a forcés à prendre les pistolets avant de partir, conclut-elle. C'était vraiment bizarre. J'ignore qui est cette femme.

— Qui... ?

Tamani s'interrompit et se mit à arpenter la pièce.

— Il n'y a aucun moyen...

Il se remit à faire les cent pas puis s'immobilisa, les bras croisés sur la poitrine.

— Il faut que j'en parle à Shar. C'est... problématique.

— Et moi, qu'est-ce que je dois faire ? s'enquit Laurel.

— Cesser de sortir après la tombée de la nuit ? suggéra Tamani.

Laurel leva les yeux au ciel.

— À part ça, je veux dire, faut-il lui faire confiance ? Si j'ai des ennuis et que les sentinelles ne sont pas dans les parages…

— Elles devraient toujours être là, observa Tamani d'un ton morne.

— Mais dans le cas contraire, si je revois cette femme… est-ce que je dois lui faire confiance ?

— C'est une humaine, non ?

Laurel acquiesça.

— Alors, non, ne nous fions pas à elle.

Laurel le dévisagea, bouche bée.

— Parce que c'est une humaine ? Qu'est-ce que ça sous-entend pour David ? Ou pour mes parents ?

— Alors tu veux lui faire confiance ?

— Non. Peut-être. Je ne sais pas. Tu pourrais invoquer le fait qu'elle pourchasse les non-humains ou qu'elle nous ait donné des armes. Mais tu ne peux pas décréter qu'elle n'est pas digne de confiance simplement parce que c'est une humaine. Ce n'est pas juste.

Tamani leva les bras, dépité.

— Je n'ai pas d'autre critère pour la juger, Laurel.

— Elle m'a sauvé la vie.

— Bon, un point pour elle, lâcha-t-il en venant s'adosser au mur à côté d'elle.

Laurel soupira.

— Pourquoi ça m'arrive maintenant ? lança-t-elle

d'une voix où pointait l'agacement. C'est vrai, il s'est écoulé presque un an depuis Barnes sans qu'il se passe rien. Et paf ! en une nuit : les trolls, Klea, d'autres trolls chez moi. Pourquoi ?

— Eh bien, répondit Tamani après une hésitation, il s'est passé deux ou trois petites choses l'année dernière.

L'air penaud, il poursuivit :

— Nous n'avons pas jugé utile de te parler de tous les trolls qui sont venus t'épier à Crescent City.

— Il y en a eu d'autres ?

— Quelques-uns, oui. Mais tu as raison, il s'agit là de l'attaque la mieux organisée et la plus ciblée dont j'aie été informé.

— Je n'arrive pas à le croire ! s'exclama Laurel. Je n'ai vraiment aucun contrôle sur ma vie.

— Mais non, ne va pas t'imaginer n'importe quoi. La plupart d'entre eux n'ont jamais pu s'approcher de ta maison. Nos sentinelles se sont occupées d'eux. Bref, pas de quoi en faire un plat.

Laurel ricana.

— Pas de quoi en faire un plat ? C'est facile à dire pour toi.

— Tout était sous contrôle.

— Et hier soir ? Vous contrôliez aussi la situation ?

— Non, c'est vrai, admit Tamani. Mais ce genre de choses ne s'était jamais produit auparavant.

— Alors, pourquoi maintenant ?

Il esquissa un sourire las.

— Bonne question. Si je le savais, je pourrais aussi répondre à quelques-unes des miennes. Par exemple :

pourquoi les trolls ont-ils cessé de rôder dans les parages dernièrement ? Comment Jeremiah Barnes a-t-il découvert que la porte se trouvait sur ta terre ? Ou encore, qui donne les ordres à qui dans ce fiasco ? C'est l'un des nombreux mystères qu'on essaie encore d'élucider.

Laurel garda le silence pendant quelques instants.

— Et moi, qu'est-ce que je fais dans tout ça ? finit-elle par demander.

— Je n'en sais rien. Pas de précipitation, en tout cas. Sois prudente et évite de te mettre dans une situation susceptible de faire revenir cette Klea.

— Oh, fais-moi confiance, je ferai tout mon possible.

— Mais dans l'immédiat, tu n'as pas d'autre marge de manœuvre. Je parlerai à Shar. Nous étudierons la question. D'accord ?

— D'accord.

— Merci d'être venue m'en parler, reprit-il. J'apprécie beaucoup ton initiative. Et pas seulement parce que ça me permet de te voir. Bien que ce soit un bonus agréable. Oh, fit-il en fouillant sa besace. J'ai quelque chose pour toi de la part de Jamison.

Il lui tendit un gros sac en tissu. Laurel le prit, jeta un coup d'œil à son contenu et éclata de rire.

— Qu'est-ce que c'est ? demanda Tamani, perplexe.

— Du sucre en poudre. Je fabrique des fioles à partir de ce sucre et mes réserves s'épuisent. Maintenant, j'ai de quoi casser une bonne centaine de fioles, observa-t-elle tristement.

— Ça ne marche toujours pas ? demanda-t-il en s'efforçant de dissimuler son inquiétude.

— Non, répondit-elle d'un ton faussement dégagé, mais je finirai bien par y arriver. Surtout maintenant que j'ai une tonne de sucre à ma disposition, ajouta-t-elle en souriant.

Tamani lui rendit son sourire puis son regard glissa vers les pétales qui dépassaient de son épaule.

— Quoi ? fit-elle en se tordant le cou pour les examiner à son tour.

— Désolé. Ils sont magnifiques et j'ai à peine eu l'occasion de les admirer l'année dernière.

Laurel rit et se retourna pour montrer sa fleur. Quand elle reprit sa position initiale, Tamani examinait consciencieusement son seau rempli de produits ménagers. Elle songea à la conversation qu'elle avait eue avec David, au fait qu'il trouvait sa fleur sexy. Si elle était sexy aux yeux de David…

« Fini de se retourner », se dit-elle.

— Alors, qu'est-ce que c'est que tout ça ? s'enquit Tamani pour combler le silence.

— Des trucs pour faire le ménage. Lave-vitre, nettoyant pour sols, Javel.

Elle ramassa une paire de gants en caoutchouc.

— Et ça, pour ne pas me tacher.

— Je peux te donner un coup de main ?

— Je n'ai apporté qu'une paire de gants, mais… (elle brandit un plumeau à son intention) … tu peux faire la poussière.

— Et si moi je nettoyais pendant que tu fais la poussière ?

— Il s'agit juste d'épousseter. Tu n'auras pas besoin de porter un tablier de soubrette, répliqua Laurel en riant.

Tamani haussa les épaules.

— D'accord. C'est bizarre, voilà tout.

— Qu'est-ce qui est bizarre ?

Laurel remplit le seau d'eau tiède et savonneuse puis enfila ses gants.

— C'est du travail d'ensorceleuse. Ça me fait drôle de te voir faire ça, c'est tout.

Laurel rit et passa un coup d'éponge sur le comptoir poussiéreux de la cuisine.

— Je croyais que ce qui te mettait mal à l'aise, c'était que ce soit un travail de femme.

— Les humains, marmonna Tamani en secouant la tête, l'air navré. J'ai fait le ménage plus d'une fois dans ma vie.

Ils travaillèrent en silence pendant un moment, Tamani ôtant les toiles d'araignée dans les coins tandis que Laurel frottait les placards de la cuisine.

— Tu devrais me laisser t'apporter des produits ménagers d'Avalon si tu comptes faire ça souvent, proposa-t-il. Ma mère connaît une comb… euh, une fée d'automne qui en fabrique des formidables. Tu n'aurais plus besoin de gants.

— Tu allais dire combineuse, le taquina Laurel.

— Je suis un soldat, protesta-t-il d'un ton exagérément solennel. Je passe mon temps avec des sentinelles frustes. Je te prie d'excuser mon comportement grossier.

Laurel leva les yeux ; il l'observait d'un air espiègle, presque moqueur. Elle tira la langue, ce qui le fit rire.

— Eh bien, si ça ne te gêne pas, ce serait gentil de me rapporter ces produits, dit-elle. Comment va ta mère ?

— Bien. Elle voudrait te revoir.

— Et Rowen ? s'enquit Laurel, esquivant la question que supposait sa remarque.

Tamani sourit.

— Elle a participé pour la première fois au Festival de l'Équinoxe. Elle était adorable. Elle tenait la traîne de la fée qui jouait le rôle de Guenièvre dans l'adaptation de *Camelot*.

— Je parie qu'elle était belle à croquer.

— Tu ne crois pas si bien dire ! Tu devrais venir à un festival un de ces quatre.

Cette perspective plut beaucoup à Laurel.

— Un jour, peut-être. Quand la situation sera moins… tu sais.

— Il n'y a pas d'endroit plus sûr au monde qu'Avalon.

— Je sais, dit-elle en jetant un regard furtif par la fenêtre.

— Qu'est-ce que tu cherches ?

— Les autres sentinelles.

— Pourquoi ?

— Ça ne te gêne pas qu'il y ait toujours quelqu'un qui nous épie ?

— Non. Ils sont polis. Ils nous laissent tranquilles.

Laurel eut un rire incrédule.

— Admets-le, si c'était Shar et une fille bizarre, tu les espionnerais.

Le visage de Tamani se figea pendant une seconde, puis il tourna la tête vers la fenêtre, lui aussi.

— Très bien. Tu as gagné.

— C'est une des raisons pour lesquelles je ne suis pas sûre de pouvoir revivre ici. Je n'y serais jamais vraiment seule.

— Il y a d'autres avantages, objecta Tamani, qui ne plaisantait plus qu'à moitié.

— Oh, j'en suis certaine, déclara Laurel, qui n'avait pas relevé le sous-entendu. Mais il faut faire une croix sur son intimité.

Ils se remirent au travail sans un mot. D'abord, Laurel regretta de ne pas avoir apporté un poste de radio. Mais le silence ne semblait pas déplaire à Tamani, et bientôt elle-même se laissa charmer par le souffle du vent dans les arbres.

— Est-ce que c'est difficile ? demanda Tamani sans crier gare.

— Quoi ? fit Laurel en levant les yeux du montant de fenêtre qu'elle était en train de frotter.

— De vivre comme les humains ? Maintenant que tu sais qui tu es ?

Laurel réfléchit un long moment avant d'approuver du menton.

— Parfois, oui. Et toi ? Ce n'est pas dur de vivre dans une forêt toute proche d'Avalon, mais du mauvais côté de la barrière ?

— Ça l'était au début mais je m'y suis habitué. Et je suis vraiment tout près. Je rentre souvent. En outre, j'ai des amis – de mon espèce – en permanence à mes côtés.

Il se tut pendant quelques secondes puis murmura :

— Tu es heureuse ?

— En ce moment ?

Tamani secoua la tête en souriant tristement.

— Je sais que tu es heureuse en ce moment. Je le vois dans tes yeux. Mais est-ce que tu es heureuse quand nous... quand tu n'es pas ici ?

— Bien sûr, répondit-elle précipitamment. Je suis très heureuse.

Elle se détourna pour frotter de plus belle le montant de la fenêtre. Tamani demeura impassible.

— J'ai tout pour être heureuse, poursuivit-elle en s'efforçant de rester calme. J'ai une vie formidable.

— Je n'ai jamais prétendu le contraire.

— Tu n'es pas le seul à pouvoir me rendre heureuse.

Tamani fit la moue.

— J'en ai bien conscience.

— Le monde des humains n'est pas aussi triste et ennuyeux que tu l'imagines. On s'amuse beaucoup et...

Elle chercha ses mots.

— J'en suis ravi, déclara-t-il en se rapprochant d'elle. Je ne te demandais pas de prouver quoi que ce soit. Je voulais juste savoir. Et c'est tout ce que je te souhaite. Je... je m'inquiète pour toi. Inutilement, j'en suis sûr, mais je ne peux pas m'en empêcher.

Laurel se sentit soudain mal à l'aise et s'efforça de se détendre.

— Je suis désolée.

— Tu peux, répliqua-t-il avec un sourire.

Laurel rit en retour. Du coin de l'œil, elle le vit esquisser un geste vers elle, mais sa main retomba et il s'efforça de la glisser discrètement dans sa poche.

— Quoi ?

— Rien, dit-il en faisant mine de retourner à l'autre bout de la pièce.

— C'est à cause de la poussière de fée, c'est ça ?

Laurel se remémorait l'année précédente.

Tamani acquiesça.

— Laisse-moi voir.

Alors qu'elle avait raté le coche à Avalon, aujourd'hui l'occasion était trop belle.

— La dernière fois, tu t'es mise dans une colère noire.

— Oh, je t'en prie. Ne me tiens pas pour responsable de toutes les bêtises que j'ai dites l'année dernière.

Elle le saisit par le poignet et il ne résista pas. Sa main était couverte d'une poudre fine et scintillante. Elle orienta son bras pour l'inspecter à la lumière du soleil.

— C'est très joli.

Alors seulement, Tamani se détendit. Un sourire espiègle éclaira son visage et, du bout du doigt, il dessina une trace argentée sur la joue de Laurel.

— Hé !

D'un mouvement vif, il fit de même sur son autre joue.

— Comme ça c'est symétrique.

Il leva de nouveau la main pour viser son nez, mais cette fois Laurel était prête. Ses doigts se refermèrent autour de son poignet pour l'immobiliser.

— Je suis impressionné, lança-t-il.

Il leva l'autre main si vite que Laurel ne le vit même pas esquisser un geste, et toucha le bout de son nez. Elle lui donna des petites tapes sur les mains tandis qu'il continuait à la barbouiller en riant malgré ses tentatives infructueuses pour l'en empêcher. Il finit par lui maintenir les deux mains le long du corps, et l'attira contre lui. Le sourire de Laurel s'évanouit comme elle levait les yeux, son visage tout près du sien.

— J'ai gagné, murmura-t-il.

Mais avant que ses lèvres aient pu toucher les siennes, Laurel baissa le front et détourna le regard.

— Désolée, chuchota-t-elle.

Tamani hocha la tête et lui lâcha les mains.

— Tu avais l'intention de t'attaquer aussi à l'étage aujourd'hui ? demanda-t-il.

Laurel balaya du regard le rez-de-chaussée à moitié propre.

— Peut-être ?

— Alors je vais rester pour te donner un coup de main, si tu veux bien.

— J'aimerais que tu restes. Mais seulement si tu en as envie.

— J'en ai envie, répondit-il en la regardant fixement. Et puis, ajouta-t-il avec un sourire, tu n'as pas apporté d'échelle. Comment tu comptes atteindre le plafond sans mon aide ? Tu es toute petite.

Ils travaillèrent sans relâche pendant les trois heures qui suivirent. Quand ils eurent terminé, ils étaient fourbus et couverts de poussière, mais la maison était à peu près propre. Tamani insista pour porter le seau en raccompagnant Laurel jusqu'à sa voiture.

— Je te proposerais bien de rester, mais je me sentirais plus tranquille de te savoir rentrée avant le coucher du soleil, dit-il. Surtout après ce qui t'est arrivé la nuit dernière. C'est mieux comme ça.

Laurel acquiesça.

— Et sois prudente, ajouta-t-il. On protège tes arrières autant que possible, mais on ne peut pas faire de miracles.

— C'est promis, lança-t-elle. Je l'ai été jusqu'à présent.

Elle s'immobilisa, et cette fois ce fut Tamani qui s'avança le premier pour la serrer dans ses bras, le visage enfoui dans son cou.

— Reviens vite, murmura-t-il. Tu me manques.

— Je sais. J'essaierai.

À ces mots, elle s'installa au volant de sa voiture et régla son rétroviseur pour le voir l'observer, immobile, les mains dans les poches. Un mouvement imperceptible attira son attention et elle reporta le regard vers un gros arbre situé au bout du terrain. Il lui fallut quelques instants pour repérer l'elfe grand et mince qui se tenait derrière. Shar. Sans faire mine de manifester sa présence, il se contentait de regarder dans leur direction, l'air furieux.

Laurel frissonna. Ce n'était pas à Tamani que son regard noir était destiné, c'était à elle.

DIX-NEUF

Le lundi matin, Laurel poussa la lourde porte à doubles battants du lycée, impatiente de voir David. Entre son expédition à la propriété et la visite de dernière minute que David avait dû rendre à ses grands-parents, ils ne s'étaient pas vus de tout le week-end.

Son sourire disparut quand, en arrivant devant son casier, elle trouva l'endroit désert. La plupart du temps, c'était là qu'ils se retrouvaient. De toute façon, ils se voyaient toujours avant le début des cours. Et après. Et à l'interclasse.

Or, David était introuvable. Elle aurait pu supposer qu'il était en retard, cependant il ne l'avait pas appelée pour la prévenir, comme il le faisait d'ordinaire. Laurel s'efforça de se raisonner. David n'avait pas l'habitude de rater la première sonnerie, mais cela avait parfois lieu. Elle sortit à contrecœur son manuel d'espagnol de son sac en essayant de paraître occupée plutôt qu'avoir l'air de la fille qui n'a rien de mieux à faire que d'attendre son copain devant son casier.

Elle traîna encore une trentaine de secondes avant la dernière sonnerie et courut pour arriver à l'heure en cours d'espagnol.

Elle se précipita hors de la salle à la seconde où le professeur les libéra, mais arrivée devant son casier, elle ne trouva personne. L'angoisse la submergea, elle se rendit au bureau de la vie scolaire en regrettant pour la énième fois de ne pas avoir de téléphone portable. Ses parents avaient les moyens de lui en offrir un, mais sa mère maintenait fermement qu'elle n'en aurait pas besoin avant de partir pour l'université. Ah, les parents !

— Je peux utiliser le téléphone ? demanda Laurel à la secrétaire. Je n'en ai pas pour longtemps.

La secrétaire déposa un sans-fil devant elle. Elle composa le numéro de David et sentit la tension monter à mesure que le combiné égrenait les sonneries. À la quatrième, la messagerie vocale se mit en marche, lui suggérant de laisser un message après le bip, mais que dire ? « Je suis inquiète. S'il te plaît, viens au lycée » ?

Après avoir raccroché sans laisser de message, elle envisagea de sécher les cours et de parcourir la ville en voiture pour le retrouver. En fait, outre le caractère inutile de ce projet, elle avait cours de chimie. Au cas où il arriverait plus tard, au moins si elle était en classe elle le saurait immédiatement.

Le cours lui parut interminable. À mesure que le professeur avançait dans sa leçon sur les ions polyatomiques, Laurel passait en revue des scénarios de plus en plus horribles. David assassiné par des trolls. David enlevé et torturé par des trolls. David kidnappé pour servir de monnaie d'échange. À la fin du cours, tous semblaient non seulement plausibles mais probables.

Laurel se rua dans le couloir, et tomba sur Chelsea qui sortait de son cours d'histoire.

— Tu as vu David ?

Chelsea secoua la tête.

— Je pars toujours du principe qu'il est avec toi.

— Je ne le trouve nulle part, dit Laurel en s'efforçant de maîtriser le tremblement de sa voix.

— Il est peut-être malade, suggéra Chelsea – Laurel devait l'admettre, à raison sans doute.

— Il ne décroche pas son portable. En temps normal, il répond toujours.

— Alors c'est qu'il dort.

— Oui, peut-être.

Laurel retourna chercher son manuel de littérature américaine dans son casier. Elle en contempla la couverture et soudain la perspective de lire un texte écrit un siècle plus tôt lui sembla l'occupation la plus vaine du monde. Elle le remit à sa place et prit son sac à main. Elle devait juste voir s'il était chez lui. Cela ne prendrait pas beaucoup de temps, et si elle se dépêchait un peu, elle ne serait peut-être même pas comptée comme absente. Elle s'apprêtait à refermer son casier quand Chelsea lui tapota l'épaule.

— Le voilà, dit-elle en désignant l'autre bout du couloir.

David marchait dans sa direction, tout sourire, les yeux dissimulés derrière des lunettes de soleil. Sans réfléchir, Laurel courut se jeter dans ses bras.

— Euh… salut, lança-t-il en la dévisageant d'un air interrogateur.

Après l'heure qu'elle venait de passer à s'imaginer sa mort, le ton tranquille de sa voix la mit hors d'elle. L'agrippant par le devant de son tee-shirt, elle le secoua comme un prunier.

— Tu m'as flanqué une peur bleue, David Adam Lawson ! Où étais-tu passé ?

Il jeta un coup d'œil vers la sortie.

— Sortons d'ici, lança-t-il sans daigner répondre à sa question.

— Quoi ?

— On va prendre du bon temps.

Laurel regarda autour d'elle avant de demander à voix basse :

— Tu veux qu'on sèche ?

— Ta prochaine heure de cours, c'est littérature. Tu as combien dans cette matière, vingt ? Allez !

Elle le dévisagea en levant un sourcil sceptique.

— Tu veux sécher les cours pour « prendre du bon temps » ? Qui es-tu et qu'est-ce que tu as fait de mon petit ami ?

David sourit.

— Allez, la pressa-t-il. Juste pour cette fois.

— D'accord, allons-y.

Elle était tellement soulagée de le voir, peu importait où il voulait l'emmener. Elle était partante.

— Super, dit-il en lui prenant la main pour l'entraîner au-dehors. Viens !

Laurel dut admettre que son enthousiasme était

contagieux. Elle se surprit à rire tandis qu'ils se précipitaient vers la voiture de David.

— Où tu m'emmènes ? dit-elle en bouclant sa ceinture de sécurité.

— C'est une surprise, répondit-il avec un soupçon de malice dans la voix.

Il sortit un long morceau d'étoffe de sa poche.

— Ferme les yeux.

— Tu plaisantes !

— Allez, tu me fais confiance, pas vrai ?

Laurel leva la tête. Les lunettes de David reflétaient son visage incrédule.

— Qu'est-ce que c'est que ces lunettes ? Je ne vois pas tes yeux derrière ces verres.

— C'est le but, non ?

— Quoi, d'empêcher ta copine de voir tes yeux ?

— Pas toi en particulier. (Il sourit.) En tout cas, moi, je les trouve plutôt sympas.

— Et moi, je trouverais plus sympa encore que tu me montres tes yeux, David.

Il s'exécuta sans rechigner. En voyant l'expression à la fois douce et grave de son regard bleu, Laurel oublia ses inquiétudes et se laissa bander les yeux.

— Je te fais confiance.

Une fois le bandeau en place, elle se renfonça dans le siège du passager et s'efforça de se concentrer sur les virages que prenait David afin de garder une trace de leur itinéraire. Mais au bout de cinq minutes, elle dut se rendre à l'évidence : il tournait en rond. Bientôt la voiture heurta un trottoir et s'immobilisa. Quelques instants plus tard, David ouvrit sa portière et l'aida à descendre du véhicule, une main sur sa taille et l'autre sur son épaule.

— David, dit-elle après une hésitation, je déteste jouer les rabat-joie, mais j'espère que tu as choisi un endroit sûr. Depuis l'autre nuit… tu sais.

— Ne t'inquiète pas, lui glissa-t-il à l'oreille. Tu es en sécurité.

À ces mots, il ôta le bandeau et, l'espace d'un instant, le soleil aveuglant qui filtrait à travers les feuilles des arbres nimba les lieux d'une lumière irréelle. Ils se trouvaient dans une petite clairière encerclée par les dernières fleurs de l'automne : des rudbeckias orangés, quelques échinacées pourpres et de la sauge de Russie. Au centre de la clairière, sur un épais tapis d'herbe verdoyante, David avait disposé une couverture, deux coussins, plusieurs saladiers de fruits – fraises, nectarines, pommes – et une bouteille de cidre dont les gouttes de condensation scintillaient au soleil. Laurel sourit ; un coup d'œil derrière elle confirma ses suppositions : juste au-delà de la ligne des arbres, elle distinguait son jardin. Effectivement, il n'y avait pas plus sûr, comme endroit.

— David, c'est magnifique ! s'exclama-t-elle en se hissant sur la pointe des pieds pour l'embrasser, soulagée qu'ils soient suffisamment à l'écart de la maison au cas où l'un ou l'autre de ses parents rentreraient pour le déjeuner – ce qu'ils ne faisaient pas en temps normal. Quand t'es-tu occupé de ça ?

— Si tu ne me trouvais pas ce matin, c'est qu'il y avait une raison, dit-il d'un air penaud.

— David Lawson ! s'écria Laurel d'un ton faussement sévère. Où va le monde si le meilleur élève de Del Norte se met à sécher les cours ?

Il haussa les épaules en souriant.

— Il y a des choses plus importantes que ma moyenne trimestrielle.

Après une brève hésitation, Laurel demanda :

— Aurais-je… oublié une date particulière ?

— Non. C'est juste qu'avec tout le stress qu'on a subi récemment on n'a pas vécu beaucoup de bons moments ensemble.

— Je suis sûre qu'on va se rattraper aujourd'hui.

— C'est le but. Installe-toi.

Laurel s'assit en tailleur sur la couverture et David se laissa choir derrière elle.

— Un dernier détail…

Glissant les mains sous le tee-shirt de Laurel, il défit le nœud de l'écharpe pour laisser sa fleur s'épanouir dans son dos.

— C'est beaucoup mieux.

Puis il leur servit à chacun un verre de cidre, et Laurel se blottit contre lui.

— C'est le paradis !

David lui tendit un quartier de nectarine ; elle rit comme il évitait ses mains pour porter le morceau de fruit à ses lèvres, renversa la tête en arrière, bouche ouverte, et se pencha à la dernière seconde pour lui mordre les doigts. Puis, lâchant sa main, elle colla ses lèvres aux siennes. Les doigts de David s'égarèrent sur la bande de peau nue entre son jean et son tee-shirt. Même au bout d'un an, il avait toujours des gestes doux, hésitants comme si le fait de la toucher était un privilège auquel il n'était pas certain d'avoir droit.

Il avait un goût de pêche et de pomme, et l'odeur de l'herbe avait imprégné ses vêtements. Laurel remarquait souvent leurs différences biologiques, mais aujourd'hui il lui semblait qu'ils étaient parfaitement semblables. Au milieu de toute cette nature, David aurait presque pu passer pour quelqu'un de son espèce.

— Comment va ta fleur ? demanda-t-il en caressant doucement ses pétales.

— Mieux, répondit-elle. Les deux premiers jours j'ai eu mal, mais je pense que maintenant ça devrait aller.

Elle se tordit le cou pour essayer de jeter un œil aux pétales abîmés.

— Tout de même, je n'aime pas la manière dont ça cicatrise. Les extrémités sont marron et rabougries. Ce n'est vraiment pas beau à voir.

— C'est parce qu'ils ont été salement amochés, dit David en l'embrassant sur le front. Ils repousseront l'année prochaine, aussi beaux que jamais.

— L'année prochaine ? Je n'arrive même pas à me projeter jusque-là. Parfois j'ai l'impression que cette année ne finira jamais.

— Et l'année dernière ? On ne dirait pas que c'était il y a des siècles ? Il s'est passé tant de choses depuis. (David rit.) Tu aurais pu imaginer il y a un an qu'on serait allongés ici en ce moment même ?

Laurel secoua la tête en souriant.

— L'année dernière à la même époque, je me croyais mourante.

— À ton avis, qu'est-ce qu'on fera l'année prochaine ?

— La même chose, j'espère, répondit-elle en se rapprochant de lui.

— Et sinon ? Ce sera notre dernière année de lycée. On devra choisir notre université.

Laurel sentit son cœur se serrer ; elle détourna le regard. Depuis que Chelsea avait mis cette histoire de tests sur le tapis, ses projets en matière de scolarité étaient devenus un sujet douloureux.

— Je ne crois pas que l'université fasse partie de mes plans.

— Hein ? Pourquoi ?

— J'imagine que ma présence à l'Académie sera obligatoire à plein temps, répondit-elle d'un ton un peu abattu.

David s'appuya sur un coude pour la dévisager.

— Je m'étais toujours dit que tu irais étudier à l'Académie par intermittence, voire à plein temps sur la fin, mais que ça ne t'empêcherait pas de t'inscrire à l'université.

— À quoi bon ? fit Laurel en soupirant. Ce n'est pas comme si j'allais entamer une carrière un jour ou l'autre. Je suis une fée.

— Et alors ?

— Ils veulent que je me comporte comme telle.

David fit la moue.

— On se fiche de ce qu'ils veulent. Toi, qu'est-ce que tu veux ?

— Je… je ne sais pas trop. Qu'est-ce que je pourrais faire d'autre ?

— Tu es bien plus qu'une fée, Laurel. On t'a offert une chance que la plupart de tes semblables n'auront jamais. Celle de vivre comme les humains. Celle d'avoir ce choix-là.

— Mais ils n'en voient pas l'intérêt ! La seule chose qui compte pour eux, c'est que j'apprenne à devenir une fée d'automne et que j'hérite de la terre.

— Peu importe leur avis. C'est toi qui décides. C'est toujours pareil dans la vie. Nous seuls déterminons ce qui est important. (Il observa un silence.) Ne les laisse pas te convaincre que les humains, ça ne compte pas, reprit-il dans un souffle. Si à tes yeux nous sommes importants, alors c'est que nous le sommes bel et bien.

— Mais qu'est-ce que je vais faire de ma vie ?

— Quels étaient tes projets avant d'apprendre que tu es une fée ?

Laurel haussa les épaules.

— Je n'avais pas vraiment décidé. J'avais envie d'être professeur d'anglais ou maître de conférences à l'université. (Elle sourit.) À une époque, j'ai même pensé devenir infirmière. Je ne crois pas l'avoir déjà avoué à quelqu'un.

— Pourquoi ?

Elle leva les yeux au ciel.

— Ma mère en mourrait si je travaillais dans un hôpital. Mais j'ai toujours eu envie d'aider les autres.

— Et médecin, ça t'intéresse ?

Elle secoua la tête.

— Le problème, c'est que je ne suis pas sûre d'être vraiment intéressée par la médecine… ni par l'enseignement, d'ailleurs. Mais les enseignants et les infirmières aident les gens, alors j'avais envisagé d'exercer le même métier qu'eux. Mais je ne sais plus.

— Eh bien, quoi que tu décides, fonce. Mais ce doit être ton choix.

— Parfois... Parfois, je n'ai plus l'impression de contrôler ma vie. Est-ce qu'on me laissera la possibilité de ne pas aller à l'Académie ? C'est le rôle qui m'est destiné depuis toujours.

— Qu'est-ce que tu veux qu'ils fassent ? Qu'ils te traînent de force jusqu'à Avalon ? Ça m'étonnerait qu'ils en arrivent là.

Laurel acquiesça. Il avait raison. Elle aurait peut-être le droit de rester. « Mais est-ce que j'en ai envie ? »

Pour l'instant, tout ce qu'elle voulait, c'était profiter de David. Il fut sur le point d'ajouter quelque chose, mais elle lui ferma la bouche d'un baiser, les bras autour de son cou.

— Merci, murmura-t-elle. C'est exactement ce dont j'avais besoin. Tu devances toujours mes désirs, on dirait.

— Avec plaisir, répondit-il en souriant.

L'odeur des fruits, des pins et de la terre humide embaumait l'air, mêlée aux effluves délicats de la fleur de Laurel. Lorsque David l'embrassa de nouveau de ses lèvres si douces, si tendres, il lui sembla qu'elle était au paradis. Elle aurait voulu rester ainsi pour toujours.

David recula pour la regarder fixement ; elle eut un rire gêné.

— Quoi ?

David, qui d'habitude avait le sourire facile, garda son sérieux.

— Tu es si belle, chuchota-t-il. Et je ne parle pas seulement de ton physique. Tout en toi est admirable. Quelquefois, j'ai peur de me réveiller d'un rêve fabuleux. Et, honnêtement, le fait que tu sois une fée n'arrange pas les choses.

Leurs rires résonnèrent dans la clairière.

— Dans ce cas, répondit Laurel d'un ton taquin, je vais devoir te prouver que je suis bien réelle.

Et à ces mots, elle se pencha pour l'embrasser.

VINGT

Laurel s'abandonna sur son lit, le sourire aux lèvres. Elle venait de passer une journée merveilleuse. C'était une pause bien méritée. Avec un soupir de contentement, elle étendit les bras et sentit un objet griffer son coude. Baissant les yeux, elle vit un carton d'invitation autour duquel était noué un ruban. Elle tressaillit et pria pour qu'il ne s'agisse pas d'une convocation la contraignant à se rendre à l'Académie pour Noël. Si elle avait aimé son été à Avalon, elle n'avait aucune envie de passer toutes ses vacances scolaires à étudier entre quatre murs. Elle avait une vie !

D'un geste hésitant, elle dénoua le ruban. La peur avait laissé place à l'excitation.

Vous êtes cordialement invitée à participer au Festival de Samhain qui célèbre la nouvelle année. Si vous décidiez d'y assister, veuillez vous présenter à la porte le matin du 1er novembre.
Tenue de cérémonie exigée.

Au bas de l'invitation, une note avait été griffonnée d'une écriture enfantine.

Je serai ton escorte. Tam

Et rien de plus.

Elle effleura des doigts ces quelques mots. Ils disaient tant et si peu à la fois. Il n'y avait pas de formule pour clore le message : pas de « Baisers, Tam », de « Ton Tam » ni même d'« Affectueusement, Tam ». En revanche, il avait signé avec son diminutif, sans doute pour le cas où quelqu'un d'autre aurait ouvert l'invitation. Ou peut-être parce qu'il avait remarqué qu'elle ne l'appelait Tam que dans les moments intimes.

Peut-être aussi que ça ne signifiait rien du tout.

D'ailleurs, c'était le cadet de ses soucis. Comment allait-elle se rendre à ce festival ? Elle ne pouvait pas en parler à David. Pas après la façon dont il avait réagi la dernière fois qu'elle avait rendu visite à Tamani. En ce moment, il n'était probablement pas très avisé de lui annoncer qu'elle avait l'intention de passer une journée entière à Avalon sous l'escorte de Tamani.

Mais un festival à Avalon ! C'était une occasion qu'elle ne pouvait pas laisser passer. Elle y serait allée même en l'absence de Tamani.

Elle détestait mentir à David. Dans cette situation, pourtant, c'était la meilleure chose à faire. D'autant que David était fasciné par Avalon. Ce serait presque égoïste de lui parler de ce festival alors qu'il ne pouvait pas s'y rendre. Les fées ne laisseraient jamais un humain pénétrer sur leur terre. Il était donc probablement préférable qu'il n'en sache rien.

Plus Laurel y réfléchissait, plus elle s'angoissait. Elle glissa l'invitation sous son oreiller puis, dans l'espoir de se changer les idées, elle s'installa à son bureau et sortit les composants du verre de sucre. La première fiole vola en éclats – comme un mauvais présage – et Laurel recommença en soupirant.

Le 1er novembre tombait un samedi ; David devrait sans doute travailler, ce qui arrangeait un peu les affaires de Laurel, mais sa vie sociale était assez limitée : quand elle n'était pas à la maison, à l'école ou au travail, elle passait tout son temps avec David. Certes, aussi avec Chelsea quelquefois.

« Chelsea, bien sûr ! » Elle n'aurait qu'à raconter à David qu'elle avait une sortie prévue avec Chelsea. Son enthousiasme retomba bien vite. Chelsea ne mentait jamais pour se couvrir ; elle n'irait certainement pas le faire pour quelqu'un d'autre.

Pourtant, Laurel ne supportait pas l'idée de rater la fête. Si elle ignorait à quoi ressemblait ce genre d'événement, elle savait déjà précisément ce qu'elle porterait. C'était l'occasion rêvée d'exhiber la robe bleu sombre qu'elle avait dénichée vers la fin de son séjour à Avalon. Bien qu'à l'époque elle se soit sentie un peu coupable de prendre cette robe, maintenant il lui semblait qu'elle avait été confectionnée pour elle.

Le sourire aux lèvres, Laurel reposa son tube en diamant et contempla son œuvre. Depuis que la première fiole avait explosé dans sa main, sans réfléchir, elle avait répété des gestes maintes fois exécutés.

Et pourtant, quatre fioles en sucre parfaitement réussies étaient alignées sur son bureau.

Le vendredi suivant, assise au comptoir de la cuisine, Laurel planchait sur ses devoirs d'espagnol. Il ne restait que six semaines avant les examens, et la conjugaison des verbes à l'imparfait demeurait un mystère total. Ses pétales pendaient mollement dans son dos ; deux d'entre eux étaient déjà tombés et Laurel s'en arrangea. Elle en fut moins contrariée que soulagée. Du fait qu'elle était traquée par des trolls, sa fleur représentait un danger. Au cours des dernières semaines, il n'y avait pas eu d'autres alertes, mais désormais, elle et David se montraient extrêmement prudents. Ils passaient le plus clair de leur temps libre chez Laurel, et, même au lycée, elle gardait son kit complet au fond de son sac à dos qu'elle transportait partout avec elle.

Elle travaillait aussi très dur sur ses devoirs d'Avalon. Le succès qu'elle avait remporté au cours de la semaine avec les fioles en verre de sucre avait renouvelé sa confiance en elle ; malheureusement, son euphorie était vite retombée. Ses tentatives pour préparer des potions échouaient décidément. Elle n'avait même pas réussi à fabriquer une autre fiole depuis le lundi. En plus, comme elle avait épuisé sa provision d'ingrédients nécessaires à la fabrication du sérum *monastuolo*, elle en était réduite à tenter sa chance avec des fertilisants et des insecticides, ce qui ne l'aiderait pas beaucoup face à un troll. Cependant, elle ne pouvait pas abandonner ces expériences alors que tant de personnes dépendaient d'elle.

La perspective de la fête d'Halloween le soir même redoublait l'angoisse de Laurel. Elle n'aimait guère l'idée de tous ces gens masqués déambulant dans les rues. Qu'est-ce qui empêcherait les trolls de semer la terreur ? Pour couronner le tout, ses parents s'étaient portés volontaires dans une opération commerciale visant à accueillir les enfants avec des bonbons dans leurs boutiques. Laurel se sentirait beaucoup plus tranquille de les savoir à la maison, là où elle et les sentinelles postées dans les parages pourraient garder un œil sur eux. Mais pour cela il faudrait leur parler des trolls ; or cette révélation risquait fort d'être mal accueillie, tant la mère de Laurel avait eu de mal à admettre l'existence des fées. Non, mieux valait qu'ils restent dans l'ignorance. En outre, les trolls n'en avaient pas après ses parents ; c'était elle qui les intéressait.

Comme si elle avait lu dans ses pensées, la mère de Laurel entra dans la cuisine pour se servir du café réchauffé dans un gobelet.

— Il faut que je retourne à la boutique, annonça-t-elle en détournant ostensiblement les yeux de la fleur de Laurel, ou ce qu'il en restait. Je ne rentrerai pas trop tard. Tu as des amis qui viennent aider à distribuer les friandises, c'est bien ça ?

— Ils seront là dans une demi-heure, répondit Laurel.

C'était son idée d'inviter Ryan et Chelsea. Eux, au moins, elle pourrait les protéger. Même si elle ne pensait pas vraiment que ses amis étaient concernés par la menace des trolls, quelque chose dans l'air, ce soir-là en particulier, la rendait paranoïaque.

— Amuse-toi bien, dit sa mère en rabattant le couvercle de son gobelet.

Elle but une gorgée et fit la grimace.

— Pouah ! c'est infect. Les friandises sont dans le placard du haut, ajouta-t-elle en désignant vaguement l'endroit en question.

— Super, merci d'en avoir acheté, lança Laurel avec un peu trop d'enthousiasme.

— De rien. Il y en a beaucoup pour que vous puissiez en manger, vous aussi.

Sarah parut hésiter, et son regard croisa celui de sa fille.

— Enfin, pas toi, évidemment. Mais, tu sais, David, Chelsea et... Bref, je file.

Elle sortit en hâte de la cuisine pour éviter un silence pesant. Il en allait toujours ainsi : tout se passait bien au début, puis un détail quelconque lui rappelait à quel point leur vie était devenue étrange. Ce genre de situation la déprimait au plus haut point. Elle allait céder à la déception quand sa mère se racla la gorge derrière elle.

— Ta fleur se fane, on dirait, observa-t-elle d'une voix hésitante.

Elle contemplait d'un air étrange les trois autres pétales qui étaient tombés pendant que Laurel faisait ses devoirs. Elle se tut un instant, sembla sur le point de se diriger vers la porte puis se baissa pour en ramasser un. Immobile, Laurel retint son souffle en essayant de se convaincre que c'était de bon augure. Sarah tendit le pétale vers la fenêtre et regarda le soleil briller à travers. Après un autre silence, elle se tourna vers sa fille.

— Euh… ça t'ennuie si je l'emporte avec moi à la boutique ? demanda-t-elle timidement.

— Pas du tout ! s'écria Laurel.

En entendant sa propre voix, trop joviale, trop empressée résonner dans la pièce, elle se ratatina sur son tabouret.

Mais sa mère ne parut pas s'en apercevoir. Avec un hochement de tête, elle rangea soigneusement le pétale dans son sac, puis jeta un coup d'œil à sa montre et laissa échapper un gros soupir.

— Là, je suis vraiment en retard, marmonna-t-elle en s'élançant vers la sortie.

Elle fit deux pas, se ravisa et, comme si elle franchissait une barrière invisible, fit volte-face et serra Laurel dans ses bras.

Cela ne dura que quelques secondes, mais c'était sincère. Sans ajouter un mot, elle s'éloigna en faisant claquer ses talons sur le plancher et ouvrit la porte. Laurel l'entendit claquer derrière elle. Immobile sur son tabouret, elle sourit malgré elle. Ce n'était qu'un premier pas, et dès le lendemain ça ne signifierait peut-être plus grand-chose, mais elle avait envie d'y voir un bon signe. Elle pouvait encore sentir la main de sa mère sur son dos, la chaleur de sa joue, son parfum qui s'attardait dans la pièce, familier comme un ami longtemps perdu de vue de retour à la maison.

La porte d'entrée s'ouvrit à la volée, l'arrachant à sa rêverie et, réprimant un cri de frayeur, elle froissa d'un geste convulsif une page de son livre. En entendant un bruit de pas se rapprocher, elle se recroquevilla sous le comptoir de la cuisine. Était-il possible qu'un troll ait échappé à la surveillance de ses gardes ? Jamison maintenait qu'ils étaient capables de tous les arrêter, hormis les plus costauds – ce qui n'était pas de nature à la rassurer.

Elle songea aux sentinelles postées dehors. Où étaient-elles en ce moment même ? L'intrus s'arrêta au pied de l'escalier. Laurel s'empara d'un couteau de cuisine sur le présentoir.

Elle parviendrait peut-être à surprendre son agresseur en l'attaquant avec le couteau avant de prendre la fuite par la porte de derrière. C'était risqué, mais elle n'avait pas le choix. Si elle arrivait à sortir et à se faire voir des sentinelles, elle serait sauvée. Elle se dirigea vers la porte, le couteau brandi devant elle. Les pas se rapprochaient.

La silhouette familière de David s'encadra sur le seuil. Il poussa un cri de surprise et recula en levant les mains. Laurel se figea sans lâcher son couteau, tandis que la stupeur, l'épouvante, le soulagement et la honte déferlaient successivement en elle. Avec un grognement de dégoût, elle jeta le couteau sur le comptoir.

— Qu'est-ce qui m'arrive ?

— C'est ma faute, dit David en l'attirant contre lui. Je suis en avance. J'ai croisé ta mère dans l'allée, elle m'a dit d'entrer sans frapper. J'aurais dû y réfléchir à deux fois…

— Ce n'est pas toi, David, c'est moi.

— Pas du tout ! Entre les trolls, Halloween, Klea… on est complètement sur les nerfs.

— Je sais bien, murmura Laurel en l'enlaçant à son tour.

Pour changer de sujet, elle ajouta :

— J'ai passé un bon moment avec ma mère juste avant ton arrivée.

— Ah oui ?

— Ça fait presque un an que j'attends un geste de sa part. Peut-être... que c'est un début.

— Ça finira par s'arranger.

— Je l'espère.

— J'en suis sûr, susurra David, la bouche contre son oreille. Tu es trop jolie pour qu'on t'en veuille longtemps.

— Je suis sérieuse ! protesta Laurel, le souffle court, tandis que les lèvres de David progressaient vers son cou.

— Oh, moi aussi je suis sérieux, répliqua-t-il en lui caressant le dos. Très, très sérieux.

Elle rit.

— Tu parles ! Il faut toujours que tu plaisantes.

— Je ne plaisante jamais quand il est question de toi.

Elle se blottit contre lui et il l'enlaça pendant quelques instants avant de s'écarter.

— Qu'est-ce qu'il y a ? demanda Laurel.

David montra le sol près de la porte où deux pétales gisaient sur le carrelage.

— On devrait ramasser ça avant l'arrivée de Chelsea et de Ryan.

— Sans blague ! Dieu merci, d'ici demain ils seront tous tombés.

— On pourrait essayer d'accélérer le processus, suggéra-t-il en désignant le canapé d'un mouvement de tête.

— C'est tentant, mais Chelsea et Ryan seront là d'une minute à l'autre.

— Ça m'étonnerait qu'ils soient gênés, ils passent leur temps à se bécoter au lycée, lança-t-il en souriant.

Laurel le considéra pendant quelques secondes, un sourcil levé.

— OK, fit-il.

Après l'avoir embrassée une dernière fois, il alla ouvrir le frigo.

— Tu ne peux pas boire autre chose que du Sprite ? Du Mountain Dew[1], par exemple ?

— C'est ça, pour que mes yeux et mes cheveux prennent une jolie couleur ? répliqua Laurel d'un ton sarcastique. Et puis la caféine me rendrait malade.

David ouvrit une canette de Sprite et la lui tendit.

— Je ne t'ai pas suggéré d'en boire mais d'en garder au frais pour un éventuel invité.

Il ouvrit une autre canette pour lui et se hissa sur l'un des tabourets.

— Chelsea n'attend pas de nous qu'on se déguise pour distribuer ces bonbons, n'est-ce pas ? demanda-t-il en faisant la grimace.

— Non, j'ai vérifié. Personne ne sera déguisé sauf moi.

— Ah bon, tu te déguises ? lança David d'un ton sceptique.

---

1. Soda de couleur verte. *(N.d.T.)*

— Oui, je me fais passer pour une humaine.

Il leva les yeux au ciel.

— J'ai foncé droit dans le panneau.

Son regard tomba sur le manuel d'espagnol aux pages froissées.

— Tu révisais ? Ton livre en a fait les frais, on dirait.

— Oui, je travaillais, jusqu'à ce que j'essaie de t'assassiner avec un couteau de cuisine.

— C'était marrant, comme jeu. On devrait y rejouer un de ces quatre.

Laurel poussa un grognement et enfouit la tête dans ses mains.

— Dire que j'aurais pu te tuer !

— Tu parles ! répliqua David en souriant. J'étais prêt à te recevoir.

Il dégaina le pistolet que lui avait confié Klea. Laurel bondit de son tabouret.

— David ! Tu apportes une arme chez moi ?

— C'est quoi le problème ? lança-t-il avec désinvolture.

— Emporte ça loin d'ici, David !

— Hé, doucement, dit-il en rangeant le pistolet dans l'étui dissimulé au creux de son dos. Ce n'est pas la première fois. Ta maison est un endroit sûr... Enfin, aussi sûr qu'un autre ces derniers temps. Mais... (il parcourut des yeux la cuisine comme s'il craignait qu'on ne l'écoute) ... Chelsea et Ryan viennent ce soir. Et à force de te voir t'inquiéter au sujet d'Halloween, je m'inquiète, moi aussi. Je voulais être prêt au cas où. Honnêtement, je croyais que tu te sentirais un peu plus rassurée avec ça. À l'évidence, je me suis trompé.

Il soutint sans ciller le regard courroucé de Laurel, qui capitula la première.

— Désolée, c'est juste que je déteste ces machins.

Il hésita.

— Si tu y tiens, je peux le laisser dans la voiture.

L'argument de David tenait la route, mais la haine que Laurel éprouvait pour les armes à feu l'emporta.

— Je préférerais, dit-elle calmement.

Le carillon strident de la sonnette d'entrée la fit sursauter.

— Ils sont déjà là ! s'exclama-t-elle, un peu frustrée. Contente-toi de le cacher où tu peux dans l'immédiat. Je ne veux plus le voir.

Elle allait franchir le seuil de la cuisine quand David la rattrapa par le bras.

— Ta fleur ! chuchota-t-il. Je vais ramasser les pétales tombés par terre.

— Zut ! J'arrive ! cria-t-elle en se tournant vers la porte.

Avec des gestes précipités, elle défit l'écharpe à son poignet et la renoua autour de sa taille pour dissimuler les pétales flétris ; elle ferait un saut dans la salle de bains un peu plus tard pour arranger le tout.

David emporta les pétales hors de la cuisine tandis qu'elle allait ouvrir à Chelsea et Ryan.

— Salut ! lança-t-elle avec un sourire qu'elle espérait convaincant.

Ses invités affichaient tous deux un sourire idiot et arboraient un serre-tête fluo au sommet du crâne, lequel était surmonté de deux gros yeux globuleux fixés à de longues antennes.

Laurel leva un sourcil.

— Impressionnant, observa-t-elle sèchement.

— Pas autant que ça, répliqua Chelsea en désignant quelque chose derrière l'épaule de son amie.

— Quoi ?

Laurel se retourna, paniquée à l'idée d'avoir oublié un pétale. À cet instant, Chelsea lui colla quelque chose sur le front et Laurel se vit affublée d'une paire d'yeux qui se balançaient mollement au-dessus de son crâne.

— Merci bien, fit-elle d'un ton sarcastique.

— Oh, allez, fit Chelsea. C'est drôle, non ?

Laurel interrogea Ryan du regard.

— Je n'y suis pour rien, protesta-t-il. C'était l'idée de Chelsea.

— OK, je le garde, déclara-t-elle avec un sourire complice. Tant que vous en avez aussi apporté un pour David.

Chelsea brandit un quatrième serre-tête.

— Parfait.

Laurel poussa Chelsea à l'intérieur puis referma la porte derrière Ryan, non sans avoir scruté les ténèbres au-dehors.

VINGT ET UN

L'air matinal était froid et sec, et le soleil qui se levait sur l'horizon chargé de nuages se réduisait à une lueur rosée. Laurel frissonna dans sa veste et sortit ses clés de sa poche en essayant de faire le moins de bruit possible.

— Où vas-tu ?

Poussant un cri, elle lâcha ses clés. C'était raté pour la discrétion.

— Désolé, fit son père en passant la tête dans l'embrasure de la porte d'entrée, le cheveu ébouriffé et l'air groggy – il n'avait jamais été du matin –, je ne voulais pas te faire peur.

— Ce n'est rien, dit-elle en se baissant pour ramasser son trousseau. Je vais voir Chelsea.

Elle aurait pu révéler la vérité à son père, mais elle ne voulait pas prendre le risque que David l'apprenne par accident.

— Oh, c'est vrai, tu nous as prévenus hier soir. Pourquoi si tôt ?

Laurel débita son mensonge sans réfléchir ; elle se demanda même si cela ne devenait pas trop facile.

— Chelsea a rendez-vous avec Ryan ce soir. On veut profiter au maximum l'une de l'autre.

— Dans ce cas, file et amuse-toi bien, déclara son père en bâillant. Je retourne me coucher.

Laurel se hâta vers sa voiture et exécuta son demi-tour aussi vite que possible.

Pour finir, elle avait décidé de ne pas mettre David au courant. Il se serait fait trop de souci ; peut-être même qu'il aurait exigé qu'elle décline l'invitation. Ou insisté pour l'accompagner avec son pistolet ridicule.

Elle n'aimait pas l'idée qu'il transporte cette arme partout avec lui. En toute logique, elle ne pouvait pas l'en blâmer : il ne possédait pas même les moyens de défense rudimentaires dont elle disposait. Cependant, la veille au soir, elle l'avait vu porter la main à son étui dès que quelqu'un frappait à la porte. Et comme c'était la soirée d'Halloween, il avait réitéré ce geste toutes les cinq minutes. Elle avait donc bien fait de ne pas lui dire où elle allait. Ils étaient bien trop tendus, tous les deux.

Elle n'avait pas trouvé de bonne excuse pour Chelsea, elle ne lui révélerait donc rien non plus. Avec un peu de chance, David s'apercevrait à peine de son absence et n'irait pas demander des explications à Chelsea. Elle quitterait le festival tôt dans la journée s'il le fallait, pas seulement parce qu'elle voulait être rentrée avant que David termine le travail, mais aussi parce qu'elle préférait être à l'abri chez elle une fois la nuit tombée.

En chemin vers Orick, Laurel ne croisa que quelques voitures, mais garda un œil sur les bas-côtés de la route et dans le rétroviseur afin de s'assurer qu'elle n'était pas suivie. Elle s'arrêta à la seule station-service d'Orick et, après avoir inspecté le parking, elle courut aux toilettes, ouvrit son sac à dos et en sortit la robe. Elle ne l'avait jamais portée sauf pour l'essayer ; maintenant, en passant la tête dans l'encolure et en lissant les plis du tissu sur son corps mince, elle était parcourue de frissons d'excitation. Les derniers pétales étaient tombés au cours de la nuit, et son dos était de nouveau blanc et lisse comme de l'ivoire, à l'exception de la minuscule cicatrice qui était apparue en son milieu, comme l'année précédente. Elle risqua un œil par la porte des toilettes pour s'assurer que le magasin était encore désert, et, chaussée de tongs, elle retourna en courant à sa voiture, faisant bruisser les pans de sa robe contre ses chevilles. Il ne lui fallut que quelques minutes pour atteindre l'allée menant à la maison. Elle se gara derrière un gros sapin afin de ne pas être visible de la route.

Contrairement à son habitude, Tamani l'attendait, non pas à l'orée du bois mais dans le jardin attenant à la maisonnette, adossé au portail, une longue cape sombre jetée sur les épaules, le pantalon rentré dans de hautes bottes noires. Elle sentit son cœur battre en le voyant.

Pour la énième fois, elle se demanda si elle avait eu raison de venir. « Il n'est pas trop tard pour changer d'avis. »

Immobile, Tamani la regarda venir à sa rencontre. Il n'ouvrit pas la bouche jusqu'à ce qu'elle se soit arrêtée à deux pas de lui.

— Je n'étais pas sûr que tu viendrais, dit-il d'une

voix un peu cassée comme s'il avait passé la nuit dans le froid à l'attendre.

Et c'était peut-être le cas.

Elle pouvait encore s'en aller. Il finirait bien par lui pardonner. Elle leva les yeux vers lui. Il se dégageait de son attitude une certaine méfiance, comme s'il sentait qu'elle était à deux doigts de tourner les talons.

Le vent s'engouffra parmi les arbres et rabattit les cheveux de Tamani sur ses yeux. Il glissa une longue mèche derrière son oreille et, au moment où sa main passait devant son visage, il baissa les yeux pour la détailler de la tête aux pieds, ce qu'il ne faisait presque jamais. À cet instant précis, Laurel sentit que quelque chose avait changé, mais elle n'aurait su dire quoi.

— En route pour Avalon ?

Il esquissa un geste en direction des arbres et, la main posée au creux du dos de Laurel, il la poussa doucement devant lui. Elle approchait du point de non-retour ; en son for intérieur, elle le sentait.

Elle regarda Tamani, puis la forêt, et s'avança pour franchir la ligne des arbres.

Les rues d'Avalon étaient en effervescence. Même sous l'escorte de Tamani, Laurel avait du mal à se frayer un chemin parmi la foule.

— En quoi ça consiste, un festival ? demanda-t-elle en contournant un petit groupe qui bavardait au beau milieu de la rue.

— Ça dépend. Aujourd'hui, nous allons au Grand Théâtre d'Été pour voir un ballet. Ensuite nous nous rassemblerons dans les jardins de la communauté ; il y aura de la musique, de la nourriture, des danses. (Il hésita.) Puis les uns et les autres choisiront de rester ou de se disperser, mais les festivités se poursuivront jusqu'à ce que chacun retourne à ses occupations habituelles. Par ici, ajouta-t-il en montrant le sommet d'une petite colline.

À mesure qu'ils gravissaient la pente, le Colisée se découpa sur l'horizon. À la différence de l'Académie, construite pour l'essentiel en pierre, et des habitations des fées d'été, qui étaient en verre, les murs du Colisée étaient constitués d'arbres, comme la maison de la mère de Tamani. Mais leurs troncs à l'écorce noire, au lieu d'être ventrus et creux, étaient longs et aplatis ; ils se chevauchaient pour former une enceinte impénétrable d'au moins quinze mètres, surmontée d'un épais feuillage. Des tentures de soie colorée ainsi que des fresques aux couleurs éclatantes et des statues de marbre ornaient les murs çà et là, donnant un air de fête à l'imposante structure.

L'enthousiasme de Laurel retomba quand ils parvinrent au bout d'une longue file de personnes qui attendaient d'entrer au Colisée. Toutes portaient des tenues élégantes, même si aucune d'elles n'arborait de robe aussi voyante que la sienne. Une fois de plus, elle s'était trompée. Elle se tourna vers Tamani en soupirant.

— Ça va prendre des heures.

Il secoua la tête.

— Ce n'est pas par là que tu entres.

Il indiqua la droite de la file sans cesser de la guider à travers la foule. Ils s'arrêtèrent devant une petite porte voûtée à une vingtaine de mètres de l'entrée principale.

Deux gardes en uniforme bleu foncé en protégeaient l'accès.

— Laurel Sewell, annonça Tamani à leur intention.

L'un d'eux jeta un coup d'œil à Laurel avant de reporter son attention sur Tamani dont, pour une raison mystérieuse, il inspecta les bras avant de demander :

— Un *am fear-faire* qui accompagne une fée d'automne ?

— Un *fear-gleidhidh*, corrigea Tamani, visiblement mal à l'aise. Je suis Tamani de Rhoslyn. Par l'œil d'Hécate, mon brave, je t'ai dit qu'il s'agissait de Laurel Sewell.

Le garde se redressa légèrement et adressa un signe de tête à son compagnon, qui ouvrit la porte.

— Vous pouvez passer.

— *Firglaïde ?* s'étonna Laurel, consciente de mal prononcer ce mot étrange.

Elle se rappelait l'explication que lui avait donnée Jamison à la fin de l'été au sujet d'*am fear-faire*, mais ce mot-ci ne lui disait rien.

— Ça signifie que je suis ton... escorte, répondit Tamani, les sourcils froncés. En lui donnant ton nom humain, j'ai supposé qu'il savait qui tu étais et qu'il ne ferait pas d'histoires. Mais, visiblement, il n'a jamais suivi d'entraînements au Manoir.

— Au Manoir ?

Comment se faisait-il que chaque conversation avec Tamani donne lieu à une leçon de culture féerique ?

— Pas maintenant, dit-il gentiment. Ce n'est pas important.

Et, en effet, dès l'instant où Laurel regarda autour

d'elle, toutes ses questions s'envolèrent et elle poussa un soupir admiratif.

Les murs du Colisée avaient poussé sur la pente de la colline. Elle se tenait maintenant sur une immense mezzanine faite de branches étroitement entrelacées. Hormis trois fauteuils ornés de dorures qu'on avait installés au centre sous un dais, tous les sièges étaient en bois recouvert de soie rouge. À l'évidence, ils avaient été disposés avec beaucoup de soin pour offrir une vue idéale sur la scène.

À quelques mètres de là, Laurel vit des fées s'engouffrer par l'entrée principale et descendre au niveau inférieur, où s'étendait une prairie verdoyante. Il n'y avait pas de sièges sous la mezzanine, et cependant les fées se pressaient gaiement en jouant des coudes pour se rapprocher le plus possible de la scène la plus vaste que Laurel ait jamais vue. Elle était dissimulée derrière des rideaux de soie blanche ornés de minuscules cristaux qui se balançaient doucement dans la brise, projetant des arcs-en-ciel sur le théâtre. Les rayons du soleil brillaient à travers un immense dais en gaze transparente qui gonflait et ondulait sous le vent. Ce procédé permettait d'atténuer la lumière du soleil sans supprimer ses bienfaits.

Partout où son regard se posait, il y avait des diamants scintillants, des tentures en soie, de riches tapisseries retraçant l'histoire d'Avalon. Le moindre recoin sombre était éclairé par des sphères dorées semblables à celle dont Tamani s'était servi sur Laurel un an plus tôt, après son séjour dans le fleuve Chetco. Çà et là, des guirlandes de fleurs ou de fruits ornaient les colonnes de bois ou de pierre.

Laurel prit une grande inspiration et s'avança vers les sièges sans savoir où elle devait s'asseoir. Au bout de quelques secondes, elle se retourna pour chercher des yeux Tamani. Il était resté près de la porte et semblait décidé à n'en pas bouger.

— Hé ! fit-elle en rebroussant chemin. Viens, Tam.

Il secoua la tête.

— Je t'attendrai ici pendant la représentation, puis nous irons ensemble aux festivités.

— Non, protesta calmement Laurel en posant la main sur son bras. S'il te plaît, viens avec moi.

— Je ne peux pas. Ce n'est pas ma place.

— Et moi, je te dis que si.

— Vois ça avec la Reine, répliqua-t-il d'un ton amer.

— J'y compte bien.

La panique perçait maintenant dans la voix de Tamani.

— Non, Laurel. Je ne peux pas venir avec toi. Ça ne ferait que créer des problèmes.

— Alors c'est moi qui vais rester ici avec toi, déclara-t-elle en prenant sa main.

— C'est ici qu'est ma place. La tienne (il montra les sièges tendus de soie rouge sur le devant de la mezzanine) est là-bas.

— Jamison sera là, Tam. Nous insisterons auprès de lui pour que tu sois assis à côté de moi. Je suis sûr qu'il acceptera.

Le regard de Tamani allait de Laurel aux fées

d'automne qui s'installaient sur la mezzanine et aux fées d'été qui affluaient de l'entrée principale.

— Très bien, dit-il en soupirant.

— Merci ! s'écria Laurel.

Sans réfléchir, elle se hissa sur la pointe des pieds pour lui embrasser la joue. Aussitôt, elle regretta son geste et recula d'un pas. Tamani la foudroya du regard. Il était si près d'elle que leurs nez se touchaient presque et qu'elle sentait son souffle sur ses lèvres. Malgré elle, elle se pencha vers lui, mais il se détourna.

— Après toi, murmura-t-il si bas qu'elle l'entendit à peine.

Elle monta les marches menant à la mezzanine, et cette fois il la suivit. Mais le Tamani nerveux, presque effrayé qui lui emboîtait le pas lui faisait l'effet d'un étranger. Sa belle assurance avait disparu ; on aurait dit qu'il essayait de disparaître sous sa cape.

Laurel fit halte, se tourna vers lui et attendit qu'il ait levé la tête pour demander :

— Qu'est-ce qui ne va pas ?

— Je ne devrais pas être ici, chuchota-t-il. Ce n'est pas ma place.

— Ta place est avec moi, déclara Laurel d'un ton ferme. J'ai besoin de toi à mes côtés.

Il baissa les yeux vers elle et elle y lut un effroi qu'elle n'avait jamais vu jusqu'alors, même le jour où Barnes lui avait tiré dessus.

— Ce n'est pas ma place, répéta-t-il. Je ne veux pas être cette personne-là.

— Quelle personne ?

— Celle qui s'accroche à une fille de condition supérieure. Je ne suis pas un de ces animaux consumés par l'ambition, je te le jure. Je voulais seulement qu'on se retrouve après. Je n'avais pas prévu ça.

— C'est parce que tu es une fée de printemps ? demanda Laurel d'un ton cassant.

Le brouhaha de la foule leur permettait d'avoir une conversation relativement privée, mais elle reprit à voix basse :

— Oui, c'est pour ça ! Non seulement ils te considèrent comme un citoyen de seconde classe, mais tu le penses aussi. Pourquoi ?

— C'est comme ça, marmonna Tamani, toujours sans la regarder.

— Eh bien, il faudrait que ça change ! siffla Laurel.

Elle prit Tamani par les épaules pour le forcer à la regarder.

— Tamani, tu vaux deux fois n'importe quelle fée d'automne de l'Académie. Dans tout Avalon, il n'y a personne que je préférerais avoir à mes côtés.

Elle serra les dents avant de poursuivre, sachant qu'elle s'apprêtait à le blesser, mais c'était peut-être le seul moyen de se faire entendre de lui.

— Et si tu tiens autant à moi que tu le prétends, alors ce que *je* pense devrait te préoccuper davantage que ce que *eux* pensent !

Le regard de Tamani s'assombrit. Un long moment s'écoula puis il hocha la tête.

— D'accord, fit-il calmement.

Il se remit à marcher derrière elle en se prenant les pieds dans sa cape noire, l'air maussade mais déterminé.

— Laurel ! cria une voix familière.

Laurel se retourna et aperçut Katya derrière elle, resplendissante dans une robe en soie qui rehaussait sa silhouette. Des pétales rose pâle du même ton que sa robe émergeaient de ses épaules. Ses cheveux blond clair encadraient joliment son visage, retenus par un peigne en argent glissé derrière son oreille gauche. Laurel sourit.

— Katya !

— J'espérais te voir ici ! C'est le meilleur festival de l'année.

— Vraiment ?

— Bien sûr. Il célèbre le début d'une nouvelle ère avec de nouveaux objectifs, de nouvelles matières, de nouvelles répartitions de classe. C'est un moment que j'attends toute l'année.

Elle prit le bras de Laurel et l'attira dans un coin de la mezzanine.

— Je crois que, demain, Mara va enfin devenir *journeyman*, gloussa-t-elle.

Elle jeta un coup d'œil du côté de la fée aux yeux sombres qui avait revêtu pour l'occasion une somptueuse robe violette avec le genre de décolleté plongeant que Laurel n'aurait jamais osé porter en public. Comme Katya, Mara avait fleuri ; sa fleur, une variété à six pétales qui ressemblait à un narcisse, rehaussait la couleur de sa robe.

Laurel se retourna pour s'assurer que Tamani l'avait suivie, et elle lui sourit furtivement.

— Tu l'as amené ici ? demanda Katya dans un souffle.

— Bien sûr, répondit Laurel d'une voix forte.

Katya esquissa un sourire crispé.

— Quelle idiote je fais ! Il te fallait un guide. Tu n'es jamais allée à ce genre de manifestation, je devrais m'en souvenir. On se voit après le spectacle, d'accord ?

Katya agita joyeusement la main et alla se joindre à un petit groupe de fées que Laurel avait croisées, pour la plupart, à l'Académie. Quelques-unes la dévisageaient effrontément. Elle était si occupée à admirer la scène qu'elle n'avait pas remarqué les regards appuyés qu'on lui lançait depuis son arrivée. Il lui fallut un moment pour comprendre pourquoi.

Katya et Mara n'était pas les seules à avoir fleuri. Les fleurs dispersées dans la mezzanine étaient petites et modestes comparées à celles qu'elle avait vues l'été dernier, avec des couleurs uniques et des formes simples, comme la sienne. Mais toutes les fées d'automne présentes étaient en fleur. Toutes, sauf elle.

Laurel songea au climat d'Avalon ; ici, il faisait à peine plus froid qu'à l'occasion de son séjour l'été dernier. Elle se demanda comment les corps de ces fées savaient quand fleurir. Était-ce l'orientation du soleil ? Les changements imperceptibles de température ? C'était logique, un climat tempéré comme celui d'Avalon devait retarder les floraisons automnales, peut-être même les faire durer… Mais pour combien de temps ? Laurel se promit d'en découvrir davantage sur la floraison lors de son prochain été. D'ici là, elle pouvait seulement conclure qu'il y avait une différence entre Avalon et Crescent City. Deux jours de moins, deux degrés de plus, et peut-être ne se serait-elle pas sentie aussi mal à l'aise.

Levant résolument le menton, elle se dirigea vers le balcon. En prenant le bras de Tamani, elle s'aperçut qu'il avait enfilé une paire de gants en velours noir. Il avait dû se faire la même réflexion qu'elle, mais elle préféra éviter d'aborder le sujet avec lui, et se mit à observer la salle en contrebas, s'attardant d'abord sur les ornements puis sur les spectateurs. Leurs tenues étaient beaucoup plus simples, et Laurel ne voyait pas briller beaucoup de bijoux, mais les fées de printemps semblaient toutes d'humeur très joyeuse. On échangeait des accolades, on embrassait les enfants, on se saluait, et même de son poste d'observation, Laurel percevait des éclats de rire.

— Ce sont toutes des fées de printemps ? demanda-t-elle.

— Pour la majorité, oui, répondit Tamani. Il y a aussi quelques fées d'été trop jeunes pour monter sur scène, mais la plupart d'entre elles participent au spectacle.

— Est-ce que… (Elle hésita.) Est-ce que Rowen est là ?

— Oui. Elle est venue avec ma sœur.

À court de mots, Laurel ne put que hocher la tête. Elle n'avait pas pensé qu'en l'accompagnant Tamani se privait de la présence de sa famille. Elle en éprouva de la culpabilité. Il était trop facile de s'imaginer qu'il ne vivait que pour elle et d'oublier qu'il y avait d'autres gens qui l'aimaient.

Le brouhaha cessa soudain, et toutes les personnes

présentes en bas levèrent les yeux avec un air d'expectative.

Tamani prit Laurel par le bras et l'entraîna vers son siège à quelques rangs du centre de la mezzanine.

— Ce doit être les fées d'hiver, dit-il à voix basse. Jamison, Yasmine et Sa Majesté, la reine Marion.

Laurel sentit sa gorge se serrer et, à l'instar de toutes les autres fées, elle se tourna vers la porte voûtée menant à la mezzanine. Elle n'aurait su dire ce qui la surprenait le plus, qu'elles ne soient que trois ou le fait qu'il y ait une troisième personne. Elle s'était toujours figuré qu'il n'y avait que Jamison et cette reine insaisissable.

Un groupe de gardes en uniforme bleu ciel firent leur entrée ; Laurel reconnut ceux qui escortaient Jamison la dernière fois qu'elle l'avait vu. Ils furent immédiatement suivis par Jamison lui-même, en longue tunique vert sombre, qui arborait son éternel sourire pétillant. Il était accompagné d'une très jeune fille, âgée d'environ douze ans, à la peau d'ébène et dont les boucles arrangées avec soin rehaussaient une robe très simple en soie mauve. Puis il sembla à Laurel que l'ensemble des personnes présentes dans le Colisée retenaient leur souffle : la Reine venait de faire son entrée.

Elle était vêtue d'une robe blanche scintillante dont la longue traîne tissée de fils d'argent se soulevait avec la brise. Ses cheveux noirs comme du jais et longs jusqu'à la taille tombaient en cascade sur ses épaules. Sa tête était ornée d'une couronne en cristal de facture délicate à laquelle étaient fixés des rangs de diamants qui se mêlaient à sa chevelure et brillaient de mille feux au soleil.

Mais ce fut son visage qui frappa Laurel.

La souveraine posa sur la foule ses yeux d'un vert limpide. Un tel visage, Laurel le savait, serait beau du point de vue de n'importe quel magazine de mode. Cependant, elle ne put s'empêcher de remarquer ces lèvres pincées, le léger pli qui lui barrait le front et ce sourcil imperceptiblement relevé qui donnaient l'impression qu'elle détestait tous ces gens qui s'inclinaient devant elle. Tous, y compris Tamani. Laurel était donc la seule à ne pas avoir baissé la tête. Elle s'empressa d'imiter ses voisins de peur que la Reine ne s'en aperçoive. Apparemment, celle-ci ne remarqua rien. Son regard passa sur la foule sans s'arrêter et, quelques instants plus tard, les fées d'automne se redressèrent et reprirent leurs conversations.

Dans un froissement de jupes, la reine Marion se dirigea vers le dais abritant les trois sièges qui dominaient le reste de la mezzanine. Laurel regarda Jamison prendre la jeune fille par la main pour l'aider à monter les marches et à s'installer à la gauche de la Reine. Surprenant Laurel en train de l'observer, il sourit et glissa quelques mots à l'oreille de la jeune fille avant de s'avancer vers elle. La foule ne cessa pas de rire ou de bavarder à son arrivée, mais s'écarta discrètement pour le laisser passer.

— Ma chère Laurel, dit-il.

Ses yeux verts comme sa robe étincelèrent.

— Je suis si heureux que tu sois venue.

Il donna une claque sur l'épaule de Tamani.

— Et toi, mon garçon. Cela fait des mois que je ne t'ai pas vu. Tu travailles trop, j'imagine.

Tamani sourit.

— En effet, monsieur. Les mauvais tours que nous joue Laurel ne nous laissent pas une minute de répit.

— Je m'en doute, dit Jamison en riant.

Le son d'instruments à cordes qu'on accordait résonna dans le Colisée.

— Je ferais mieux de regagner ma place, reprit-il.

Mais avant de s'éloigner, il prit doucement le visage de Laurel dans ses mains.

— Je suis ravi que tu aies pu te joindre à nous, murmura-t-il.

Puis il rejoignit la foule dans un bruissement de tissu. Tamani guida Laurel vers leurs sièges à l'autre bout du vaste balcon, où Katya l'attendait.

— Qui est-ce ? demanda Laurel en indiquant de la tête la jeune fille à qui s'adressait Jamison.

— C'est Yasmine. C'est une fée d'hiver.

— Oh. Est-ce qu'elle deviendra reine un jour ?

Tamani secoua la tête.

— C'est peu probable. Elle est trop proche en âge de Marion. Il s'est passé la même chose avec Jamison et Cora, notre précédente souveraine.

— Il n'y a que trois fées d'hiver dans tout Avalon ?

— Oui. Souvent, il y en a moins.

Tamani sourit.

— Ma mère était la *jardinière* attitrée de Marion et de Yasmine. Yasmine est née quelques mois avant qu'elle prenne sa retraite. Rares sont les *jardiniers* qui connaissent l'honneur d'élever deux fées d'hiver dans toute leur existence.

Il tourna la tête vers la jeune fée d'hiver.

— J'ai eu la chance de côtoyer un peu Yasmine avant qu'elle soit envoyée au Palais d'Hiver. C'est une perle. Elle a bon cœur, je crois. Jamison l'aime beaucoup.

À cet instant, une petite fée vêtue avec beaucoup de recherche émergea à l'avant de l'immense rideau qui dissimulait la scène. La foule se tut.

— Tiens-toi prête, chuchota Tamani à l'oreille de Laurel. Tu n'as jamais rien vu de pareil.

VINGT-DEUX

Les rideaux s'écartèrent, révélant une forêt, éclairée par des rayons de lumière multicolores qui dessinaient des cercles sur le sol. Laurel s'aperçut qu'il n'y avait aucun moyen de tamiser la lumière à l'intérieur du Colisée, et qu'en outre ce n'était pas nécessaire. Tous les éléments de la scène semblaient éclairés de l'intérieur et se détachaient avec encore plus de netteté que les environs immédiats de Laurel. Elle resta époustouflée : ce décor était l'œuvre de la magie d'été.

Deux fées s'agenouillèrent au centre de la scène et s'enlacèrent tandis que l'orchestre attaquait un air doux et romantique. Les deux personnages évoquaient des danseurs de ballet. L'homme avait une peau parfaite couleur café, des bras bien dessinés, et les cheveux coupés court, la femme de longs membres graciles et des cheveux auburn tirés en arrière. Le couple se leva et se mit à danser pieds nus.

— Ils n'ont pas de chaussons ? s'étonna Laurel à voix basse.

— Des chaussons ? Qu'est-ce que c'est ?

« Non, évidemment », songea-t-elle. N'empêche, c'était bel et bien un ballet. Les mouvements des danseurs étaient fluides et gracieux, et les sauts et les étirements dignes de ceux de contorsionnistes. Cependant, pour les danseurs vedettes d'un spectacle de si grande importance, ils trahissaient parfois une certaine maladresse. Leurs pieds martelaient le sol et leurs gestes semblaient lourds par moments. Pourtant, ils étaient indéniablement doués. Il fallut quelques minutes à Laurel pour comprendre ce qui n'allait pas.

— Qu'est-ce que c'est que cette barbe ? demanda-t-elle à Tamani.

Le danseur était affublé d'une grosse barbe noire qui se fondait avec son costume, et peu à peu Laurel s'aperçut qu'elle arrivait presque à sa taille.

Tamani s'éclaircit discrètement la voix et, l'espace d'une seconde, Laurel crut qu'il ignorait sa question.

— Tu dois comprendre, dit-il enfin, que la plupart de ces fées n'ont jamais vu d'humain en chair et en os. L'idée qu'elles s'en font est presque aussi fausse que la vision qu'ont les hommes de nos semblables. Les fées sont (il chercha le mot adéquat) intriguées par le fait que les humains ont des poils sur le visage. C'est très animal à leurs yeux.

Tout à coup, Laurel se souvint qu'elle n'avait jamais vu d'elfe avec une barbe. Les joues de Tamani étaient toujours lisses et douces, à la différence de celles de David qui étaient souvent râpeuses. Elle n'avait jamais remarqué ce détail auparavant.

— Les danseurs qui jouent des humains bougent

aussi avec moins de grâce pour signifier qu'ils sont des animaux et non des fées, poursuivit Tamani.

Laurel, qui avait reporté son attention sur la scène, vit les danseurs virevolter avec cette lourdeur à peine perceptible qui caractérisait leurs gestes depuis le début de la représentation. Sachant dès lors que c'était délibéré, elle ne put s'empêcher d'admirer le talent nécessaire pour incarner ce manque de grâce, reléguant dans un recoin de son cerveau les réflexions hargneuses que suscitaient de tels stéréotypes.

Deux autres danseurs barbus firent leur entrée sur la scène, et la femme fit mine de se cacher derrière son partenaire.

— Qu'est-ce qui se passe ? chuchota Laurel.

Tamani désigna le couple.

— Voici Heather et Lotus. Ils s'aiment en secret, mais le père d'Heather que tu vois là-bas (il montra du doigt un elfe d'un certain âge affublé d'une barbe broussailleuse et grisonnante) l'a promise à Darnel. Cette coutume qu'ont les humains d'arranger des mariages pour leurs enfants est ridicule, d'ailleurs.

— Ça ne se fait plus. Du moins chez moi.

— Quand bien même.

Sur la scène, les deux hommes s'éloignèrent tandis qu'Heather et Lotus se livraient à un duo mélancolique. La musique ne ressemblait en rien à ce que Laurel avait déjà entendu, et elle sentit son cœur se serrer pour ce couple maudit par le sort qui dansait magnifiquement sur les notes déchirantes de l'orchestre.

Les lumières éclairant la scène redoublèrent d'intensité

et, après s'être juché sur un rocher, Lotus ouvrit grand les bras pour se lancer dans une tirade complexe.

— Et là, qu'est-ce qui se passe ? s'enquit Laurel, surexcitée, en tirant sur la chemise de Tamani.

— Lotus a décidé de faire ses preuves auprès du père d'Heather en allant cueillir une pomme d'or dans le jardin des Hespérides. Qui est aussi connu sous le nom d'Avalon, ajouta-t-il en souriant.

La scène se vida de ses protagonistes et le décor miroita pendant un bref instant avant de se transformer en un immense jardin rempli de fleurs de toutes les couleurs imaginables. Laurel eut un hoquet de surprise.

— Comment ils ont fait ça ?

Tamani sourit.

— Le plus gros du décor est une illusion. Ce n'est pas pour rien que les fées d'été sont chargées de nos divertissements.

Laurel se pencha pour admirer le nouveau décor, mais déjà un essaim de fées en costumes chamarrés entrait sur la scène en virevoltant. Elle comprit aussitôt à quel point les « danseurs humains » avaient fait montre de maladresse. Le groupe de fées se livra à une chorégraphie complexe avec une grâce qui aurait fait rougir Pavlova[1] en personne. Au bout de quelques minutes, une femme de haute stature en simple justaucorps fit son entrée à droite de la scène. Les danseurs tombèrent à genoux afin de livrer toute l'attention du public au solo de la nouvelle venue. Laurel avait assisté à des ballets de danseurs professionnels à San Francisco, mais

1. Célèbre ballerine russe née à la fin du XIXe siècle. *(N.d.T.)*

rien ne pouvait la préparer au talent à l'état pur dont fit preuve la ballerine vedette.

— Qui est-ce ? murmura-t-elle à l'oreille de Tamani sans quitter la scène des yeux.

— Titania, répondit-il.

— La vraie Titania ? s'exclama Laurel dans un souffle.

Tamani passa un bras autour de ses épaules et se pencha si près que leurs têtes se touchaient presque, mais elle n'y prêta pas attention.

— Non, non, elle joue le rôle de Titania.

— Oh, fit Laurel, un peu déçue de ne pas être en présence d'une figure aussi légendaire.

Au beau milieu d'une magnifique arabesque de Titania, un elfe qui, cette fois, n'était pas affublé d'une barbe, entra à gauche de la scène. Le corps de ballet mima l'agitation, puis se prosterna sur le sol.

— C'est Obéron, n'est-ce pas ? demanda Laurel, se rappelant que ce roi était souvent associé à Titania dans le folklore féerique.

— Tu vois, tu arrives à suivre, chuchota Tamani en souriant.

L'elfe qui jouait Obéron entama son propre solo. Ses mouvements, bien que fougueux et téméraires, voire violents, étaient cependant aussi contrôlés et gracieux que ceux de sa partenaire. Bientôt tous deux s'élancèrent ensemble, chacun s'efforçant de surpasser l'autre tandis que la musique s'enflait jusqu'à ce que, dans une explosion de cuivres, Titania trébuche et tombe par terre. Avec un geste dédaigneux de la main, elle sortit de scène en martelant furieusement le sol de ses pieds, escortée par quelques membres du corps de ballet chassés par les fées d'Obéron.

— Pourquoi sont-ils en colère contre elle ?

— Titania est un personnage très impopulaire dans notre histoire. C'était une fée d'automne – et *unseelie* de surcroît – qui est devenue reine à une époque où il n'y avait pas de fées d'hiver. Obéron est né peu après. Il est monté sur le trône alors qu'il avait à peine vingt ans, soit l'âge d'un enfant en termes de royauté, et pourtant ce n'était encore pas assez tôt au goût de son peuple. Titania est considérée comme la responsable de la pagaille désastreuse qui a sévi à Camelot à cette époque.

— Les trolls... l'ont détruit, c'est bien ça ?

— Exactement. Et les conséquences de cette destruction ont causé la mort du roi alors qu'il venait justement de prouver qu'il était l'un des plus grands souverains de l'histoire d'Avalon. Titania est souvent désignée comme la responsable de cette mort.

— C'est injuste, je trouve.

— Peut-être.

La scène se vida de nouveau et le décor de forêt réapparut. Lotus s'élança, poursuivi par Heather, qui se cachait derrière les arbres chaque fois qu'il se retournait. Ensemble ils décrivirent des cercles erratiques sur scène jusqu'à ce que deux autres personnages fassent leur entrée : Darnel et une fée ravissante.

— Je suis encore perdue, chuchota Laurel tandis que la fée tentait d'agripper Darnel et que celui-ci ne cessait de la repousser.

— C'est Hazel. Elle est amoureuse de Darnel, qui

poursuit Heather de ses assiduités, laquelle aime Lotus, qu'elle veut empêcher d'entreprendre son périlleux voyage vers le jardin des Hespérides. Hazel, elle, veut simplement convaincre Darnel d'être heureux à ses côtés.

Un déclic se fit dans la tête de Laurel au moment où la jolie Hazel se cramponnait désespérément au manteau de Darnel, qui la repoussa brusquement.

— Attends une seconde. C'est l'intrigue du *Songe d'une nuit d'été.*

– Eh bien, c'est ce qui l'a inspirée. Comme la plupart des meilleures pièces de Shakespeare, c'est avant tout une histoire inventée par les fées.

— N'importe quoi !

Comme plusieurs fées tournaient la tête dans leur direction, Tamani fit signe à Laurel de se taire.

— Honnêtement, dit-il à voix basse, tu crois qu'il a trouvé l'histoire de *Roméo et Juliette* tout seul ? Il y a un millier d'années, c'était Rhoeo et Yasmine ; la version de Shakespeare n'est qu'une adaptation médiocre de l'original.

Les yeux de Laurel étaient rivés sur les quatre fées qui se poursuivaient en dansant.

— Comment Shakespeare pouvait-il connaître les histoires contées par les fées ? (Elle se tourna vers Tamani.) Il était humain, n'est-ce pas ?

— Oh, ça oui.

Tamani rit tout bas.

— Il vivait à une époque où les souverains d'Avalon gardaient encore un œil sur les affaires des humains. Si je me souviens bien, ils étaient impressionnés par ses pièces ayant trait à des monarques comme Lear ou Richard. Si ses intrigues étaient ennuyeuses à mourir, son écriture était, elle, magnifique. Aussi le roi le fit venir pour lui demander de mettre ses mots sublimes sur de nouvelles histoires, dans l'espoir qu'il rétablirait en partie la vérité sur la mythologie féerique. *Le Songe d'une nuit d'été* fut la première pièce qu'il écrivit à son retour d'Avalon, bientôt suivie de *La Tempête*. Mais, au bout d'un certain temps, il craignit que le roi l'empêche d'aller et venir à sa guise. Alors il s'enfuit et ne revint plus jamais. Pour se venger, il refusa de mettre d'autres fées dans ses pièces. Il les humanisa à outrance et se revendiqua comme l'inventeur de tous ses écrits.

— C'est bien la vérité ? demanda Laurel, stupéfaite.

— C'est ce qu'on m'a raconté.

L'action se situa de nouveau dans la clairière fleurie, où Puck – un elfe d'automne pétri de dons, comme Tamani en informa Laurel – fut chargé par Obéron de fabriquer une potion afin que Titania tombe amoureuse de la première créature qu'elle verrait, pour la punir d'avoir mal gouverné Camelot. Et, comme c'était un roi bienveillant, il décida aussi d'aider les humains.

— Après tout, expliqua Tamani, il ne pouvait pas les laisser pénétrer dans le jardin des Hespérides pour dérober une pomme d'or, mais il ne voulait pas non plus les renvoyer chez eux sans les récompenser de leurs efforts.

Laurel hocha la tête et reporta son attention sur le ballet. L'histoire se déroula ensuite de façon plus compréhensible, maintenant qu'elle savait de quelle pièce il s'agissait : Lotus et Darnel poursuivaient tous deux

Hazel de leurs assiduités, Heather était privée de son soupirant, et tout le monde se livrait à des pas de danse complexes et endiablés qui donnaient le tournis.

Puis le décor se déplaça de nouveau dans la forêt féerique. Après que Puck eut versé de la potion dans les yeux de Titania, une énorme bête s'avança lourdement. Laurel n'aurait su dire s'il s'agissait d'une illusion ou d'un costume élaboré.

— Qu'est-ce que c'est ? Ce n'est pas censé être un homme avec une tête d'âne ?

— C'est un troll. Il n'existe pas plus grand déshonneur chez les fées que de tomber amoureux d'un troll. Cela ne peut pas se produire, à moins d'être sérieusement dérangé… ou contraint par la magie.

— Et le passage où tous les hommes montent une pièce de théâtre ? C'est de là qu'est censé venir l'homme à la tête d'âne.

— C'est Shakespeare qui a inventé ça. Il n'y a pas de pièce bizarre dans l'original.

— J'ai toujours pensé que c'était le passage le plus mauvais de la pièce. À mon avis, elle devrait s'achever quand les amants se réveillent et qu'ils sont découverts.

— Eh bien, c'est le cas, déclara Tamani en souriant.

Laurel se tut pendant que les danseurs déroulaient l'intrigue. Peu à peu, tout rentra dans l'ordre. Juste avant la scène finale, Titania revint pour interpréter le plus beau solo que Laurel ait jamais vu, sur des notes douces et plaintives. Puis elle se jeta aux pieds d'Obéron pour lui offrir sa couronne.

— Qu'est-ce qui s'est passé ? s'enquit Laurel quand sa danse s'acheva.

Questionner Tamani pendant le solo lui avait été tout simplement impossible ; c'était si beau qu'elle ne pouvait pas détacher les yeux de ce spectacle, même pour une seconde.

— Titania implore Obéron de lui pardonner ses méfaits et lui cède sa couronne. Elle signifie par là qu'elle admet n'avoir jamais été une véritable reine.

— Parce qu'elle a causé la perte de Camelot ?

— Parce qu'elle était une fée d'automne.

Laurel fronça les sourcils, mais le décor changea rapidement. Dans la clairière, les amoureux s'éveillèrent de leur sommeil enchanté et se livrèrent à un joyeux pas de deux, avant d'être rejoints à la fin par le corps de ballet. Lorsqu'ils s'avancèrent pour saluer, le public du rez-de-chaussée se leva d'un seul mouvement pour les applaudir. Tamani se leva de son siège lui aussi et Laurel s'empressa de l'imiter en frappant si fort dans ses mains qu'elles commençaient à lui faire mal.

Tamani la força à se rasseoir en posant fermement la main sur son bras.

— Quoi ? fit-elle en se dégageant.

— Ça ne se fait pas, Laurel, dit-il en jetant des regards furtifs autour de lui. Tu n'as pas à te lever pour des personnes de rang inférieur. C'est réservé à tes semblables ou à tes supérieurs.

Laurel parcourut la mezzanine du regard. Tamani avait dit vrai. Les personnes présentes applaudissaient avec enthousiasme, le visage éclairé par un large sourire, mais personne ne s'était levé hormis elle et Tamani. Elle reporta son attention sur la scène et, sans daigner se rasseoir, se remit à applaudir.

— Laurel ! marmonna Tamani d'un ton sévère.

— C'est le spectacle le plus incroyable qu'il m'ait été donné de voir et j'ai l'intention de manifester mon contentement comme je l'entends, dit-elle tout net.

Puis, avec un bref regard dans sa direction, elle ajouta :

— Tu vas m'en empêcher ?

Renonçant à la faire se rasseoir, Tamani secoua la tête en soupirant. Peu à peu, les applaudissements se turent et les danseurs s'éloignèrent avec des mouvements gracieux tandis que le décor laissait progressivement place à un fond blanc. Une vingtaine d'elfes habillés en vert s'alignèrent au fond de la scène.

— Il y en a encore ? demanda Laurel à Tamani tandis qu'ils se rasseyaient.

— Ce sont des danseurs de feu, répondit-il avec un grand sourire. Tu vas les adorer.

Les battements d'un tambour s'élevèrent, d'abord lents et réguliers. Les elfes s'avancèrent d'un même pas au rythme du tambour. Une fois qu'ils eurent atteint le devant de la scène, ils levèrent les bras et projetèrent des rayons de lumière multicolores vers le ciel. Un instant plus tard, un déluge d'étincelles aux couleurs de l'arc-en-ciel explosa au-dessus de la foule. Son éclat obligea Laurel à cligner les yeux ; c'était bien plus beau que tous les feux d'artifice qu'elle avait pu voir jusque-là.

Un deuxième tambour retentit à un rythme plus rapide et plus complexe que le précédent tandis que, sur scène, les elfes se lançaient dans des acrobaties. Un troisième tambour s'ajouta aux autres, puis un quatrième, et leurs mouvements se firent frénétiques.

Laurel observa, fascinée, les danseurs de feu qui se contorsionnaient et faisaient la culbute avec une adresse remarquable. Chaque fois qu'ils atteignaient le devant de la scène, ils faisaient jaillir d'autres étincelles qui retombaient en pluie sur le public, ainsi que des boules de feu traçant à travers tout le Colisée un sillage scintillant qui s'éteignait de lui-même. Tiraillée entre les acrobates et les feux d'artifice, Laurel regretta de ne pas pouvoir admirer les deux à la fois. Soudain, les battements de tambour s'accélérèrent à tel point qu'elle se demanda comment les elfes parvenaient à suivre le rythme. D'une cabriole, ils se jetèrent sur le devant de la scène, libérant d'un même geste une profusion d'étincelles presque aussi brillantes que le soleil.

Le souffle coupé, Laurel se leva pour les applaudir, comme elle l'avait fait pour les danseurs de ballet. Tamani se leva à son tour, mais cette fois, il ne fit pas le moindre commentaire sur le zèle de sa compagne.

Les danseurs de feu firent la révérence et les applaudissements se turent. Puis les fées d'automne rassemblées sur le balcon se levèrent et commencèrent à gagner la sortie. Laurel vit les fées de printemps en bas faire de même.

Elle se tourna vers Tamani en souriant.

— Oh, Tam, c'était incroyable ! Merci mille fois de m'avoir fait venir.

Elle contempla la scène vide, maintenant dissimulée par les lourds rideaux de soie.

— J'ai passé une journée géniale.

Tamani prit sa main et la posa sur son bras.

— Et ce n'est pas fini !

Laurel leva vers lui un regard surpris et fourragea dans son petit sac pour jeter un œil à la montre qu'elle avait emportée avec elle. Elle avait encore une ou deux heures devant elle. Le sourire aux lèvres, elle s'avança vers la sortie, avec impatience cette fois.

— Je suis prête.

VINGT-TROIS

— C'était génial ! répéta Laurel.

Elle et Tamani se prélassaient, allongés sur des coussins près d'une table basse chargée de fruits, de légumes, de boissons et de miel présentés dans des assiettes multicolores. De la musique leur parvenait de toutes les directions. Autour d'eux, les autres fées dansaient, se reposaient, bavardaient.

— J'ignorais que le théâtre pouvait ressembler à ça ! reprit-elle. Et ces feux d'artifice à la fin ! Ces types sont incroyables.

Tamani rit, l'air beaucoup plus détendu maintenant qu'ils se trouvaient dans un endroit où les classes se côtoyaient plus librement.

— Je suis content que ça t'ait plu. Je n'avais pas assisté aux fêtes de Samhain depuis des années.

— Pourquoi ça ?

Il haussa les épaules et son visage s'assombrit.

— Je voulais être avec toi, répondit-il en évitant le regard de Laurel. Ces fêtes ne revêtaient plus la même importance s'il fallait te laisser derrière les portes. Surtout les réjouissances qui ont lieu au coucher du soleil.

— Qu'est-ce qu'elles ont de particulier ? demanda distraitement Laurel en trempant une énorme fraise dans une soucoupe remplie d'un miel… bleu vif.

— Euh… eh bien, ça risque de te sembler un peu vulgaire.

Laurel attendit, car il avait piqué sa curiosité, puis, comme il se taisait, elle se mit à rire.

— Allez, continue.

Tamani haussa les épaules en soupirant.

— Je croyais t'en avoir parlé l'année dernière. La pollinisation sert à la reproduction. Le sexe, c'est pour s'amuser.

— Je m'en souviens, déclara Laurel, qui n'était pas sûre de voir le rapport.

— Bref, lors de grandes fêtes comme celle-ci, les gens… s'amusent.

Laurel ouvrit de grands yeux et s'esclaffa.

— Vraiment ?

— Allons, les humains font la même chose !

Laurel était sur le point de lui répondre par la négative lorsqu'elle se remémora la tradition du Nouvel An, consistant à embrasser quelqu'un aux douze coups de minuit. Même si ce n'était pas tout à fait pareil…

— Je suppose que oui.

Elle regarda la foule autour d'elle.

— Alors tout le monde s'en fiche ? Ces gens ne sont pas censés être mariés pour le plus grand nombre ?

— Pour commencer, on ne se marie pas à Avalon. On s'unit sans prêter serment. Et, généralement, on ne le fait que pour élever des enfants. Or, d'habitude, les fées attendent d'avoir atteint au moins… (il se tut pour réfléchir) … quatre-vingts ans, voire un siècle d'existence pour envisager ce genre de chose.

— Mais…

Laurel s'interrompit et détourna la tête.

— Mais quoi ? la pressa-t-il doucement.

Après un moment d'hésitation, elle demanda :

— Il n'y a pas de gens de notre âge qui décident de s'unir ?

— Non, c'est très rare.

Tamani parut comprendre ce qu'elle lui demandait sans oser le questionner de façon directe. Il plongea son regard dans le sien, si bien qu'elle finit par baisser les yeux.

— Mais ça ne signifie pas qu'ils ne sont pas liés, poursuivit-il. Beaucoup ont des relations sérieuses. Certes pas la majorité, mais c'est une pratique courante chez nous. Mes parents étaient ensemble depuis soixante-dix ans quand ils se sont unis. Nos unions diffèrent un peu du mariage humain. Elles ne sont pas seulement un gage d'amour, elles marquent l'intention de fonder une famille, de créer un groupe social.

Laurel gloussa, dans l'espoir de dissiper la tension qui planait au-dessus d'eux.

— C'est drôle d'imaginer des fées avoir des enfants à cent ans.

— Ici, c'est à peine l'âge mûr. Après avoir atteint l'âge adulte, la plupart d'entre nous changent peu jusqu'à l'âge de cent quarante ou cent cinquante ans. Ensuite, on vieillit vite… enfin, d'après nos critères à nous. En moins de vingt ans, on peut passer de la physionomie d'un homme de trente ans à celle d'un vieillard.

— Est-ce que tout le monde vit jusqu'à deux cents ans ? s'enquit Laurel.

L'idée de vivre deux siècles lui semblait ahurissante.

— Plus ou moins. Certains vivent plus longtemps, d'autres moins, mais d'ordinaire l'écart est moindre.

— Les gens ne meurent pas de maladies ?

— Presque jamais.

Tamani se pencha pour lui toucher le bout du nez.

— C'est pour ça que tu es là.

— Qu'est-ce que tu veux dire ?

— Je ne parle pas de toi en particulier, mais des fées d'automne. C'est comme si tu disposais des meilleurs... Zut, comment appelez-vous ça ? Des hôtels ? (Il poussa un soupir.) Aide-moi : ces endroits où l'on met les gens quand ils sont malades.

— Des hôpitaux ? suggéra Laurel.

— Oui.

Tamani secoua la tête.

— Pff, ça faisait longtemps que je n'avais pas oublié un mot humain. Nous parlons tous anglais, mais le jargon spécifique aux hommes est parfois à lui seul une autre langue.

— Tout à l'heure, tu ne t'es pas exprimé en anglais avec les gardes, observa Laurel.

— Tu as vraiment envie d'une autre leçon d'histoire aujourd'hui ? la taquina Tamani.

— Pourquoi pas ? lança-t-elle en savourant un quartier de nectarine mûre à point. Apparemment, le temps des récoltes ne prenait jamais fin à Avalon.

— Eh bien, c'était du gaélique. Au fil des siècles, nous avons beaucoup côtoyé le monde des hommes grâce aux portes. *Am fear-faire*, par exemple, est le mot gaélique pour « sentinelle », que nous avons emprunté aux humains il y a bien longtemps, à l'époque où ils parlaient encore le gaélique couramment. De nos jours, c'est surtout un terme employé par souci d'étiquette.

— Et pourquoi tout le monde parle anglais ? Il y a aussi des portes en Égypte et au Japon, non ?

— Et en Amérique, au cas où tu l'aurais oublié, répliqua Tamani en souriant. Nous avons eu autant de contacts avec les Amérindiens qu'avec les Égyptiens ou les Japonais. (Il rit.) Au Japon, nous avons beaucoup côtoyé les Aïnous, qui vivaient là avant l'arrivée des Japonais. Mais même les Aïnous n'ont jamais compris que nous étions là bien avant eux.

— Depuis des centaines d'années ? hasarda Laurel.

— Des milliers, déclara Tamani d'un ton solennel. Les fées sont bien plus anciennes que la race des humains, mais ceux-ci se sont reproduits et disséminés beaucoup plus rapidement que nous. Ils sont plus robustes et certainement plus à même de survivre à des températures extrêmes. Ce n'est qu'avec l'aide des fées d'automne que nos sentinelles parviennent à endurer les hivers de la porte d'Hokkaido. C'est ainsi que les hommes en sont venus à dominer le monde. Nous devons donc apprendre à vivre parmi eux, du moins un peu. Or, le langage est une grande partie de cet apprentissage. Nous possédons un centre de formation en Écosse où, comme tu le sais, on parle anglais. Toutes les sentinelles qui sont en contact avec le monde des humains sont obligées de passer au moins deux semaines là-bas.

— Alors toi et Shar, vous y avez séjourné ?

— Oui, entre autres.

Tamani s'animait de plus en plus et parlait sans la retenue qui affectait toujours son comportement dès qu'il posait un pied à Avalon.

— Les opérations sous couverture sont généralement menées par des fées d'été, et les fées d'automne ont rarement besoin d'un ingrédient qui ne pousse pas chez nous. Le Manoir est construit à proximité de la porte, au milieu d'une immense réserve de chasse ; donc, en même temps qu'il garde la porte, il permet de rester en contact avec les affaires humaines, et ce en toute sécurité. Notre peuple en a fait l'acquisition voilà des siècles en s'y prenant de la même manière qu'avec ta terre.

L'enthousiasme de Tamani fit sourire Laurel. Manifestement, il en savait plus que les autres fées au sujet du monde des humains, non seulement parce qu'il y vivait mais aussi parce qu'il avait consacré son existence à l'observation des hommes.

« Et il l'a fait pour me comprendre. » Il avait bel et bien passé des années à s'efforcer de cerner l'humaine qu'elle deviendrait. Elle avait sacrifié ses souvenirs, quitté Avalon sur les ordres de l'ancienne reine, et pourtant Tamani l'avait suivie à plus d'un égard. Ce constat lui sautait maintenant aux yeux.

— Bref, conclut-il, depuis des siècles le Manoir est notre principal lien avec le monde extérieur, donc il est normal que nous parlions la langue des hommes qui vivent à proximité. Cela dit, même les experts du Manoir se trompent encore lourdement sur tel ou tel mot, alors j'imagine que j'ai le droit d'en oublier un de temps en temps.

— Je trouve que tu te débrouilles comme un chef, déclara Laurel en lui touchant le bras.

Presque instinctivement, il posa sa main sur la sienne. Ce geste aurait pu sembler parfaitement inoffensif, mais Laurel savait qu'il n'en était rien. Elle leva la tête et leurs regards se croisèrent. Un long silence s'installa et, au bout de quelques secondes, Laurel retira sa main. Si l'expression de Tamani ne changea pas, elle ne put s'empêcher de s'en vouloir.

Elle tenta de cacher sa gêne en se versant un verre avec le premier pichet qui lui tomba sous la main, et but une grande gorgée. La boisson avait un goût très sucré.

— Qu'est-ce que c'est ? demanda-t-elle en examinant le contenu de son verre, d'une belle couleur rubis.

— De l'amrita.

Laurel fit une moue dubitative. Elle sentait déjà le breuvage lui monter à la tête.

— C'est du vin féerique ?

— Si on veut. C'est un nectar préparé avec les fleurs d'Yggdrasil, l'Arbre du Monde. On n'en boit que pendant les réjouissances de Samhain. C'est la façon traditionnelle de fêter le Nouvel An.

— C'est délicieux.

— Je suis content que tu l'apprécies, déclara Tamani en riant.

Laurel poussa un soupir.

— Je me suis gavée.

Seule la nourriture d'Avalon poussait parfois Laurel à manger jusqu'à en avoir mal au ventre. Et elle avait atteint ce stade.

— Tu as terminé, alors ? demanda Tamani d'une voix de nouveau hésitante.

— Oh que oui ! s'exclama-t-elle en se renfonçant dans ses coussins.

— Accepterais-tu… (Il se tut et regarda vers le centre de la prairie.) Accepterais-tu de m'inviter à danser ?

Laurel se redressa brusquement.

— Est-ce que j'accepte de t'inviter à danser ?

Tamani baissa les yeux.

— Pardon si je me suis trop enhardi.

Furieuse, Laurel l'entendit à peine.

— Même à une fête, tu ne peux pas simplement m'inviter à danser ?

— C'est un non ?

Quelque chose dans le ton de Tamani changea l'exaspération de Laurel en tristesse. Ce n'était pas sa faute. Pourtant, elle détestait l'idée que, même avec elle, il se sente prisonnier de règles sociales ridicules. Relevant le menton, elle refoula son indignation. Elle n'avait pas l'intention de le punir.

— Tamani, tu aimerais danser ?

Le regard de l'elfe s'adoucit.

— Avec plaisir.

Laurel jeta un œil vers les danseurs et parut hésiter.

— Je ne sais pas trop comment m'y prendre, dit-elle timidement.

— Je peux te montrer… si tu veux.

— D'accord.

Tamani se leva et lui offrit sa main. Il s'était débarrassé de sa cape, mais il avait toujours ce pantalon de cérémonie et ces bottes noires qu'il portait avec une ample chemise blanche ouverte sur son torse tanné. Il ressemblait au héros d'un film. Laurel sourit et prit sa main.

Ils se rapprochèrent d'un groupe de musiciens qui, pour la plupart, soufflaient dans des flûtes que Laurel ne parvint pas à identifier. Tamani la guida en lui montrant des pas de danse dont elle eut l'impression de se souvenir. Bientôt, ses pieds bougèrent avec une grâce dont elle ne se serait jamais cru capable. Elle sautillait, levait la jambe, virevoltait comme les autres couples et si elle ne dansait pas tout à fait avec la même grâce, au milieu des humains, dans une situation semblable, elle aurait été parfaitement à la hauteur. Elle dansa sur une chanson, puis deux, puis trois, jusqu'à en perdre la notion du temps. La prairie odorante se remplit peu à peu, les fêtards abandonnaient leur repas pour se joindre aux danseurs, et bientôt Laurel fut cernée par un océan de membres graciles et de corps harmonieux qui se balançaient au rythme de la musique enivrante des fées d'été, leurs vêtements légers agités par la brise tiède du printemps éternel d'Avalon.

Tamani fit virevolter Laurel jusqu'à ce que la tête lui tourne et que, hors d'haleine, elle s'avachisse contre son torse en riant. Il lui fallut un moment pour prendre conscience qu'ils étaient collés l'un à l'autre. C'était une sensation tout autre de se blottir contre David, ne fût-ce que parce que Tamani était beaucoup moins grand.

Laurel sentit son étreinte se resserrer autour d'elle. Il l'aurait probablement lâchée si elle le lui avait demandé, mais elle n'en avait aucune envie. Les doigts de Tamani caressèrent ses cheveux puis s'attardèrent sur sa nuque. Il appuya son nez sur sa joue, et elle sentit son souffle sur son visage tandis que, du bout des doigts, elle cherchait la peau nue entre les attaches de sa chemise.

— Laurel, murmura-t-il d'une voix à peine audible.

Et avant qu'elle songe à protester, il l'embrassa. Comme ses lèvres étaient douces et tendres ! Les musiciens attaquèrent une valse tranquille et il sembla à Laurel que la terre ralentissait sur son orbite jusqu'à s'arrêter, l'espace d'un instant, juste pour elle et Tamani.

Mais elle détourna la tête et l'illusion vola en éclats. Elle s'éloigna à grand-peine, laissant derrière elle la prairie, les danseurs et Tamani.

Dans son esprit, la colère le disputait à la confusion. Tamani la suivit en silence.

— Je dois y aller, lança-t-elle sans se retourner.

Et ce n'était pas une vaine excuse. Elle avait dansé trop longtemps, elle devait rentrer. Se dirigeant vers ce qui lui sembla être la sortie, elle attendit, optimiste, que Tamani la rattrape par la taille pour la mettre gentiment sur la voie, comme il l'avait fait maintes fois par le passé. Peine perdue.

— Tu pourrais au moins t'excuser, marmonna Laurel.

Son humeur s'était assombrie sans qu'elle sache vraiment pourquoi.

— Je ne suis pas désolé, répliqua-t-il, pas le moins du monde repentant.

— Eh bien, tu devrais ! s'exclama-t-elle en faisant volte-face.

— Pourquoi ? fit-il d'un ton insupportablement calme. Parce que j'ai embrassé la fille dont je suis amoureux ? Je t'aime, Laurel.

Elle s'efforça de ne pas se laisser perturber par cette déclaration, mais elle ne s'y attendait pas du tout. Il lui avait fait connaître ses intentions – de manière très directe parfois –, mais il ne lui avait jamais dit de but en blanc qu'il l'aimait. Or, ces mots donnaient un autre poids à leurs rapports de séduction. Ils les rendaient trop lourds de conséquences. Ils les apparentaient à de la tromperie.

— Combien de temps vais-je attendre, les bras ballants, que tu reviennes à la raison ? J'ai été patient, Laurel.

Il la prit doucement par les épaules et la regarda droit dans les yeux.

— Et je suis fatigué d'attendre.

— Mais David…

— Ne me parle pas de David ! Si tu ne veux plus que je te touche parce que tu n'aimes pas ça, alors dis-le ! Mais n'attends pas que je m'inquiète des sentiments de David. Je me fiche de ce qu'il ressent, Laurel. C'est toi qui m'importes. Et quand tu me regardes avec cette douceur dans le regard, poursuivit-il en la serrant plus fort, et que tu sembles n'espérer qu'une chose, c'est d'être embrassée, alors je t'embrasse, et que David aille au diable, conclut-il d'un ton tranquille.

Laurel se détourna, la tête bourdonnante.

— Tu n'as pas le droit, Tam.

— Qu'est-ce que tu veux de moi ? s'écria-t-il d'un ton si vulnérable qu'elle eut toutes les peines du monde à le regarder dans les yeux.

— Je te demande d'attendre.

— D'attendre quoi ? La mort de tes parents ? Celle de David ? Qu'est-ce que je suis censé attendre, Laurel ? s'exclama-t-il avec un accent plaintif.

Laurel se remit en marche en s'efforçant d'oublier tout ce qu'il venait de dire. Parvenue au sommet d'une colline, au lieu de trouver un paysage familier de maisonnettes, elle vit une plage d'un blanc immaculé. Des vagues bleu saphir venaient en lécher le bord. Quelque chose clochait dans ce panorama ; Laurel ne décelait pas l'odeur de l'océan, mais elle ne pouvait pas faire demi-tour car Tamani était juste derrière elle. Aussi elle continua sa route en enfonçant les pieds dans le sable scintillant, cristallin.

Arrivée au bord de l'eau, elle s'arrêta, les bras croisés sur la poitrine. Elle n'avait nulle part où aller. Le vent ramenait ses cheveux sur son visage.

— Je n'aime pas que tu t'éloignes trop, dit Tamani après un long silence.

Il n'y avait plus d'amertume dans sa voix.

— Je m'inquiète, poursuivit-il. Je sais que tu as des gardes mais… Je préférais quand tu vivais sur la propriété. Je n'aime pas l'idée de confier ta vie à d'autres sentinelles. J'aurais… j'aurais voulu m'en charger moi-même.

Laurel secoua la tête.

— Ça n'aurait pas marché.

— Tu ne me crois pas à la hauteur de cette tâche ? demanda-t-il en la regardant avec une expression solennelle qui déplut à Laurel.

— Ça n'aurait pas marché, répéta-t-elle, consciente de ne pas tenir le même raisonnement que lui.

— Tu ne veux pas de moi dans ton monde, répliqua-t-il tout bas.

La vérité contenue dans cette accusation lancée à mi-voix blessa Laurel, qui détourna la tête.

— Si je m'immisçais dans ta vie d'humaine, tu serais probablement obligée de prendre une décision, et c'est justement ce qui te fait peur. En ce moment, tu as le meilleur des deux mondes. Tu as ton David.

Il prononça ce nom avec colère et dédain. Pourtant, c'était toujours préférable à la tristesse que Laurel avait décelée dans son intonation un peu plus tôt. Elle aurait presque préféré qu'il se mette à crier.

— Et puis, quand tu reviens, tu peux m'avoir quand ça te chante. Je suis à ta disposition, et tu le sais. Est-ce qu'il t'arrive de tenir compte de mes sentiments ? Chaque fois que tu pars, que tu retournes auprès de lui, tu me brises le cœur. Parfois… (Il soupira.) Parfois, je préférerais encore que tu ne reviennes pas. (Il laissa échapper un grognement de frustration.) Non, ce n'est pas ce que je veux en réalité, mais c'est si dur quand tu t'en vas, Laurel ! Si seulement tu t'en rendais compte !

Une larme roula sur la joue de Laurel, qu'elle essuya d'un revers de main.

— Je ne peux pas rester. Si je reviens… chaque fois que je reviens, c'est pour repartir un jour ou l'autre. Il vaudrait peut-être mieux pour toi que je ne revienne plus.

— Tu es obligée de revenir, protesta Tamani d'une voix chargée d'inquiétude. Tu dois apprendre à devenir une fée d'automne. C'est ta destinée.

— J'en sais assez pour rester à l'écart pendant quelque temps. Ce dont j'ai besoin maintenant, c'est de pratique, et je peux faire ça chez moi.

Comme ses mains tremblaient, elle croisa les bras pour les cacher.

— Ce n'est pas ce qui est prévu ! s'exclama Tamani presque sur le ton de la réprimande. Tu es censée revenir régulièrement.

Laurel s'efforça de s'exprimer calmement, froidement.

— Non, Tamani. Rien ne m'y oblige.

Leurs regards se rencontrèrent. Laurel capitula la première.

— Il faut que j'y aille. Il vaut mieux que je sois rentrée avant la tombée de la nuit. J'ai besoin de toi pour me montrer le chemin jusqu'à la porte.

— Laurel…

— La porte ! ordonna-t-elle, sachant qu'elle ne pouvait supporter d'entendre ce qu'il avait à lui dire.

Sans comprendre comment, elle avait gâché leur journée, et alors elle ne songeait qu'à y mettre un terme.

Tamani se raidit ; la défaite se lisait sur son visage. Laurel se détourna. Elle n'avait pas le courage de le regarder. Il se mit en route en la poussant devant lui, les doigts posés sur sa taille.

Arrivé devant les murailles de pierre qui cernaient les portes, il adressa un signal aux gardes postés à l'entrée et l'un d'eux s'éloigna en courant.

— Je… je veux juste que tu sois en sécurité, dit-il après un silence, l'air penaud.

— Je sais, murmura Laurel.

— Et cette Klea ? Tu l'as revue ?

Laurel secoua la tête.

— Comme je te l'ai dit, je ne suis pas sûre de pouvoir lui faire confiance.

— Est-ce qu'elle sait pour toi ?

— Bien sûr, Tamani. J'ai craché le morceau dès l'instant où je l'ai vue, répliqua Laurel d'un ton sarcastique. Non, elle n'est pas au courant, évidemment ! J'ai été très prudente…

— Parce que si elle l'apprend, reprit-il sans écouter sa réponse, ta vie sera en danger.

— Elle ne se doute de rien ! cria Laurel.

Les gardes tournèrent la tête dans sa direction, mais cela ne l'empêcha pas de poursuivre.

— Et même, qu'est-ce que ça change ? Elle ne va pas me tuer pour autant.

Elle s'étonnait de défendre la position inverse de celle qu'elle avait choisie quelques semaines plus tôt face à David, mais la logique n'avait plus de prise sur elle, apparemment.

— Tout va bien ! conclut-elle avec colère.

Ils tournèrent ensemble la tête en entendant un groupe de gardes se rapprocher. Les yeux baissés, Tamani recula pour reprendre sa place derrière Laurel. Mais elle n'en perçut pas moins sa frustration.

Le groupe de soldats s'effaça pour laisser passer Yasmine, la jeune fée d'hiver.

— Oh, fit Laurel, surprise. Je croyais qu'on m'envoyait… quelqu'un d'autre, acheva-t-elle d'un ton penaud comme les yeux verts de la jeune fille se posaient sur elle.

Yasmine ne répondit pas et se tourna vers le mur.

— Elle peut l'ouvrir toute seule ? glissa Laurel à l'oreille de Tamani.

— Bien sûr, répondit-il d'un ton cassant. Ça ne nécessite aucun don particulier. Il suffit d'être une fée d'hiver.

Les sentinelles les précédèrent sur le chemin menant aux quatre portes. Tamani suivit Laurel en silence, évitant ostensiblement de la toucher. Laurel détestait se comporter de la sorte avec lui, et cependant elle ne savait pas quelle autre attitude adopter. Les deux mondes auxquels elle appartenait, les deux vies qu'elle essayait désespérément de tenir éloignées l'une de l'autre venaient d'entrer en collision. Et elle ne savait pas comment remédier à cela.

VINGT-QUATRE

Laurel et Tamani franchirent la porte en silence, le cœur lourd. Le groupe habituel de sentinelles était là pour les accueillir. Shar jeta un regard noir à Laurel avant de s'adresser à Tamani.

— Nous avons un visiteur.

— Un troll ?

Tamani se raidit et poussa Laurel vers la porte scintillante.

— Laurel, rentre à Avalon.

Shar leva les yeux au ciel.

— Il ne s'agit pas d'un troll, Tam. Tu crois que nous vous aurions laissés passer si des trolls vous attendaient à l'extérieur ?

Tamani soupira.

— Bien sûr que non. Je n'ai pas réfléchi.

— C'est l'humain qui est venu l'automne dernier.

— David ? fit Laurel d'une voix étranglée.

Comment avait-il deviné ?

Shar hocha la tête et Tamani se rembrunit.

— Je l'emmène auprès de lui. Où est-il ?

— Il garde ses distances, répondit Shar avec un vague signe de tête. Il est resté près de la maison.

— Je reviens, déclara Tamani en prenant Laurel par le bras.

Dès qu'ils furent à bonne distance de la porte, il la relâcha.

— Je veux lui parler, dit-il à voix basse.

— Non ! s'exclama Laurel. Il ne faut pas !

— Je veux savoir ce qu'il fait pour ta sécurité, c'est tout, marmonna-t-il sans la regarder.

— Ce n'est pas vrai, dit-elle entre ses dents.

— Qu'est-ce que tu es prête à sacrifier pour David ? s'écria-t-il, au comble de l'exaspération. Moi, à l'évidence. Mais quoi d'autre ? Ta vie ? Celle de tes parents ? Voire la sienne, pour que je ne vienne pas m'immiscer dans votre petite histoire d'amour ? Je veux simplement lui parler.

— Tu cherches à l'intimider. À menacer sa position. Je te connais, Tamani.

— Je ferai peut-être d'une pierre deux coups, puisqu'il est là, grommela-t-il en jetant un coup d'œil vers le chemin.

— Je ne lui ai pas demandé de venir, protesta Laurel sans trop savoir pourquoi elle se sentait obligée de se justifier.

Tamani ne répliqua pas.

— Il devrait être à son travail. Il n'est même pas censé savoir que je suis ici.

Tamani s'arrêta brusquement et se tourna vers Laurel.

— Tu lui as menti ?

Son expression demeura indéchiffrable.

— Je…

— Tu lui as menti pour venir me voir ? (Il ricana.) Tu lui as menti pour moi. Quel honneur !

Sous le ton dur et cassant de sa voix perçait de la satisfaction. Laurel fit mine de s'éloigner.

— Pense ce que tu veux ! Je ne l'ai pas fait pour toi.

La saisissant par le bras, il la força à se retourner avec une telle brusquerie qu'elle trébucha et s'affala contre lui.

— Vraiment ? Ose dire que tu ne m'aimes pas.

Laurel ouvrit la bouche mais aucun son n'en sortit.

— Allez, reprit-il d'un ton impérieux. Ose dire que David est le seul à compter pour toi.

Son visage était si près de celui de Laurel qu'elle sentait son souffle sur sa joue.

— Ose dire que tu ne penses jamais à moi quand tu l'embrasses. Ose dire que tu ne m'aimes pas.

Au désespoir, Laurel leva les yeux vers lui. La bouche sèche, elle ne trouvait pas les mots pour lui répondre.

— Tu vois, tu n'y arrives même pas ! conclut-il en l'enlaçant. Aime-moi, Laurel, c'est tout ce que je te demande !

Le désir qu'elle lut dans son regard lui fut intolérable. Elle ne pouvait pas l'abandonner encore une fois. Pas comme cela, pas maintenant qu'il savait. Pourquoi n'arrivait-elle pas à cacher ce qu'elle ressentait ? Pourquoi s'évertuait-elle à revenir alors qu'elle ne pouvait pas rester ? Il en souffrait plus qu'elle. Qu'est-ce que c'était que cet amour-là ? L'amour n'était pas censé être égoïste.

Les lèvres de Tamani s'égaraient sur son visage et dans ses cheveux, comme si toutes les émotions qu'il avait refoulées, toutes les tentations qu'il avait combattues déferlaient tel un fleuve rugissant, dont le courant menaçait d'emporter Laurel.

Elle se força à garder les yeux ouverts. Peu importait ce qu'elle ressentait ; elle ne pouvait pas être avec lui. Pas dans l'immédiat. Tant qu'elle vivrait parmi les humains, toute tentative visant à se rapprocher de lui aurait un goût d'inachevé. Elle ne pourrait pas s'en accommoder et, même s'il prétendait le contraire, il finirait par lui en vouloir. Elle n'était pas prête à renoncer à son existence humaine. Elle voulait obtenir son examen et décider seule de ce qu'elle entreprendrait après le lycée. Elle avait une famille, des amis, une vie qu'elle ne pouvait pas vivre avec lui. Elle ferma les yeux pour chasser son image. Elle ne vivrait pas un rêve avec lui ; il n'y aurait pas de dénouement heureux. Elle devait donc l'éconduire. Or, c'était maintenant ou jamais.

— Je ne t'aime pas, murmura-t-elle, à deux doigts de flancher sous ses baisers.

— Si, Laurel, tu m'aimes, répliqua-t-il, la bouche contre son oreille.

— Non, fit-elle d'un ton plus résolu, car elle acceptait désormais ce qui devait être fait.

Posant les deux mains sur sa poitrine, elle le repoussa fermement.

— Je ne t'aime pas. Je dois y retourner. Et tu ne viens pas avec moi.

Elle se détourna avant de changer d'avis.

— Laurel...

— Non ! Je t'ai dit que je ne t'aimais pas. Je... Je te connais à peine, Tamani. Quelques après-midi, une journée de fête... ce n'est pas de l'amour, ça !

Que faire d'autre ? Il avait raison : c'était cruel de le laisser espérer à chacune de leurs retrouvailles. Elle devait le persuader qu'ils n'avaient pas d'avenir ensemble. À terme, il en souffrirait moins.

— Je vais retrouver David.

Elle jouait ses dernières cartes pour le blesser. Lui tournant le dos pour ne pas voir sa réaction, car elle n'était pas sûre de pouvoir supporter cela, elle se dirigea vers la maison. Mais parvenue à l'orée du bois, elle s'aperçut qu'il était encore derrière elle.

— Arrête de me suivre !

— Je ne crois pas que tu sois en position de me donner des ordres, répliqua-t-il d'une voix irritée.

Ensemble, ils franchirent la ligne des arbres, Tamani à un pas derrière elle. Le regard de Laurel croisa celui de David... une seconde avant qu'il aperçoive Tamani. Il posa de nouveau sur elle un regard triste et accusateur, puis se dirigea vers sa voiture.

— David ! cria Laurel en s'élançant pour le rattraper.

Tamani la retint par le poignet et, sans qu'elle ait pu protester, il pressa ses lèvres sur les siennes. L'espace d'un instant, Laurel se laissa submerger par la chaleur et l'urgence de ce baiser, puis elle le repoussa violemment.

Elle regarda dans la direction de David en espérant qu'il n'avait pas assisté à ce moment. Mais il avait les yeux fixés sur eux, et vit donc Tamani qui tenait toujours le poignet de Laurel. Elle se dégagea d'un geste brusque.

— Va-t'en ! Je veux que tu t'en ailles ! cria-t-elle d'une voix tremblante. Va-t'en !

Les traits tendus et la mâchoire serrée, Tamani la dévisagea longuement, cherchant sur son visage le plus petit signe montrant qu'elle ne pensait pas ce qu'elle disait, cette étincelle d'espoir à laquelle il ne cessait jamais de se raccrocher.

Laurel lutta pour ne pas baisser les yeux. C'était mieux ainsi. Un jour, peut-être... elle n'était même pas capable de se projeter. Il fallait qu'il s'en aille. Ce n'était pas juste de le laisser continuer d'espérer.

« Je t'en prie, va-t'en, pensa-t-elle, au désespoir. Va-t'en avant que je change d'avis. »

Comme s'il lisait dans ses pensées, Tamani se détourna sans un mot et disparut parmi les arbres.

Laurel ne pouvait se résoudre à détourner les yeux de l'endroit où il se tenait encore un instant plus tôt. Pourtant, il le fallait. Plus elle regarderait dans cette direction, plus ce serait difficile avec David. Il avait déjà regagné sa voiture.

— David ! cria-t-elle. David, attends !

Il se figea mais ne prit pas la peine de se retourner.

— David, ne t'en va pas !

— Pourquoi ? fit-il, les yeux obstinément fixés sur le siège du conducteur. Je vous ai vus. Le reste, je peux facilement l'imaginer.

— Ce n'est pas ce que tu crois, gémit-elle, submergée par la honte et la culpabilité.

— Vraiment ?

Il se tourna pour lui faire face, le visage impassible. S'il avait eu l'air triste ou furieux, elle l'aurait supporté. Mais il semblait indifférent.

— Alors qu'est-ce qui s'est passé, Laurel ? Moi, je vais te dire les choses telles que je les vois. Tu m'as menti pour passer du temps avec lui !

— Je ne t'ai pas menti, protesta-t-elle faiblement.

— Tu ne m'as rien dit mais c'est du mensonge par omission.

Il se tut, la mâchoire serrée, la main crispée sur la poignée de la portière.

— Je te faisais confiance, Laurel. J'ai quitté mon travail plus tôt parce que je m'inquiétais pour toi. Comme ta mère m'a dit que tu étais chez Chelsea, je l'ai appelée mais elle n'était au courant de rien. Alors tu sais quelle a été ma première réaction ? J'ai pensé que tu étais morte !

Laurel se souvint avoir envisagé le même scénario quand David ne s'était pas présenté au lycée le lundi précédent. Elle baissa les yeux, mortifiée.

— Puis je me suis rappelé qu'il existait un endroit… une personne pour laquelle tu étais bien capable d'avoir filé en douce, cracha-t-il avec dédain. Je suis venu jusqu'ici pour m'assurer que tu ne courais pas de danger, et je t'ai surprise en train de l'embrasser !

— Ce n'est pas moi qui l'embrassais ! cria Laurel. C'est lui !

David observa un silence.

— Cette fois, peut-être, déclara-t-il d'un ton glacial. Mais j'ai vu à sa façon de t'embrasser que ce n'était pas la première fois. Vas-y, nie tout en bloc. Je t'écoute.

Laurel regarda le sol, la voiture, les arbres, tout sauf ces yeux qui la scrutaient d'un air accusateur.

— Je le savais !

Il se glissa sur le siège du conducteur et claqua la portière. Un instant plus tard, le moteur de sa voiture gronda. Il recula à toute allure, évitant de peu Laurel qui était restée clouée sur place, incapable de bouger, puis baissa sa vitre.

— Je... Je ne veux plus te voir pendant quelque temps. Ne m'appelle pas. Quand... si je me sens prêt à te revoir, je saurai te trouver.

Laurel regarda la voiture s'éloigner et laissa enfin libre cours à ses larmes. Elle ne put s'empêcher de jeter un coup d'œil furtif du côté des arbres, mais là-bas non plus personne ne l'attendait. Elle se réfugia dans sa voiture, et, le front appuyé sur le volant, elle se mit à sangloter. Comment les choses avaient-elles pu si mal tourner ?

Assise sur son lit, sa guitare posée sur les genoux, Laurel contemplait les ombres dansant sur le plafond de sa chambre. Tandis que le soleil déclinait, elle avait passé deux heures à gratter distraitement les cordes de son instrument. Malgré tous ses efforts, les sons qu'elle produisait lui rappelaient étrangement la mélodie mélancolique qu'elle avait entendue à Avalon un peu plus tôt dans la journée.

Ce matin encore, la vie était belle... non, fantastique ! Et maintenant ? Elle avait tout gâché. À trop vouloir nager entre deux eaux… Elle avait laissé son attirance pour Tamani gouverner ses émotions. Ce n'était pas suffisant de rester physiquement fidèle à David, il méritait aussi la fidélité de ses sentiments.

Elle revit l'expression du visage de Tamani quand elle lui avait dit qu'elle ne l'aimait pas. Elle n'avait pas été juste envers lui non plus. Elle avait blessé tout le monde, et elle en payait les conséquences.

La perspective de passer le reste de sa vie – et même la semaine – loin de David la meurtrissait tout entière. Elle l'imagina en train d'embrasser une autre fille et roula sur le lit avec un gémissement en laissant tomber sa guitare sur l'édredon. Pour elle, ce serait la fin du monde. Elle ne pouvait pas laisser cela se produire. Il devait y avoir un moyen de tout arranger.

Mais deux heures s'étaient écoulées sans qu'elle ait le début d'une idée. Il ne lui restait qu'à espérer qu'il finirait par lui pardonner.

Elle essaya de sombrer dans les bras de Morphée. D'habitude, c'était facile une fois le soleil couché, mais ce soir-là, elle regarda les chiffres défiler sur son réveil tandis que les ténèbres l'enveloppaient.

20 : 22

20 : 23

20 : 24

Elle descendit au rez-de-chaussée. Ses parents faisaient toujours l'inventaire le samedi soir ; ils ne seraient pas de retour avant au moins une heure. Elle ouvrit le réfrigérateur machinalement, elle n'avait évidemment pas faim et ne pourrait rien avaler dans un moment pareil. En le refermant, elle pesta contre David et Tamani. Elle n'avait pas voulu les blesser, elle ne souhaitait que leur bonheur. Ils comptaient tous les deux pour elle. Pourquoi tenaient-ils tant à ce qu'elle choisisse entre eux ?

Quelque chose bougea dans le jardin, et avant qu'elle ait pu voir de quoi il s'agissait, la baie vitrée vola en éclats. Laurel hurla et se recroquevilla sur le sol en se protégeant le visage de ses mains. Mais déjà, le silence retombait dans la pièce : pas un cri, pas un bruit de pas.

Elle examina les débris de verre éparpillés sur le carrelage de la cuisine, et son regard s'arrêta sur un gros caillou. Une feuille de papier l'entourait. Elle la déplia de ses mains tremblantes et lut, haletante, les mots griffonnés en rouge vif.

En deux secondes, elle était debout, courant jusqu'à la porte. Elle l'ouvrit et, immobile sur le seuil, elle inspecta le jardin et l'allée. Tout semblait paisible à la lueur des lampadaires. Elle eut beau scruter chaque ombre pour y déceler le moindre mouvement, rien ne bougea.

Elle regarda tour à tour sa voiture et le papier qu'elle tenait dans sa main. Tamani avait raison : elle voulait toujours tout faire seule. Or, il était temps de reconnaître qu'elle avait besoin d'aide. Elle courut en direction des arbres derrière la maison, s'arrêta à l'orée du bois et, après une brève hésitation, cria : « À l'aide ! S'il vous plaît ! J'ai besoin de vous ! »

Sans cesser d'appeler, elle courut à l'autre bout du terrain, mais elle n'entendit rien d'autre que l'écho de sa propre voix. « Je vous en prie ! » cria-t-elle une dernière fois, sachant qu'elle n'obtiendrait pas de réponse.

Les sentinelles étaient parties. Elle ignorait où et quand, mais une chose était certaine : si une seule d'entre elles s'était trouvée dans ce bois, elle aurait répondu à son appel. Elle était seule.

Le désespoir la submergea. Elle plaqua les mains sur ses yeux pour s'empêcher de pleurer. Ce n'était pas le moment de s'effondrer. Elle courut jusqu'à sa voiture, se glissa à l'intérieur et claqua la portière. Elle regarda sa maison vide, plongée dans l'obscurité. Elle s'y était sentie en sécurité bien avant d'être informée de la présence des sentinelles et de leurs charmes de protection puissants. Pourtant, elle ne pouvait pas rester entre ces murs. Elle devait sortir du champ de protection. C'était justement ce que voulaient les trolls. Mais elle n'avait pas le choix : il y avait trop en jeu. Malgré ses mains qui tremblaient, elle parvint à glisser la clé dans le contact pour mettre le moteur en marche, puis, reculant à toute allure en faisant déraper ses pneus sur l'asphalte, à passer la première sans quitter des yeux son rétroviseur.

Il lui sembla qu'elle avait mis une éternité à parcourir le kilomètre qui séparait la maison de David de la sienne. Elle se gara devant chez lui et examina la façade familière de cet endroit qu'elle considérait comme sa deuxième maison.

Là, elle se sentait comme une étrangère.

Sans se donner le temps de changer d'avis, elle descendit de voiture et se précipita dans l'allée. Elle entendit la sonnette résonner dans le salon et s'efforça de se rappeler la dernière fois où elle avait sonné chez David. Ce geste lui semblait si formel, si superflu !

La mère de David vint ouvrir.

— Laurel ! s'exclama-t-elle gaiement.

Son sourire disparut en voyant la tête de la visiteuse.

— Qu'est-ce qui se passe ? Quelque chose ne va pas ?

— Je peux voir David ?

La mère de David parut perplexe.

— Bien sûr, entre.

— Je vais rester dehors, merci, murmura Laurel, les yeux baissés.

— D'accord, fit la mère de David après une hésitation. Je vais le chercher.

Laurel attendit longtemps avant que la porte s'ouvre de nouveau. Elle leva les yeux, craignant de trouver de nouveau la mère de David sur le seuil. Mais c'était bien lui. Le visage fermé, les yeux brillants de fureur, il poussa un gros soupir et s'avança sous le porche en refermant la porte derrière lui.

— Qu'est-ce qui te prend, Laurel ? Si je suis sorti, c'est juste parce que ma mère est à la maison et qu'elle ne sait pas encore ce qui s'est passé. Mais tu…

— Barnes détient Chelsea.

La colère quitta instantanément le visage de David.

— Quoi ?

Laurel lui tendit le bout de papier.

— Ils sont au phare. Je sais que tu es fou de rage contre moi mais…

Elle s'interrompit, le souffle court – il fallait qu'elle domine sa peur et elle y parvint.

— C'est plus grave que notre dispute, David. Et j'ai besoin de toi. Je ne pourrai pas y arriver seule.

— Et tes sentinelles ? demanda-t-il d'un ton circonspect.

— Je les ai appelées ! Elles ont disparu.

David hésita puis, avec un hochement de tête, il fila à l'intérieur. Laurel l'entendit crier quelque chose à sa mère. Quand il la rejoignit sous le porche, il enfilait sa veste tout en tenant à la main son sac à dos.

— En route.

— Tu conduis ? demanda-t-elle. J'ai... quelque chose à faire.

Après avoir récupéré son propre sac dans sa voiture, Laurel monta dans celle de David.

— Il faut qu'on aille chercher Tamani, déclara-t-il sèchement.

Laurel secoua frénétiquement la tête.

— Laurel, en ce moment je me fiche de votre petite histoire. Il est notre meilleure chance !

— Ce n'est pas le problème. Nous n'avons pas le temps d'aller le chercher ! Si je ne me présente pas au phare avant neuf heures, Barnes tuera Chelsea. Il nous reste... (Laurel consulta l'horloge de la voiture) ... vingt-cinq minutes.

— Bon, tu vas au phare et moi je vais le chercher.

— Nous n'avons pas le temps, David !

— Alors quoi ? cria-t-il, au comble de la frustration.

— Je peux y arriver, déclara Laurel en espérant

qu'elle ne se trompait pas. Mais d'abord il faut qu'on fasse un saut à la boutique de ma mère.

Laurel tambourina à la porte jusqu'à ce que sa mère sorte par la réserve, où elle faisait toujours ses comptes avant la fermeture.

— Laurel, qu'est-ce que tu...

— Maman, j'ai besoin de racine de sassafras séché, de graines d'hibiscus et d'huile essentielle d'ylang-ylang fixée avec de l'eau et non de l'alcool. Il me faut ça tout de suite et je te demande de ne pas poser de questions.

— Laurel...

— Je n'ai pas une minute à perdre, maman. Je te promets de tout t'expliquer en rentrant à la maison, mais pour l'instant, je t'en supplie, fais-moi confiance.

— Mais où vas-t...

— Maman, reprit Laurel en saisissant ses mains. S'il te plaît, écoute-moi. Être une fée, ça n'implique pas seulement d'avoir une fleur dans le dos. Les fées ont des ennemis puissants, et si je n'obtiens pas immédiatement ces ingrédients nécessaires à la préparation de ma mixture, il y aura des morts. J'ai besoin de ton aide.

Sarah resta perplexe pendant une seconde puis hocha la tête.

— J'imagine qu'il ne s'agit pas d'un problème à la portée de notre bonne vieille police ?

Les larmes montèrent aux yeux de Laurel. Elle n'avait pas le temps de s'expliquer.

— Bon, fit sa mère d'un ton déterminé en s'avançant

dans une allée de la réserve pour examiner les petits flacons alignés des deux côtés.

Elle trouva rapidement les ingrédients sur les étagères, et les remit à Laurel.

— Merci.

Au moment où elle partait, sa mère la rattrapa par l'épaule et la serra fort dans ses bras.

— Je t'aime, chuchota-t-elle. Je t'en prie, sois prudente.

Laurel acquiesça.

— Je t'aime aussi.

Après un silence, elle ajouta :

— Et, quoi qu'il arrive, ne vends pas la propriété, promis ?

Sarah ouvrit de grands yeux effrayés.

— Comment ça ?

Mais Laurel ne pouvait pas s'attarder plus longtemps. Elle s'efforça d'ignorer le désespoir qui perçait dans la voix de sa mère, qui la suivit jusqu'à la porte.

— Laurel ?

Laurel avait déjà rejoint la voiture de David.

— Laurel !

— Démarre ! ordonna-t-elle en faisant la sourde oreille.

Elle se retourna pour lancer un dernier regard au visage blême de sa mère. À ce moment, son père surgit de sa librairie et, immobiles, ils regardèrent la voiture s'éloigner.

VINGT-CINQ

— Tu as tout ce qu'il te faut ? s'enquit David en prenant la direction du phare de Battery Point.

— Oui, répondit Laurel qui avait déjà sorti son pilon et son mortier.

— Qu'est-ce que tu fais ?

— Contente-toi de conduire. On verra bien si j'arrive à mes fins sans faire exploser ta voiture, OK ?

— OK, fit David d'un ton mal assuré.

Ils roulèrent en silence. Le frottement du pilon sur le mortier formait un duo sinistre avec le grincement des pneus sur l'asphalte. Ils se dirigèrent vers le sud de Crescent City tandis que l'horloge du tableau de bord égrenait inexorablement les minutes.

20 : 43

20 : 44

20 : 45

Au moment où ils s'engageaient sur le parking désert de Battery Point, Laurel se souvint de sa visite au phare avec Chelsea l'année précédente. Elle revit son visage souriant tandis qu'elle racontait l'histoire de ce lieu auquel elle était si attachée. Alors qu'ils se garaient sur la place la plus proche de l'île, Laurel sentit sa gorge se serrer à la pensée de ne plus jamais revoir Chelsea vivante.

Elle chassa cette idée de son esprit, aspirant au même calme que la semaine précédente, lorsqu'elle avait réussi par accident ses premières fioles en verre de sucre. Elle jeta quelques graines d'hibiscus dans le mélange et les écrasa avec détermination en essayant de se concentrer sur des souvenirs heureux avec Chelsea. Il lui fallait tenir sa peur à l'écart.

David posa la main sur son bras et la fit sursauter.

— Est-ce qu'il ne vaudrait pas mieux appeler la police ?

— Si la police débarque, Chelsea mourra, je te le garantis. Les flics aussi, probablement.

— Tu as raison. (David observa un silence.) Et Klea ?

— Je ne peux pas me résoudre à lui faire confiance. Il y a quelque chose qui cloche chez cette femme.

— Mais Chelsea… Je préférerais qu'il y ait quelqu'un d'autre pour nous épauler. (Ses doigts se crispèrent sur le bras de Laurel.) Je t'en prie, ne les laisse pas la tuer, Laurel.

Laurel ajouta une pincée de poudre d'aiguilles de cactus saguaro à son mélange et le tint sous la lumière d'un réverbère. Comme prévu, elle se refléta dans le liquide.

— Je vais faire de mon mieux.

Après avoir versé la mixture dans une fiole en verre de sucre, Laurel dosa dans une autre fiole les quelques gouttes d'huile essentielle nécessaires à la finition du sérum *monastuolo.* Elle avait l'impression de l'avoir réussi… tout en espérant que cette impression n'était pas dictée par le désespoir. Si le sérum fonctionnait, Jeremiah Barnes et ses nouveaux larbins sombreraient dans un profond sommeil et, après avoir libéré Chelsea, ils iraient chercher Tamani. Lui saurait quoi faire ensuite. Laurel glissa les fioles dans les poches de sa veste et ouvrit sa portière. Ils avaient déjà perdu bien assez de temps dans le parking pendant qu'elle finissait sa potion.

— Attends, fit David en la retenant par le bras.

Le regard de Laurel se posa sur l'horloge du tableau de bord qui semblait avancer trop vite. David fouilla dans son sac à dos et en sortit le petit SIG Sauer que Klea lui avait donné pour Laurel. Celle-ci considéra l'arme pendant quelques secondes, puis leva les yeux vers David.

— Je sais que tu l'as en horreur, dit-il calmement. Mais c'est le seul moyen sûr d'arrêter Barnes. Et s'il faut choisir entre sa vie et celle de Chelsea (tout en parlant, il déposa le pistolet dans la main tremblante de Laurel), je sais que tu auras la force de faire le bon choix.

Les mains de Laurel tremblaient si fort qu'elle avait du mal à serrer la crosse froide dans ses doigts, mais elle acquiesça et glissa l'arme dans la ceinture de son jean, puis rabattit sa veste par-dessus.

Ils descendirent de voiture, les yeux fixés sur un point lumineux qui brillait au sommet du phare, et se dirigèrent vers le chemin qui y conduisait. Malheureusement, il était noyé sous un mètre d'eau.

— Oh non ! grommela Laurel. J'avais oublié la marée.

Elle regarda en direction de la bâtisse, séparée du continent par une centaine de mètres d'eau bouillonnante. Elle pouvait l'atteindre, ce n'était pas si loin, mais le sel pénétrerait dans ses pores et l'affaiblirait sur-le-champ pour une bonne semaine au moins.

Sans un mot, David la souleva dans ses bras et s'avança vers le rivage. Après une brève hésitation, il s'enfonça dans l'eau, ses longues jambes robustes fendant facilement le courant. Il hoqueta en immergeant d'abord ses mollets, puis ses cuisses et enfin ses hanches dans l'eau glaciale et, au bout d'une minute, Laurel l'entendit claquer des dents tandis que son corps était secoué de frissons. Les bras noués autour de son cou, elle s'efforça de se faire aussi légère que possible, mais ce soir-là même le vent était contre eux, fouettant les pans de leurs vestes et les longs cheveux de Laurel, déchaînant la mer autour d'eux.

À mi-chemin, là où l'eau était la plus profonde – elle arrivait à la taille de David –, une grosse vague le percuta de plein fouet et il vacilla, manquant de peu les faire couler tous les deux. Mais avec un grognement déterminé, il reprit son équilibre et se remit à patauger.

Une éternité sembla s'écouler avant qu'ils n'atteignent l'île sur laquelle se dressait le petit phare. Après avoir déposé doucement Laurel sur la terre ferme, il se frictionna en respirant bruyamment.

— Merci, souffla-t-elle, consciente que ce mot était dérisoire comparé à ce qu'il venait d'accomplir.

— Eh bien, il paraît qu'une bonne hypothermie une fois par an renforce le caractère, répliqua David entre deux claquements de dents.

— Je…

— Allons-y, Laurel. Ils doivent savoir qu'on est ici.

Ils eurent tôt fait d'arriver devant la porte. Elle était entrouverte. Quelqu'un les attendait à l'intérieur.

— On est censés frapper ? chuchota David. Je ne maîtrise pas bien le protocole des otages.

Laurel porta la main à sa taille pour s'assurer que le pistolet et les fioles étaient toujours là.

— Ouvre la porte d'un coup, dit-elle en pestant intérieurement contre le tremblement de sa voix.

David s'exécuta. Il faisait sombre dans la pièce.

— Il n'y a personne, murmura-t-il.

Laurel parcourut du regard les lieux et montra un minuscule rai de lumière sur le mur opposé.

— Ils sont ici, dit-elle en songeant à Jamison et à sa métaphore de plante carnivore. Mais nous ne les verrons que quand il sera trop tard pour s'échapper.

Malgré tout, ils traversèrent la pièce à pas lents puis ouvrirent précautionneusement la porte menant à l'escalier. Une faible clarté provenait du sommet des marches. Laurel posa le pied sur la première.

— Non, dit David en la retenant par l'épaule. Je passe d'abord.

Laurel éprouva un pincement de culpabilité. Même après tout ce qui s'était passé, il était encore disposé à risquer sa vie avant la sienne. Elle protesta.

— C'est moi qu'il doit voir en premier.

Ils avaient à peine gravi quelques marches quand David eut un hoquet de frayeur. Laurel se retourna et s'aperçut que deux trolls étaient entrés derrière eux dans le phare. Ils n'avaient rien en commun avec les créatures sales et débraillées qui les avaient poursuivis après la fête chez Ryan. Ils portaient tous les deux un jean propre et un tee-shirt noir à manches longues, et braquaient un pistolet sur le dos de David – ils n'avaient guère besoin d'une arme à feu dans la situation présente. Laurel avait conscience qu'ils pouvaient lui briser les os sans la moindre difficulté.

L'un d'eux était bizarrement asymétrique : la moitié gauche de son corps était noueuse et rabougrie tandis que l'autre n'aurait pas déparé sur un culturiste de haut niveau. Son acolyte avait un visage remarquablement humain mais les épaules et les jambes difformes, et il marchait en traînant la patte.

David regarda Laurel en ouvrant de grands yeux, mais elle secoua la tête et reprit son ascension. En atteignant le sommet des marches, ils furent accueillis par deux autres trolls, eux aussi armés. Ceux-là ressemblaient aux deux brutes qui les avaient jetés dans le fleuve Chetco l'année précédente, avec leurs pommettes affaissées, leur nez de travers et leurs yeux asymétriques. L'un d'eux avait une touffe de cheveux roux sur le haut du crâne qu'il peignait en arrière. Bien sûr, il ne pouvait s'agir des anciens sbires de Barnes : Tamani leur avait réglé leur compte. Sans leur prêter la moindre attention, Laurel s'avança sur le seuil.

— Chelsea ! souffla-t-elle en apercevant son amie.

Chelsea avait les yeux bandés et on l'avait ligotée à une chaise ; le canon d'un pistolet était pointé sur sa tempe.

— Enfin, grommela-t-elle.

— Je t'avais dit qu'elle viendrait, dit une voix rocailleuse et bien trop reconnaissable. Laurel, sois la bienvenue.

Le regard de Laurel se posa sur l'homme qui tenait le pistolet braqué sur la tempe de Chelsea. Le visage, les yeux qui hantaient ses cauchemars, même un an après...

Jeremiah Barnes.

Il était resté exactement le même, avec ses larges épaules de footballeur, son nez légèrement crochu et ses yeux sombres qui semblaient noirs dans l'obscurité de la pièce. Il portait même une chemise blanche froissée et un pantalon de costume qui ajoutait à l'impression étrange de déjà-vu qu'avait Laurel, comme si elle était prisonnière de l'un de ses pires cauchemars.

— Mademoiselle sainte-nitouche. Tu as même demandé à ton ami humain de venir mourir avec toi. Je suis impressionné.

Les trolls autour d'eux s'esclaffèrent. Tout en essayant de ne pas attirer l'attention sur elle, Laurel écrasa les fioles dans sa poche afin de mélanger les deux élixirs. Les débris de verre s'enfoncèrent dans sa paume et elle s'efforça de respirer normalement malgré le sérum qui lui brûlait les doigts en formant une mince vapeur chaude. Elle pria pour que Barnes ne s'en aperçoive pas. Il lui faudrait juste quelques minutes... si la potion s'avérait efficace. « Pitié, faites que ça marche », supplia-t-elle en son for intérieur.

— Personne n'est venu mourir, Barnes. Qu'est-ce que vous voulez ?

Barnes éclata de rire.

— Ce que je veux ? Ma vengeance, Laurel. Qu'est-ce que tu dis de ça ? Je te tire dans l'épaule pour que tu saches ce que ça fait, puis tu m'emmènes dans cette vieille bicoque et tu me montres l'emplacement de la porte. Ensuite, si tu n'es pas encore morte à ce stade, je consentirai peut-être à abréger tes souffrances.

— Et mes amis ? demanda Laurel en soutenant le regard de Barnes. Si j'accepte, qu'est-ce que vous ferez d'eux ?

La potion lui brûlait les doigts et elle mourait d'envie de sortir la main de sa poche pour la frotter sur son jean. Mais c'était trop risqué. Serrant les dents, elle continua de toiser le troll.

Barnes se lécha les lèvres et sourit.

— Je les laisserai partir.

Manifestement, il mentait mais Laurel joua le jeu.

— Laissez-les s'en aller maintenant, dit-elle pour gagner du temps, et nous irons à la propriété.

— C'est ça. Très peu pour moi. Vous autres fées, vous êtes sacrément sournoises, surtout quand vous menez une bataille perdue d'avance. Je libérerai tes amis quand tu m'auras montré la porte.

— Pas question.

Barnes braqua son arme sur Laurel. Elle ne cilla pas.

— Je ne crois pas que tu sois en position de marchander, déclara-t-il. C'est moi qui décide. Je vais t'attacher, te jeter dans le coffre de mon 4 x 4, et nous irons à Orick. C'est ça ou vous mourrez tous ici même dès ce soir. Oh, et nous pouvons nous occuper de cette épaule dès maintenant, ajouta-t-il en orientant le canon de son pistolet.

Laurel ferma les yeux et se raidit en attendant l'impact.

— Non ! s'écria David en la poussant pour prendre sa place. Je ne vous laisserai pas faire.

Barnes éclata d'un rire cruel qui ressemblait à un sifflement ; Laurel en eut la chair de poule. Après tout ce temps, elle se rappelait encore ce rire avec une netteté absolue.

— Comme si tu pouvais m'en empêcher, gamin, lâcha Barnes en faisant signe à ses sbires. Faites-le sortir d'ici.

L'un des trolls agrippa Laurel par les épaules pour l'immobiliser tandis que son acolyte aux cheveux roux saisissait le bras de David. Mais il était prêt à le recevoir. Faisant volte-face, il parvint à se dégager et projeta son poing dans le nez du troll. Un craquement sonore se fit entendre et la créature recula d'un pas.

Horrifiée, Laurel vit David se masser brièvement la main avant de repartir à l'assaut. Elle était incapable de bouger ; elle ne pouvait pas lui crier d'attendre, de se montrer patient sans se trahir. Il l'avait sauvée des balles de Barnes et maintenant il s'apprêtait à souffrir à sa place.

— David ?

La voix de Chelsea semblait si faible, si désarmée que Laurel sentit sa gorge se serrer.

Le deuxième troll, plus rapide que son compagnon, décocha un coup de pied dans la cage thoracique de David. Laurel grimaça d'horreur en entendant les côtes craquer sous le choc, mais elle eut beau se débattre, le troll la maintenait d'une poigne de fer. Elle jeta un coup d'œil vers Barnes ; il observait la scène d'un air amusé, son arme toujours braquée sur elle. Son sourire suffisant la mit en fureur. Rien que de le regarder rendait le fait d'avoir emporté ce pistolet beaucoup plus tolérable.

— David ! cria Chelsea au moment où un gémissement étranglé s'échappait de la bouche du garçon.

— Chelsea, tout va bien, dit Laurel, tout en percevant la terreur dans sa propre voix. Je t'en prie, tiens-toi tranquille.

Au soulagement de Laurel, elle se calma. Le troll bodybuildé frappa au visage David qui s'était plié en deux, mais bizarrement, son geste était trop lent et mal dirigé : il manqua de peu la pommette de David – le coup néanmoins fut assez fort pour lui ouvrir la joue. Puis le troll tourna maladroitement sur lui-même avant de s'affaler sur le sol.

— Lève-toi, espèce de gros bêta ! hurla Barnes tandis que les autres trolls agrippaient les bras de David.

La créature ne bougea pas. Son acolyte aux épaules difformes alla chercher une corde et s'avança pour attacher David. Celui-ci dégagea son bras d'un geste brusque et repoussa son assaillant qui tomba par terre et s'immobilisa à son tour.

— Qu'est-ce… bredouilla Barnes, visiblement confus.

Le troll aux cheveux roux immobilisa les bras de David derrière son dos et l'attacha tant bien que mal à la rampe de l'escalier. Le visage ensanglanté, David se débattit en vain pour se libérer et jeta un regard désespéré du côté de Laurel, mais elle avait les yeux fixés sur le troll à côté de lui. Avec une lenteur intolérable, il tomba à genoux et s'étala sur le sol. Enfin, le troll qui maintenait Laurel tomba à son tour. David, qui était toujours solidement attaché à la rampe, avait maintenant quatre trolls endormis à ses pieds.

Barnes reporta vivement son attention sur Laurel. Elle tenait un pistolet à la main qu'elle avait pointé sur sa tête.

— C'est fini, Barnes, lâcha-t-elle en refoulant la crise d'hystérie qui menaçait de la submerger. Posez votre arme.

— Eh bien, la fille que j'ai rencontrée l'année dernière a bien changé, on dirait, déclara-t-il en la détaillant froidement. Ce jour-là, tu n'avais pas pu tirer sur moi alors même qu'il fallait sauver la peau de ton petit copain l'elfe. Et voilà que tu mets hors d'état de nuire mes quatre garçons. (Il sourit.) Tu t'attends à ce que je tombe à mon tour, peut-être ?

Laurel ne répondit pas et se concentra sur ses mains qui tremblaient.

— Ce truc-là ne marche pas sur moi, annonça-t-il avec un rire étrange. Disons juste que j'ai passé un marché avec le diable et que, depuis, je suis immunisé. (Il observa un silence puis regarda Laurel droit dans les yeux.) Et maintenant ? ajouta-t-il sans se départir de son ton amusé.

Le plan à toute épreuve de Laurel venait de tomber à l'eau.

— Je veux des réponses, déclara-t-elle en s'efforçant de contrôler le tremblement de ses bras, le pistolet toujours braqué sur Barnes.

Elle savait qu'elle ne pouvait pas se fier à ce qu'il pourrait lui raconter, mais elle devait se donner le temps de réfléchir.

— Des réponses ? C'est tout ce qui t'intéresse ? Les réponses, ça ne coûte pas cher. Je te les aurais données sans cette arme pointée sur moi. (Il se tut et la dévisagea avec intérêt.) Pose-moi ces questions qui te taraudent, Laurel.

— Où sont mes gardes ? Vous les avez tués ?

Il éclata de rire.

— Ils sont à la poursuite d'un leurre. Un excellent leurre, si je peux me permettre : tes gardes s'imaginent qu'ils sont en train de t'arracher à mes griffes. Ils seront de retour quand ils auront compris que le sang de fée qu'ils ont trouvé ne mène nulle part.

— Le sang de qui ? demanda Laurel d'une voix tremblante.

Barnes sourit.

— De personne… d'important.

— Pourquoi maintenant ? lança-t-elle en s'efforçant de chasser les visions de sentinelles mortes qui affluaient dans son esprit ; elle n'y pouvait rien pour le moment. Pourquoi n'avez-vous pas manigancé tout ça il y a un mois ? Ou six ? Pourquoi maintenant, et pourquoi Chelsea ?

Barnes secoua la tête.

— Ton petit monde est tellement simple. Tu crois que ça se résume à toi et ta petite bande contre moi et mes trolls. Mais tu n'es qu'une gamine aveugle, un vulgaire pion. Quand il n'y a qu'une poignée de joueurs, c'est facile d'élaborer un plan parfait. Mais quand les participants sont innombrables, et les facteurs infinis, il faut du temps pour que tout se mette en place. (Il haussa les épaules.) Et puis, c'était de bonne guerre. Je voulais t'obliger à sortir de ta maison si bien barricadée, mais tes sentinelles m'ont donné du fil à retordre. Alors j'ai opté pour la méthode la plus facile.

Il caressa les cheveux de Chelsea et sa main se referma autour de son cou comme elle essayait de se dégager.

— Ta Chelsea était beaucoup moins bien protégée que toi. Je n'ai eu aucun mal à la capturer. Et comme tu as le cœur tendre, je savais que tu viendrais. Bref, ajouta-t-il en pressant un peu plus fort le canon de son arme contre la tête de Chelsea, nous voilà en présence d'un pari intéressant. Pourras-tu abattre le grand méchant troll avant qu'il ne liquide ta petite copine ? Laisse-moi te dire, Laurel, que je t'en crois capable. Mais seras-tu plus rapide que moi ?

— Laurel, quoi qu'il te demande, ne le lui donne pas ! cria Chelsea.

— La ferme, petite morveuse, répliqua Barnes.

Il resserra le doigt sur la gachette, et Laurel fit un pas dans sa direction.

— Attends un peu, dit Barnes. Je ne vais pas tirer sur elle tout de suite. Ce n'est pas encore assez intéressant à mon goût.

D'un geste si vif que Laurel le vit à peine bouger, Barnes lâcha le cou de Chelsea et sortit un autre pistolet d'un étui caché dans ses vêtements, qu'il pointa sur David. Laurel retint son souffle ; tous ses espoirs d'évasion venaient de disparaître.

— Depuis que je me suis laissé prendre au piège l'année dernière, je me déplace toujours avec plus d'une arme sur moi, miss Sewell.

Sans cesser de braquer ses pistolets sur Chelsea et David, il se tourna de nouveau vers Laurel.

— Tu vois, je te soupçonne d'être capable de risquer la vie de ton amie pour sauver ta peau et celle de ton petit copain, mais auras-tu le cran de mettre en jeu deux vies pour sauver la tienne ?

Laurel pouvait peut-être négocier. Elle se devait d'essayer ; elle n'avait pas le choix.

— D'accord, fit-elle en déposant son arme à ses pieds. Je me rends.

— Laurel ! s'écria David sans cesser de se débattre pour se libérer de ses liens. Ne fais pas ça !

— Il n'y a pas d'autre moyen.

Alors qu'elle levait lentement les bras au-dessus de sa tête, un craquement parvint de la cage d'escalier.

Barnes pointa une arme sur Laurel et l'autre vers les marches.

— Je t'ai entendu ! cria-t-il. Je sais que tu es là.

Laurel retint son souffle mais n'entendit rien. Barnes huma l'air.

— Tu es armé ! Je le sens. Maintenant je vais te donner jusqu'à trois pour jeter ton arme. À trois, ils seront tous morts. Tu m'entends ?

Un long silence suivit.

— Un.

La respiration de David devint saccadée.

— Deux.

Chelsea se tortilla sur son siège, et les sanglots qu'elle retenait depuis tout ce temps lui secouèrent les épaules. Laurel fixa d'un air désespéré l'arme posée par terre devant elle en se demandant comment la récupérer.

Un bruit de métal résonna dans l'escalier et un énorme pistolet glissa sur le sol, ainsi qu'une poignée de munitions. Barnes l'observa d'un air visiblement admiratif et, après avoir jeté au loin l'un des siens, il se pencha lentement pour le ramasser.

— Je préfère ça. Et maintenant, montre-toi. Peut-être que je te laisserai la vie sauve.

Silence.

— Tu veux m'obliger à compter encore une fois ?

Des pas rapides se rapprochèrent. Laurel se retourna et ses nerfs déjà éprouvés furent près de lâcher lorsqu'elle vit apparaître la tête rousse de Klea au coin de l'escalier.

La surprise se peignit sur le visage de Barnes.

— Toi ? Mais…

Le temps que Laurel cligne des paupières, le frottement d'une bande Velcro résonna dans le silence. Quand elle rouvrit les yeux, une flaque rouge s'épanouissait sur le front de Barnes et le grondement d'une détonation lui arrachait les oreilles. Une expression perplexe se peignit, l'espace d'une seconde, sur le visage du troll, juste avant que sa tête retombe en arrière sous l'impact de la balle et qu'il s'écroule sur le sol. L'odeur âcre de la poudre se répandit dans l'atmosphère tandis que Laurel et Chelsea laissaient échapper le même cri strident. Une éternité sembla s'être écoulée quand Laurel reprit son souffle et que Chelsea s'affala sur sa chaise.

— Eh bien, il était moins une, lança Klea.

Laurel regarda tour à tour la main de la tueuse, qui tenait un pistolet d'aspect familier, puis David, dont le bas du tee-shirt comprimé par ses liens était soulevé, révélant la présence d'un étui.

— T-t-tu vois, Laurel, dit-il en claquant des dents à cause du froid ou de la peur, voire des deux. Je savais que ce flingue nous servirait un jour ou l'autre.

Laurel se sentait incapable de bouger ; ses membres étaient paralysés par la peur, le soulagement, le dégoût et la stupéfaction. Elle ne parvenait pas à détacher les yeux de la flaque rouge qui s'agrandissait sous la tête de Barnes. La mort avait figé son corps dans une position grotesque. Elle savait bien que le monde se porterait mieux sans lui, mais ne détestait pas moins l'idée d'être la première responsable de sa disparition brutale.

Elle se tourna vers Klea, qui l'observait derrière ses éternelles lunettes. Sa méfiance et son refus de faire appel à ses services lui semblèrent soudain stupides et dictés par la panaroïa. Pour la deuxième fois, Klea venait de les arracher à une mort certaine. Et là, elle avait aussi sauvé ses deux meilleurs amis. Laurel lui en serait éternellement redevable.

Malgré tout cela, quelque chose l'arrêtait, quelque chose de viscéral, qui lui disait que cette femme n'était pas digne de confiance.

— Tiens, dit Klea en lui tendant un couteau.

Elle semblait très calme pour quelqu'un qui venait de tuer un homme d'une balle dans la tête.

— Détache-les puis retrouvez-moi en bas. Je dois prévenir mon équipe.

Et, sans un mot de plus, Klea se dirigea vers l'escalier.

Laurel se précipita vers David et entreprit de trancher ses liens. Ils cédèrent facilement : la lame était affûtée comme un rasoir.

— Pas un mot, chuchota-t-elle. Ne dis rien à Chelsea dans l'immédiat et, surtout, tiens ta langue devant Klea. Je trouverai quelque chose. (Elle tâta maladroitement sa blessure.) Dès qu'on aura regagné la voiture, je m'occuperai de tes côtes et de ta main, d'accord ? Laisse-moi juste le temps de nous sortir d'ici.

Il acquiesça, le visage livide et déformé par une grimace de douleur.

Laurel se tourna ensuite vers Chelsea, qu'elle débarrassa rapidement de ses liens. En voyant ses poignets rougis par le frottement des cordes, Laurel se demanda combien de temps Barnes l'avait gardée en otage, une arme pointée sur sa tête, en attendant qu'ils arrivent. Chassant cette pensée sinistre de son esprit, elle défit le bandeau de Chelsea qui se frotta les poignets en clignant les yeux, puis s'attaqua aux cordelettes qui emprisonnaient ses chevilles.

— Tu peux marcher ? demanda-t-elle gentiment.

— Je pense que ça devrait aller, répondit Chelsea en faisant quelques pas chancelants.

Elle observa David.

— Tu n'as pas l'air très en forme, toi non plus.

— Tu devrais voir les autres ! répliqua-t-il avec un pâle sourire.

Il attira Chelsea contre lui et la serra dans ses bras – avec plus de force que ne l'autorisait son état du point de vue de Laurel qui cependant ne l'en blâma pas.

— Je suis tellement heureux que tu sois en vie, dit-il à Chelsea.

Laurel enlaça ses deux amis.

— Je suis vraiment désolée de t'avoir mêlée à ça, Chelsea. Je n'ai jamais eu l'intention… Je n'ai jamais voulu…

— Jamais voulu quoi ? lança Chelsea en massant son cou endolori. Ma mort ? J'espère bien ! Rassure-moi, s'il te plaît, tout ça ne va pas devenir une habitude ?

Elle laissa échapper un hoquet de surprise.

— Qu'est-ce qui s'est passé ici ?

Laurel jeta un regard désemparé à David.

— Euh… Eh bien, vois-tu, il se trouve que…

— Attends, fit Chelsea en s'asseyant, jambes croisées, sur la chaise de laquelle Laurel venait de la détacher. Laisse-moi m'installer confortablement pendant que tu réfléchis à un mensonge valable.

Elle désigna d'un geste l'autre bout de la pièce.

— Peut-être que David et toi, vous devriez vous isoler dans un coin pour être sûrs que vos versions concordent. Ça peut se révéler utile. Ou alors, reprit-elle en levant l'index, tu pourrais me dire que chaque automne, une énorme fleur bleue te pousse dans le dos car, apparemment, tu es une espèce de fée. Puis tu pourrais m'expliquer que ces… – il me semble qu'il a dit « trolls » ? – … te pourchassent pour découvrir l'emplacement d'une porte secrète. Personnellement, je trouve que dire la vérité, ça facilite vraiment la vie.

Laurel et David la regardèrent, bouche bée. Chelsea les dévisagea tour à tour avec perplexité.

— Oh, sans blague, s'exclama-t-elle enfin, vous pensiez vraiment que je n'étais pas au courant ?

VINGT-SIX

Klea leur fit regagner le rivage à bord d'un grand bateau plat.

— Mes hommes se chargent de tout au phare, annonça-t-elle. Vous deux, vous ramenez votre amie, puis vous rentrez chez vous.

Au moment où le bateau touchait le sable, David laissa échapper un gémissement de douleur. Les trois camarades sautèrent tant bien que mal sur la terre ferme et les deux filles prirent chacune David par un bras pour l'aider à marcher en s'efforçant de cacher son état à Klea.

— Laurel ! cria Klea.

— Continuez d'avancer, murmura-t-elle à l'intention de David et de Chelsea avant de rebrousser chemin.

— Je suis désolée de ne pas être arrivée plus tôt.

— L'essentiel, c'est que vous soyez arrivée à temps.

— Tout de même, il s'en est fallu de peu.

Klea secoua la tête en soupirant.

— Heureusement que j'avais chargé une partie de mes hommes de te surveiller ce soir. J'aurais préféré… (Elle s'interrompit.) ... J'aurais préféré que tu m'appelles. Bref, poursuivit-elle avant que Laurel puisse répliquer, comment as-tu fait pour te débarrasser de ces quatre autres trolls ? C'était impressionnant.

Laurel hésita.

— Je les ai examinés, reprit Klea. Pas d'os cassés ni d'impacts de balles, aucune blessure apparente. Ils dorment comme des bébés, et ça ne m'étonnerait pas qu'ils en aient pour des heures. Tu vas me raconter ce qui s'est vraiment passé ?

Laurel réfléchit à un mensonge, mais rien ne vint. Elle était trop fatiguée pour inventer une histoire crédible. Et cependant, elle n'avait pas l'intention de révéler la vérité à Klea, aussi elle ne répondit pas.

— Très bien, fit Klea avec un sourire étrange. J'ai compris, tu gardes tes secrets pour toi. À l'évidence, tu ne me fais toujours pas confiance. J'espère que tu changeras d'avis. Visiblement, tu sais te défendre, mais je pourrais t'être bien plus utile que ce que tu crois. Néanmoins, ajouta-t-elle en se tournant vers le phare, nous avons quelques spécimens sous la main. Ça peut servir.

Laurel n'aima guère la façon dont Klea prononça le mot « spécimens », mais elle garda le silence. Klea la dévisagea pendant quelques secondes.

— Tu sais où me trouver, conclut-elle. Tu as prouvé que tu étais pleine de ressource et j'aurais bien besoin de tes services pour résoudre une autre affaire sans rapport avec celle-ci... mais ça peut attendre un peu.

Avant que Laurel ait pu trouver quelque chose à dire,

Klea fit volte-face sur elle-même et, d'un mouvement leste, remonta dans le bateau.

Laurel resta là, le temps de la regarder regagner l'eau en plantant la rame dans le sable, puis elle rejoignit en courant Chelsea et David qui montaient dans la voiture de ce dernier. Il poussa un gémissement en se laissant choir sur le siège du passager. Chelsea agrippa le bras de Laurel.

— Il faut l'emmener à l'hôpital. Il doit avoir des côtes cassées et cette coupure sous son œil a peut-être besoin de points.

— On ne peut pas aller à l'hôpital, répliqua Laurel en fouillant dans son sac à dos.

— Laurel ! protesta Chelsea, le visage blême. David a besoin d'aide.

— Détends-toi, dit Laurel en sortant de son sac un minuscule flacon rempli de liquide bleu. Avoir une fée pour amie offre quelques avantages.

Ravie de son petit effet, elle dévissa le bouchon du flacon et se pencha au-dessus de David, qui respirait avec peine.

— Ouvre la bouche, dit-elle doucement.

David ouvrit un œil et reconnut le flacon.

— Oh, c'est la plus belle chose que j'aie vue ce soir.

Il entrouvrit les lèvres et Laurel versa deux gouttes de liquide dans sa bouche.

— Maintenant, tiens-toi tranquille, ordonna-t-elle en déposant une troisième goutte sur son doigt, avec laquelle elle frotta la plaie sur sa joue. C'est mieux, chuchota-t-elle en examinant sa peau qui cicatrisait à vue d'œil.

Puis elle se tourna vers Chelsea.

— Tu es blessée quelque part ?

Chelsea secoua la tête.

— Il s'est montré plutôt gentil avec moi en comparaison de… (Elle regardait David.) Attends un peu.

Elle se pencha pour inspecter la peau sous son œil.

— J'aurais juré que…

Laurel rit, et même David se joignit à elle.

— D'ici quelques minutes, ses côtes et sa main seront guéries, elles aussi.

— Tu plaisantes ? s'exclama Chelsea en ouvrant de grands yeux médusés.

Laurel se souvint de la réaction de David lorsqu'il avait découvert qu'elle était une fée. Elle sourit et brandit le flacon sous le nez de Chelsea.

— C'est pratique. David se fait régulièrement taper dessus par des trolls.

David ricana.

— Et ta main ? Tu ne veux pas la soigner ? s'enquit Chelsea.

Laurel examina les brûlures sur ses doigts et se demanda comment elle avait pu envisager de cacher quelque chose à Chelsea. La blessure était à peine visible car, contrairement aux humains, la peau de Laurel ne rougissait pas quand elle se brûlait. Cependant, de minuscules cloques s'étaient formées sur sa paume et deux de ses doigts. Elle contempla, fascinée, sa main meurtrie. Jamais encore elle n'avait eu de cloque. Enfin, pas dans ses souvenirs.

— L'usage de cette potion est réservé aux humains.

Il me faut un autre remède. (Elle hésita un moment.) Hé, Chelsea ?

Au ton de sa voix, David et Chelsea levèrent tous les deux la tête. Laurel prit une grande inspiration.

— Je suis vraiment contente que tu sois au courant. C'est un soulagement de ne plus avoir à se cacher. Mais tous ceux qui savent se retrouvent automatiquement en danger. Alors…

— Ce n'est rien, Laurel. Je préfère savoir, avec les avantages et les inconvénients que ça implique.

— Ce n'est pas tout. J'ai l'impression que les situations comme celle de ce soir se produisent souvent, malheureusement. Si tu…

Elle s'interrompit pour poser la main sur l'épaule de David qui la laissa faire, à son grand soulagement.

— Si tu décides d'être dans la confidence, je ne peux pas garantir ta protection. Je suis une personne dangereuse pour mon entourage, et tu n'es pas la seule concernée. Ryan aussi peut être en danger. Pense à ce qui s'est passé ce soir. Je ne t'avais rien dit et pourtant on t'a enlevée. Alors réfléchis bien avant de prendre ta décision.

Chelsea posa sur Laurel un regard circonspect.

— Je crois qu'il est un peu tard pour ça. Je suis mêlée à cette histoire que je le veuille ou non, pas vrai ?

— Eh bien…

David et Chelsea dévisagèrent Laurel d'un air perplexe. Elle poussa un soupir.

— Je pourrais te faire oublier tout ce qui s'est passé ce soir.

— Laurel, non ! intervint David.

— Je dois lui laisser le choix. Je refuse de l'entraîner de force là-dedans.

— Tu peux me faire oublier ? demanda Chelsea d'une petite voix. Juste comme ça ?

Laurel acquiesça, le cœur serré à cette idée.

— Mais c'est à moi de choisir, c'est ça ?

— Oui, répondit Laurel d'un ton ferme.

Quelques secondes angoissantes s'écoulèrent, puis le visage de Chelsea s'éclaira d'un grand sourire.

— Oh, tu penses bien que je ne renoncerais à ça pour rien au monde !

Laurel souffla, soulagée, et se jeta dans les bras de Chelsea.

— Merci, dit-elle, sans trop savoir si elle lui était reconnaissante de partager son secret ou de lui éviter d'avoir à préparer un élixir d'oubli.

Ils s'entassèrent dans la voiture – Laurel avait insisté pour conduire même si les côtes de David étaient guéries – et prirent la direction de la maison de Ryan. C'était là que se rendait Chelsea quand Barnes l'avait enlevée. Les trolls avaient pris soin de garer la voiture de sa mère sur le bas-côté de la route, à quelques mètres d'un panneau de stop. L'endroit semblait si banal et si paisible que personne n'aurait pu imaginer les circonstances dans lesquelles elle avait atterri là. Laurel sortit avec Chelsea et l'accompagna jusqu'au véhicule abandonné.

— C'est un peu surréaliste, tout ça, déclara Chelsea. Je vais monter dans cette voiture, reprendre la routine comme si rien ne s'était passé, et personne autour de moi ne saura à quel point le monde a changé. (Elle hésita.) Même si j'avais compris cette histoire de fée l'année dernière, poursuivit-elle en gloussant, j'ai encore pas mal de questions à te poser. Si ça ne te dérange pas d'en parler, bien sûr.

— Pas du tout, répondit Laurel en souriant. Je suis ravie que tu sois au courant, en fait. Je déteste te cacher des choses.

Recouvrant son sérieux, elle ajouta en étreignant l'épaule de Chelsea :

— Mais pas ce soir. Rentre chez toi. Embrasse ta famille. Va te coucher. Tu n'as qu'à m'appeler demain, et on discutera. Je te dirai tout ce que tu veux savoir. Tout. Finis les secrets, c'est promis.

— Marché conclu, lança Chelsea avec un sourire jusqu'aux oreilles ; elle serra Laurel dans ses bras avant de poursuivre d'un ton grave : Merci de m'avoir sauvé la vie. J'ai eu très peur.

En sentant les boucles de Chelsea frôler sa joue, Laurel ferma les yeux.

— Crois-moi, tu n'es pas la seule.

Au moment de monter en voiture, Chelsea se tourna vers Laurel.

— Tu as conscience que je vais t'appeler à six heures du matin ?

Laurel s'esclaffa.

— Je sais bien.

— Je vérifiais juste. Oh, ajouta-t-elle, et tu m'expliqueras où tu étais cet été, hein ?

Laurel aurait dû se douter que Chelsea n'avalerait jamais cette histoire de camp de vacances. Elle rit et agita la main une dernière fois, tandis que Chelsea s'éloignait dans un crissement de pneus qui troubla le silence de la nuit.

Pendant que Laurel et Chelsea discutaient, David s'était glissé sur le siège du conducteur. Laurel se dirigea vers la portière du passager et s'installa à l'intérieur. Ils roulèrent en silence ; au-dehors, les lampadaires éclairaient par intermittence le visage renfrogné de David. Laurel pria pour qu'il parle, mais il s'abstint.

— Qu'est-ce que tu vas raconter à ta mère ? demanda-t-elle pour rompre le silence.

David se tut un long moment et Laurel commença à croire qu'il n'avait pas l'intention de lui répondre.

— Je ne sais pas, dit-il enfin. J'en ai assez de mentir. (Ses yeux se posèrent un instant sur elle.) Je trouverai bien quelque chose.

Il s'engagea dans l'allée, ses phares balayant la maison, et pressa le bouton de sa télécommande : la porte s'ouvrit sur un garage vide.

— Oh, parfait, lança-t-il en soupirant. Elle est sortie. Avec de la chance, je n'aurai pas à lui dire quoi que ce soit.

Ils descendirent de voiture et restèrent plantés là pendant un moment interminable sans oser se regarder.

— Bon, je ferais mieux d'aller me changer, reprit David. Ma mère a une grande confiance en moi, mais quand même, elle pourrait se demander pourquoi j'ai décidé de prendre un bain de mer au mois de novembre. (Il eut un rire tendu.) Et tout habillé, en plus.

Laurel acquiesça. Au moment où il se détournait, elle le rappela :

— David ?

Il s'arrêta, la main sur la poignée de la porte, et se tourna vers elle sans un mot.

— Je vais à la propriété demain.

David baissa les yeux.

— Je vais annoncer à Tamani que je ne le verrai plus.

Il regarda Laurel, les lèvres serrées, mais avec une lueur dans le regard qui lui redonna espoir.

— Je dois retourner à Avalon l'été prochain pour assister aux cours de l'Académie, parce que c'est important. Peut-être encore plus important maintenant que Barnes est mort. Je n'aime pas ce qu'il m'a dit, cette histoire de joueurs... J'ignore quelles seront les conséquences de cette soirée. Je... je (Elle prit une grande inspiration.) Je vais cesser d'essayer de faire le grand écart entre les deux mondes. J'habite ici. J'ai ma vie ici, mes parents, toi. Je ne peux pas vivre dans deux endroits à la fois. Et je choisis celui-ci. (Elle observa une pause.) C'est toi que je choisis. Et à cent pour cent cette fois. Refoulant ses larmes, elle poursuivit : Tamani ne me comprend pas comme toi. Je ne suis pas prête à devenir ce qu'il attend de moi. Je ne le serai peut-être jamais. Mais toi, tu me laisses choisir par moi-même. Je suis heureuse que tu te soucies de mes choix. Et je t'aime.

Après un silence, elle ajouta :

— J'espère que tu me pardonneras. De toute façon, j'irai demain. Tu m'as demandé de choisir et c'est ce que je fais. Je te choisis toi, David, même si ce n'est pas réciproque.

David ne répondit rien, mais il ne se détourna pas

d'elle. Elle hocha la tête, la mort dans l'âme. Elle ne s'était pas attendue à obtenir une absolution immédiate ; elle l'avait profondément blessé. Elle allait se diriger vers sa voiture quand il la rappela :

— Laurel ?

À peine s'était-elle retournée qu'il la prit dans ses bras et posa ses lèvres chaudes et douces sur les siennes.

Soulagée, elle s'abandonna à ses baisers et toutes les angoisses de la soirée refluèrent. Barnes était mort. Et quoi qu'il advienne, ce soir ils étaient sains et saufs. Chelsea était vivante. David était vivant. Il lui pardonnerait. Et c'était tout ce qui comptait.

Il mit fin à leur étreinte, caressa sa joue tandis qu'elle appuyait la main sur sa poitrine pour sentir les pulsations régulières de son cœur qui ne semblait battre que pour elle. Il se pencha pour l'embrasser de nouveau. Elle s'adossa au capot de la voiture et David pressa son corps chaud contre le sien.

Ses parents pouvaient bien attendre quelques minutes de plus.

Il était plus de onze heures quand Laurel arriva chez elle. Elle s'arrêta, la main sur la poignée de la porte. Elle avait du mal à croire que, le matin même, elle s'était rendue au festival avec Tamani. Cela lui paraissait si loin.

Avec un soupir, elle tourna la poignée et entra. Ses parents l'attendaient, assis sur le canapé. En la voyant, sa mère se leva d'un bond en essuyant ses larmes.

— Laurel ! cria-t-elle en se jetant dans les bras de sa fille. Je me suis fait tellement de souci !

Laurel ne se souvenait plus de la dernière fois où sa mère lui avait témoigné une telle affection. Elle la serra contre elle, envahie par une sensation de paix qui n'avait rien à voir avec les trolls ou les fées, un sentiment d'appartenance qui ne pouvait se comparer à Avalon, un amour qui ne concernait ni David ni Tamani.

Elle enfouit son visage contre l'épaule de sa mère. « Ici c'est chez moi, songea-t-elle avec émotion. C'est ici qu'est ma place. » Avalon était un endroit magnifique, idéal, magique, exotique, excitant. Mais là-bas, elle ne trouverait jamais l'amour que lui portaient sa famille et ses amis humains. Avalon n'était jamais autant apparu comme une illusion qu'en ce moment même. Il était temps qu'elle choisisse son seul et véritable foyer.

Elle entendit les pas de son père se rapprocher et, en sentant ses bras les enlacer toutes les deux, elle comprit qu'elle avait pris la bonne décision. Elle sourit à ses parents et se laissa choir sur le canapé.

— Alors, qu'est-ce qui s'est passé ? demanda son père.

— C'est une longue histoire, commença-t-elle d'un ton hésitant. Je n'ai pas été tout à fait honnête avec vous.

Et, avec un grand soupir, elle se lança dans une explication sur les trolls en prenant comme point de départ le séjour de son père à l'hôpital l'automne précédent. Elle raconta à ses parents pourquoi Jeremiah Barnes ne s'était jamais présenté pour conclure la vente de la propriété et pourquoi il s'y intéressait tellement. Elle leur parla des sentinelles qui montaient la garde autour de chez eux. De la véritable nature de ces « combats de chiens » qui avaient eu lieu dans le bois derrière la maison. Elle mentionna même l'existence de Klea. Aucun détail ne leur fut épargné. Quand elle eut fini de relater les événements de la soirée, son père secoua la tête.

— Et tu as mené tout ça de front toute seule ?

— Tout le monde m'a donné un coup de main, papa. David, Chelsea (elle hésita) … Klea. Je n'aurais pas pu y arriver sans eux.

Laurel se tut et regarda sa mère. Elle s'était levée du canapé et faisait les cent pas devant la fenêtre.

— Je suis vraiment désolée de ne pas t'en avoir parlé plus tôt, maman. Je pensais que tu avais assez à faire avec les fées sans avoir en plus à t'inquiéter des trolls. Je sais qu'il vous faudra du temps pour accepter tout ça, mais je vous promets que, dorénavant, je vous raconterai tout, à condition que… à condition que vous m'écoutiez et que vous ne cessiez pas de m'aimer, conclut-elle en refoulant ses larmes.

Sarah se tourna vers Laurel, avec une expression indéchiffrable.

— Je te demande pardon, Laurel.

Si Laurel s'était attendue à une réaction, ce n'était pas celle-ci.

— Hein ? Non, c'est moi qui t'ai menti.

— Tu nous as peut-être caché des choses, mais je pense que si tu t'étais confiée à nous, je n'aurais peut-être pas su écouter. Et je le regrette.

Elle se pencha pour étreindre Laurel qui éprouva une légèreté depuis longtemps oubliée. Jusqu'alors, elle n'avait pas compris à quel point c'était dur de taire autant de détails de sa vie à ses parents.

Sarah se rassit sur le canapé et passa un bras autour des épaules de sa fille.

— Quand tu nous as révélé ta véritable nature, c'était si difficile à croire et, surtout, je me suis sentie complètement inutile. Tu avais toutes ces fées… ces gardes, ou je ne sais quoi, pour veiller sur toi. J'ai cru que tu n'avais plus besoin de moi.

— Non, maman, protesta Laurel en secouant la tête. J'aurai toujours besoin de toi. Tu restes la meilleure mère du monde.

— Ça m'a mise tellement en colère ! Je sais bien que je n'aurais pas dû ressentir ça mais, malgré moi, je t'en voulais. Et pendant tout ce temps, tu craignais pour ta vie et tu protégeais un énorme secret.

Elle se tourna vers Laurel.

— Je suis vraiment désolée. Je fais des efforts et je vais continuer.

— J'ai remarqué, déclara Laurel en souriant.

— Eh bien, je redoublerai d'efforts.

Elle embrassa Laurel sur le front.

— Quand tu as quitté ma boutique ce soir, j'ai craint de ne plus jamais te revoir. Et, hormis cette crainte, la seule émotion que j'ai ressentie, c'était l'immense regret de ne pas t'avoir dit à quel point je t'aimais.

— Je t'aime aussi, maman, dit Laurel en serrant sa mère contre elle.

— Et moi, je vous aime toutes les deux, ajouta le père de Laurel en se joignant à leur étreinte.

Laurel se retrouva comprimée entre ses deux parents, et tous trois éclatèrent de rire. Elle sentit alors se dissiper toute la tension accumulée pendant l'année. Il faudrait du temps car rien ne pouvait s'effacer en une seule nuit, mais c'était un bon début.

— Bon, dit Sarah au bout d'un moment, tu ne nous as pas raconté ce qui s'est vraiment passé à Avalon aujourd'hui.

Malgré sa maladresse et le ton hésitant de sa voix, elle semblait sincèrement intriguée.

— C'était génial, répondit timidement Laurel. J'ai vu le spectacle le plus incroyable de toute ma vie.

Sarah tapota sa cuisse et Laurel posa la tête sur les genoux de sa mère, qui se mit à lui caresser les cheveux comme quand elle était petite. Et, sous l'oreille attentive de ses deux parents, elle se mit à parler d'Avalon.

VINGT-SEPT

À l'orée du bois Laurel eut l'impression de se trouver au bord d'une falaise. Elle respira à fond à plusieurs reprises et, après quelques faux départs, elle s'avança sur le chemin qui s'enfonçait dans la forêt derrière la maison.

— Tamani ? appela-t-elle à mi-voix. Tam ?

Elle continua à marcher, consciente qu'il ne servait à rien de crier son nom ; il devait déjà savoir qu'elle était là.

— Tamani ? répéta-t-elle.

— Tamani n'est pas là.

Laurel réprima un cri de surprise en entendant la voix grave derrière elle. C'était Shar. Il l'observa fixement de ses yeux du même vert que ceux de Tamani. Ses cheveux blond foncé aux racines vertes et longs jusqu'aux épaules encadraient l'ovale de son visage.

— Où est-il ? s'enquit Laurel une fois qu'elle eut recouvré sa voix.

Shar haussa les épaules.

— Tu lui as demandé de partir, alors il est parti.

— Comment ça ? Où est-il allé ?

— Tamani a quitté son poste ici. De toute façon, il était surtout là pour veiller sur toi. Maintenant que tu as déménagé, il a hérité d'une nouvelle mission.

— Tout ça en une journée ! s'écria Laurel.

— Au besoin, les choses peuvent évoluer très vite.

Laurel acquiesça. Après tout, elle était venue pour lui annoncer qu'ils ne pouvaient plus se voir, mais elle aurait voulu lui en expliquer les raisons. Elle regrettait que cela se termine ainsi. Les derniers mots qu'elle lui avait dits lui revinrent en mémoire avec une netteté douloureuse et lui martelaient le crâne. « Va-t'en, je veux que tu t'en ailles ! » Elle ne le pensait pas vraiment. Elle était furieuse, elle avait peur, et puis, David était là, tout près. Elle poussa un gros soupir et se massa les tempes du bout des doigts.

Il était trop tard.

— Qu'est-ce que tu t'es fait ? demanda Shar, l'arrachant à ses réflexions.

Il prit sa main, et elle se laissa faire. Elle ne pensait qu'à Tamani et au fait que ses paroles avaient dû beaucoup le blesser.

Shar examina les cloques, puis leva la tête et l'observa en plissant les yeux.

— Ces cloques, c'est un sérum *monastuolo* qui en est la cause. Tu les as soignées ?

— Je… j'ai pas eu le temps, balbutia-t-elle.

— Viens avec moi, ordonna Shar en l'entraînant par la main.

Trop sonnée pour résister, Laurel le suivit sans broncher. Il la mena jusqu'à une clairière, où il avait laissé un sac semblable à celui de Tamani. Laurel était triste d'être là sans lui ; chaque détail autour d'elle lui rappelait sa présence. Shar prit un flacon rempli d'un épais liquide ambré et, après avoir posé sa main sur son genou, il y déposa une grosse goutte de solution.

— Un peu, ça suffit, dit-il en massant délicatement les cloques.

La sensation d'apaisement fut immédiate, malgré le contact des doigts de Shar sur sa peau à vif.

— Quand j'aurai fini, laisse la plaie à l'air libre et expose-la au soleil si tu peux.

Laurel le dévisagea longuement.

— Pourquoi tu fais ça ? Tu me détestes.

Shar soupira, déposa une autre goutte sur sa main et se mit à lui masser les doigts, cette fois.

— Je ne te déteste pas, je n'aime pas la façon dont tu traites Tamani, c'est différent.

Laurel détourna les yeux, incapable de soutenir son regard accusateur.

— Il ne vit que pour toi, Laurel, et ce n'est pas peu dire. Chaque jour de sa vie. Même après ton emménagement à Crescent City, il ne faisait que parler de toi, s'inquiéter à ton sujet, se demander ce que tu devenais et s'il te reverrait un jour. Et même quand je lui disais que j'en avais assez de l'entendre parler de toi, je voyais bien qu'il continuait à penser à toi à chaque instant de la journée.

Laurel contempla sa main meurtrie.

— Et toi, reprit Shar en haussant le ton, tu ne sais pas apprécier cela à sa juste valeur. Parfois, j'ai l'impression que tu ne te rappelles même pas son existence quand tu n'es pas avec lui. À croire que le seul aspect de sa vie qui t'intéresse, c'est le temps qu'il passe avec toi.

Il leva les yeux vers elle et reposa sa main sur ses propres genoux.

— Tu savais qu'il avait perdu son père au printemps dernier ?

Hochant la tête avec véhémence, Laurel tenta de se défendre.

— Oui, il me l'a dit ! Je...

— Il a vécu la pire période de sa vie, poursuivit Shar sans prêter attention à elle. Il était perdu. Mais il prétendait que tout irait mieux quand tu viendrais le voir. « Elle vient en mai », m'avait-il dit.

Le cœur de Laurel se serra.

— Mais tu n'es pas venue. Il t'a attendue tous les jours, Laurel. Et puis, quand tu t'es enfin montrée à la fin du mois de juin, à la seconde où il t'a vue, il t'a pardonné. Chaque fois que tu repars, que tu retournes auprès de ton humain, tu lui brises le cœur.

Il croisa les bras sur sa poitrine.

— Et honnêtement, je crois que tu t'en fiches.

— C'est faux, protesta Laurel d'une voix étranglée par l'émotion. Il compte beaucoup pour moi.

— Tu parles ! C'est ce dont tu te persuades, mais s'il comptait vraiment, tu n'agirais pas de la sorte. Tu cesserais de jouer avec ses sentiments.

Laurel garda le silence pendant quelques instants puis se leva brusquement et fit mine de s'éloigner.

— Je suppose que tu es venue implorer son pardon et lui redonner de l'espoir avant de retourner te frotter à ton petit copain, lança Shar, juste avant qu'elle disparaisse au détour du chemin.

Laurel se retourna, furieuse.

— En fait, j'étais venue lui expliquer que je ne peux plus faire le grand écart entre deux mondes. Je dois rester avec les humains et lui avec les fées. (Elle s'interrompit, inspira profondément pour reprendre son sang-froid.) Tu as raison, poursuivit-elle plus calmement. Je n'ai pas le droit d'entrer dans sa vie et d'en sortir comme ça me chante. Ça doit s'arrêter, conclut-elle sans conviction.

Shar la considéra pendant un long moment, puis l'ombre d'un sourire étira le coin de ses lèvres.

— Laurel, c'est la meilleure décision que je t'aie jamais vue prendre. Et je t'observe depuis que tu es toute petite.

Laurel fit la grimace. « Merci, Big Brother. »

— Comment t'es-tu fait ces cloques ? reprit-il en se levant.

Laurel leva les yeux au ciel et se détourna pour partir.

— Ce n'est pas un jeu, Laurel ! s'exclama-t-il en la retenant brutalement par le poignet. Il n'y a qu'une seule raison qui puisse justifier l'emploi du sérum *monastuolo*.

Laurel lui lança un regard noir.

— J'ai eu des ennuis, résuma-t-elle, et je m'en suis sortie.

— Tu t'en es sortie ?

— Oui. Je ne suis pas complètement incapable, tu sais.

— Tu vas m'expliquer ce qui s'est passé ?

— Le problème est réglé ; ça n'a plus d'importance, répliqua-t-elle en essayant de se dégager.

— Peut-être que tu ne m'as pas bien entendu, Laurel. Tu crois que c'est un jeu ? dit-il d'un ton impérieux, les yeux étincelants de colère. Un concours entre les trolls et toi ? Car je soupçonne ce petit « problème » d'être le troll qui te pourchassait l'année dernière. Celui-là même qui sait que la porte se trouve sur cette terre. Celui qui n'hésiterait pas à t'assassiner, toi, ainsi que toutes les fées du royaume, pour pénétrer dans Avalon. Ton petit problème menace nos vies, Laurel.

Ayant enfin réussi à se libérer, Laurel croisa les bras sur sa poitrine et observa un silence obstiné.

— J'ai une fille, tu le savais ? Une petite de deux ans. J'aimerais qu'elle ait un père, au moins pour les cent prochaines années, si ça ne te dérange pas. Mais les chances pour que cela arrive s'amenuisent à toute vitesse en ce moment parce que tu es animée d'une détermination quasi animale qui te pousse à vouloir tout résoudre par toi-même. Alors je te le demande une dernière fois, Laurel, tu vas me dire ce qui s'est passé ?

Il n'avait pas haussé le ton, et pourtant Laurel avait les oreilles qui sifflaient comme s'il venait de hurler. C'en était trop pour elle. Elle se frotta les yeux du dos de la main pour empêcher les larmes de couler. Peine perdue. Elle avait tout abîmé et laissé tomber tous ceux qui comptaient un tant soit peu pour elle, y compris Shar.

Elle releva la tête en l'entendant murmurer quelques mots. Il avait parlé dans une langue étrangère, mais ce n'était pas à elle qu'il s'adressait. Elle s'essuya les yeux et jeta un regard vers les arbres des alentours. Mais personne ne se montra. Quant à Shar, il avait toujours les yeux fixés sur elle.

D'un mouvement mécanique, elle hocha la tête.

— D'accord. Je vais tout te raconter.

Shar regarda Laurel monter dans sa voiture. Elle avait répondu à toutes ses questions. Ou du moins, elle lui avait donné toutes les réponses qu'elle détenait.

Adossé à un arbre, il attendit que la voiture ait tourné au croisement.

— Maintenant tu peux sortir, Tam, dit-il.

Tamani émergea de derrière un arbre, les yeux fixés sur l'endroit où la voiture de Laurel venait de disparaître.

— Merci de t'être tenu tranquille, même si tu as failli craquer, ajouta Shar d'un ton désabusé.

Tamani se contenta de hausser les épaules.

— Elle n'aurait pas été aussi loquace en ta présence. Il fallait qu'elle croie que tu étais parti. Là au moins, elle nous a dit tout ce qu'elle savait.

— Elle n'avait pas vraiment le choix, vu la manière dont tu l'as questionnée, déclara Tamani d'une voix dépourvue d'émotion. (Il observa un silence avant de poursuivre :) Tu n'as pas été tendre avec elle, Shar.

— Tu m'as vu faire bien pire, Tam.

— Oui, mais…

— Il fallait le lui faire entendre, Tamani, dit Shar d'un ton cassant. Elle est peut-être sous ta protection, mais mon devoir c'est de protéger la porte. Elle doit comprendre qu'il s'agit d'une affaire sérieuse.

Tamani serra les dents mais ne protesta pas.

— Je regrette de l'avoir fait pleurer, reprit Shar à contrecœur.

— Bon, on est d'accord sur ce qu'il faut faire maintenant ?

Shar acquiesça. Tamani sourit.

— Ça prendra des mois, Tamani. C'est une initiative énorme que tu vas prendre.

— Je sais.

— Et elle est venue ici pour te faire ses adieux.

— Je sais, répéta doucement Tamani. Mais tu la surveilleras ? Tu feras en sorte qu'il ne lui arrive rien ?

— Je te le promets. Je vais poster davantage de sentinelles autour de sa maison. Si Barnes a réussi à toutes les éloigner hier soir, alors, c'est qu'elles n'étaient pas assez nombreuses. Je veillerai à ce qu'elles soient en nombre suffisant la prochaine fois.

— Parce qu'il y aura une prochaine fois ?

Shar hocha la tête.

— J'en suis sûr. Barnes n'était qu'un maillon de la chaîne. Je n'en suis pas très fier, mais je dois admettre que j'ai peur de tout ce qui se trame à notre insu.

Il lança un coup d'œil à Tamani.

— Si je n'en étais pas aussi certain, je ne te laisserais pas t'embarquer là-dedans.

Ils regardèrent, au-delà du chemin, la maison vide,

ses murs délabrés, son jardin envahi par les mauvaises herbes.

— Tu es prêt ? demanda Shar.

— Oui, répondit Tamani, le sourire aux lèvres. Oh, que oui.

REMERCIEMENTS

Plus j'en apprends sur l'édition, moins j'accorde de mérite aux auteurs. Pour au moins un million de raisons, voici mes champions : Erica Sussman, Susan Katz, Kate Jackson, Ray Shappell, Cristina Gilbert, Erin Gallagher, Jocelyn Davies, Jennifer Kelaher, Elise Howard, Cecilia de la Campa, Maja Nikolic, Alec Shane, et les innombrables employés d'HarperCollins et de Writers House qui ont travaillé sans relâche pour faire de cette série un succès.

Merci en particulier à ma garde personnelle de chevaliers en armure étincelante, mon éditrice plus que formidable, Tara Weikum ; mon agent extraordinaire, Jodi Reamer ; et la plus patiente des publicitaires, Laura Kaplan. Toutes les trois, vous travaillez très dur pour moi, et chaque moment que vous m'accordez est apprécié.

Mes amis, mes précieux amis, vous vous reconnaîtrez, vous savez ce que vous avez fait et je promets de ne pas vous dénoncer pour cela : David McAfee, Pat Wood, John Zakour, James Dashner, Sarah Cross, Sarah MacLean, Sarah Rees Brennan, Carrie Ryan, Saundra

Mitchell, R.J. Anderson, Heidi Kling, Stephenie et toute l'équipe de Feast of Awesome. Vous êtes formidables mais vous avez un goût très discutable en matière d'amis, et je vous en remercie. Hannah, Emma et Bethany, mes correctrices, je vais continuer à vous envoyer du boulot ! Et merci aux auteurs Claire Davis et William Bernhardt qui m'ont aidée dans mon apprentissage de l'écriture. Je n'ai pas fini d'apprendre !

À ma famille et à ma belle-famille : personne ne peut rêver meilleur soutien, j'en suis convaincue. Un immense merci à Audrey, Brennan et Gideon : vous êtes mon rayon de soleil. Enfin et surtout, Kenny, tu es là à chaque pas. Et à chaque faux pas. Cela n'a pas été facile, et pourtant tu m'en as donné l'impression.

Cet ouvrage a été composé par
PCA – 44400 REZÉ

Imprimé en Allemagne par
GGP Media GmbH
à Pößneck
en mai 2012

Dépôt légal : juin 2012

POCKET
jeunesse

12, avenue d'Italie
75627 PARIS Cedex 13